把太阳抱在怀里

BA TAI YANG BAO ZAI HUAI LI

秋小豆 / 著

合肥工业大学出版社

图书在版编目(CIP)数据

把太阳抱在怀里/秋小豆著. —合肥:合肥工业大学出版社,2023.5
ISBN 978 - 7 - 5650 - 6352 - 7

Ⅰ.①把⋯　Ⅱ.①秋⋯　Ⅲ.①纪实文学—中国—当代　Ⅳ.①I25

中国国家版本馆 CIP 数据核字(2023)第 097345 号

把太阳抱在怀里
BA TAIYANG BAOZAI HUAILI

秋小豆　著

责任编辑	疏利民(24 小时咨询热线 13855170860)	
出　版	合肥工业大学出版社	
地　址	(230009)合肥市屯溪路 193 号	
网　址	press. hfut. edu. cn	
电　话	理工图书出版中心:0551 - 62903018	
	营销与储运管理中心:0551 - 62903198	
开　本	880 毫米×1230 毫米　1/32	
印　张	10.5	
字　数	202 千字	
版　次	2023 年 5 月第 1 版	
印　次	2023 年 5 月第 1 次印刷	
印　刷	安徽联众印刷有限公司	
书　号	ISBN 978 - 7 - 5650 - 6352 - 7	
定　价	48.00 元	

如果有影响阅读的印装质量问题,请与出版社营销与储运管理中心联系调换。

序一

"大牛妈妈"秋小豆 | 王为民

　　母亲节那天，本来已经订好火车票回老家看看父母，突然接到电话说同事好友的父亲去世了，于是就改签了车票，回到老家时已经晚上9点多了。老母亲照旧忙着做饭，尽管我重复了好几遍说在火车上吃过了，老母亲是怕把我这老儿子给饿着了。这仅是母爱在平凡生活中的一个普通场景。即将映入读者眼帘的《把太阳抱在怀里》这本书的作者"大牛妈妈"对她儿子"大牛"的爱，平凡中透漏着不平凡，甚至伟大。

　　正准备返校时，突然接到学生秋小豆的微信，她嘱我给她即将付梓的书稿《把太阳抱在怀里》作序。她和她儿子大牛的故事，我全都知道，故不能推辞，尽管我从来没有给别人写过序。其实，去年从在北京工作的学生"壮妈"那里就知道这位勇敢的大牛妈妈准备出书，记录她9岁儿子大牛突然患上可怕的骨癌——骨肉瘤之后的经历。她的跋《背对死亡　心向阳光》，不仅已经先睹了，而且深深地被这位年轻母亲的"勇敢"感动了，尽管她是我的学生。大牛妈妈应该成为母亲的楷模。我相信，每一个读者都会被大牛妈妈和大牛的经历感动。尽管这样的故事年年有，月月有，天天有，这就是"人生"。

芸芸众生，生老病死，是每个人都必须经历的。但作为一名年轻的单身母亲，骨肉瘤突然降临在她9岁的充满阳光的儿子身上时，她无法回避，只能把与大牛和骨肉瘤无关的事情全部"改签"。"为母则刚"，在秋小豆这位单身妈妈身上，体现得淋漓尽致。她勇敢地从怀疑、哀怨中走出来，以知识女性应有的从容和果断来处理这一切。她把悲伤留给自己，把爱全部都给了大牛，帮助大牛从病痛的生理和心理过程中走出来。骨肉瘤尽管有成熟的治疗方案，但谁都无法保证最终成为63%的一个分子。大牛妈妈秋小豆，用全部的爱从死神手里把大牛给"抢"了回来。在与死神的对垒中，在经历数次化疗和手术之后，大牛妈妈秋小豆和大牛以乐观的态度，勇敢地成功了。

只要有爱，就能创造奇迹。"妈妈，幸好我妈妈是你"，重拾健康的大牛的这句话足以让大牛妈妈秋小豆感到宽慰，也足以让天下母亲动容。尽管大牛小朋友截肢了，但在经历这次磨难之后，他已经成长为一个拥有"健康心理"的"顶天立地"的男子汉，在今后的人生道路上，也一定会让大牛妈妈秋小豆感到欣慰。

在我作为教师的职业生涯中，只做过一次为期三年的班主任。秋小豆就是我刚刚硕士毕业，还不懂得如何做班主任，还没有经验如何处理各种班级事务的情况下所带班的中文系汉语言专业 2001 级 5 班的学生。在没有预演的人生舞台上，秋小豆同学表现得异常优异，给出了"满分"的答案。她如实地将她和大牛的故事讲出来，本身就非常勇敢。她是一位勇敢的成功的妈妈，所以我称她为"大牛妈妈"。一来，她儿子小名大牛，二来，她堪称妈妈中的"妈妈"。不是每一个经历痛苦的人，都愿意再次撕裂自己心灵上的伤口。秋小豆做到了，她从一个懵懂的女孩变成了一位勇敢的妈妈。书中提到的壮妈、红梅、军维等都是 2001 级 5 班的学生。这些学生已人到中年，祝愿他们都能成为各行各业的"大牛"，因为他们都有与生俱来的优秀品质。

《把太阳抱在怀里》这本书，看似流水账，实则是"爱"的教科书，是战胜骨肉瘤的教科书，是勇敢面对生活的教科书。悲伤和痛苦不是这本书的关键词，"勇敢"才是这本书的灵魂。人生，没有迈不过去的坎儿！

大牛妈妈秋小豆付出了勇敢和坚毅，收获了爱和喜悦！
愿天下儿女无疾，愿天下母亲安康！

2023 年 5 月 20 日

（作者系山西大学文学院教授、博士生导师，江苏师范
大学语言科学与艺术学院特聘教授）

序二

致所有星辰　| 王　建

> 在造物主面前，没有谁是主角，但是爱赋予我们力量，
> 也照亮着他人的生活。
>
> ——题记

我和秋小豆认识多年，从大学时期，我们就无话不谈。她善良，乐观，热情，常常给周围的人带来温暖的感觉，而我最佩服的是，她那种对"一切不彻底的事物"的热爱。

我永远记得那个下午，我们通话的时候，她听完我要说的事之后，弱弱地告诉我她在北京。由于关系比较"铁"，我就问她去北京做什么，她沉静地告诉我——带孩子来北京看病。后来，我想那一刻的沉静是用多少泪水浸

润的自我安慰与勇气。说真的，事后我特别后悔，后悔我是那么不解人意，竟还给她添麻烦。

三毛说："心之何如？犹如万丈迷津，其中并无舟子可以渡。人，除了自渡，他人爱莫能助。"

此后，每次见面，我都不轻易去触碰她们母子的那段"历程"。我始终相信，人的孤独是无法拯救的。近来，在与她交谈中，我发现她把一些痛苦珍藏的同时，更多的是化成生命的力量，从容而真实地面对生活。

真好，我发自内心地为老朋友感到开心。我试着问她有没有把那段岁月记录下来（老朋友之间是有一定了解的）。她微笑着回答我"有啊"，并提出更大的想法，要更深刻地留痕。

很快我就看到她两年求医的文字。一份关于治疗的文字记录，亦是一段母子在泪与爱中的心灵成长。我尽管有心理准备，但看完后，依然心绪起伏，久久不能平静。

一个9岁的孩子突遭大病侵袭，一位单亲妈妈要面对莫测的未来，生活一下子从艳阳高照变成乌云密布，从美好前景切换为生死抉择。不幸总是这么冷酷，没有任何征兆地降临在普通人头上，耗尽人的精神和气力。好在，人作为万物之灵，从来都不会轻易认输，而母爱，这人世间最温柔最强大的情感，能够拨开云雾，摆脱命运的纠缠，让她走出一条生生不息的光明之路，也让人倍感温暖。

　　泪流满面。妈妈的哭与泪，贯穿于故事的始终。得知孩子患上了大病时哭，向领导请假时哭，接到同事和同学关怀电话时哭，目送孩子进病房抽血时哭，看到孩子化疗吃不下饭时哭，担心孩子可能癌细胞转移时哭，和孩子吵架得不到理解时哭，为孩子祈祷时哭……泪水宣泄着妈妈的情感，也浸润着纸笔，或悲痛，或担心，或气愤，或感动，毫不隐藏和掩饰。可能正如她所叙述的那样："在经历痛苦时，我们都会难过，会哭泣，会流泪。这没有什么不好，也没有什么不对。或者说，这很对，正应该这样。哭泣是上天赋予我们最棒的本能，让我们的难过有所依托。"

　　可贵的是，妈妈并没有在泪水中颓丧，而是哭后马上擦干眼泪，勇敢直面这残酷的现实，并付诸行动，昂首阔步地向前走，耐心细致安排孩子看病、治疗，一丝不苟地做好看护、复健和心理建设。于是，我们懂得：为什么她的眼里常含热泪？因为她对孩子爱得深沉。然而再苦涩的泪流，也冲不垮她那用爱筑起的堤坝。

　　勇往直前。妈妈是柔软的，但一点都不柔弱，当孩子健康有碍、命运遭挫时，她也变得更加刚毅、果敢。泪痕未干，她就临机决断，说服孩子爸爸放弃去南京检查的计划，直奔北京，最高效地做了确诊检查和治疗安排。为了给孩子治病，她放下心中的那份骄傲，也把面子放在一旁，在朋友圈发求助消息，和多年未联系的同学联系。在住院陪护孩子时，有洁癖的她睡在病房床铺之间的地板上，虽然那是孩子和其他病人曾经呕吐过的地方。396 天，是孩子在北京的整个治疗时间，她从开始陪伴到最后，身影出没在发霉的旅馆、拥挤的出租房、嘈杂的医院、地铁、雍和宫等各种场所，马不停蹄安排住宿、挂号、送医、问诊、祈福，累却毫无怨言。

她可能曾在他人面前展现过脆弱，但在孩子面前，她永远都是冲在最前面的那个。不管要花费多少时间和金钱，无论要付出多大代价，即使暂时被孩子埋怨和不理解，她都毫不退缩，坚定地做着自己认为该做的事。她在写给孩子的话中这么说道："你要相信，我，你的妈妈，没有三头六臂，但是无所不能！所有的问题交给我，你只要大胆往前冲就好了！"这是一位妈妈对孩子铿锵式的鼓励和承诺，也只有对孩子，她才会如此决绝，如此信心满满！

融入成长。"击不倒我们的，只会让我们更加强大。"陪着孩子一起求医问药，看病治疗，本是一个艰辛、磨人心力的过程，大部分人羁绊于此，如牛陷泥潭，往往疲于应付，狼狈不堪。但妈妈却不甘任命运摆布，她坚韧，要强，像战士一样奋起战斗。知道看病治疗不是一朝一夕的事，她就制订自己的身体锻炼计划，她明白，越是在这个时候，她越要保持强健的体魄，她不能垮，不能倒，因为她是孩子最不可或缺的依靠。生病前，她为孩子制订了"学霸养成计划"，成效显著；生病后，她也不想放弃孩子的教育成长，即使孩子在住院，在化疗，心理和生理都弱于常人，她也要抓住一切可能的机会，让孩子保持学习习惯，引导他持续成长。

从妈妈那里，我们看到她对一个永恒命题的回答：当不幸突然降临在我们身上，我们该如何应对？接受它，面对它，把它当成体悟人生的一次锤炼，当作认知生命的一次契机。是的，不要轻易认命，更不能轻易认输，跨过生活的不幸，我们就将拥抱太阳。正如她对孩子的殷切寄语："亲爱的孩子，希望你明白，从此刻起，我们就要以全新的身体去面对这个世界啦！这是一件忧伤的事情，因为你要永远地告别一些东西，和一种生活方式。但这也是一件可喜可贺的事情，因为从此刻起，你将获得新生！"

这就是母爱，多么平实，又多么伟大。它静水深流，潺潺不止，润泽心灵，也观照漫长而复杂的人生。今天，我又被它所感动，感动于它直面困难的坚韧，以及对待生死的豁达与乐观。

疾病是一种磨难，生死是一种宿命，而好好活着是一种选择，这是妈妈的世界观，也是她在困境、悲境、绝境中保持希望和力量的动力所在。是什么驱动着我们好好活着？是善良，是慈悲，是爱。妈妈身体力行地教孩子去爱，去珍惜被爱，教给孩子自律、良善、勇气的品质，也教会他快乐的真谛。我想孩子看见了，也深切地感受到了，因为在一个不经意的瞬间，他脱口而出："妈妈，幸好我妈妈是你。"这是幸福的感慨和表白。我想我也看见了，我看见一棵母与子共同栽种的树苗，从腐叶中长出，经历风吹雨打，在春天花开满树！

"白昼的清晰是有限的，黑夜却漫长。"有的路已经不需用脚再去蹚，秋小豆用爱在无边的生活中，画出一圈又一圈希望的涟漪。

地上几朵鲜花，天空所有星辰。

是为序。

2023 年春写于南京
（作者系南京师范大学教师教育学院教授）

目

录

第三章
生生不息

第四章
碎碎念

第一章 ⎰遇 见 死 亡

人最终都是要死的，我们对此坚信不疑，但是内心也无比笃定，此刻我不会死去。我们面对必将死去的宿命，在学习、工作、生活，吃饭、喝酒、睡觉、聊天、看电影、健身等等日常生活中，存着永远活下去的侥幸。直到有一天，死亡来到身边。我们摸到他的皮肤，嗅到他的气息，感觉到他的心跳，听到他的喃喃细语，才恍然大悟，死亡一直如影随形。

坏　消　息

　　幸福的戛然而止，从来都不隆重，可能仅仅源于一通电话。

　　2018 年 8 月 17 日，七夕，情人节，城市中下起了倾盆大雨。那天好朋友香香出差回来，埋怨着，从车站打车到家里，衣服已经湿透了；梅则冒着大雨，提前到了约好的地方，埋怨说，鞋子、裤子都已经湿得差不多了，好在穿了双凉鞋。在干爽清洁的办公室里，听着两个女人与雨的故事，我一边假意安抚，一边嘿嘿笑着。那天晚上，我们仨约好了出去扒小龙虾，喝啤酒，再煮个热气腾腾的小火锅。我已经拿到了旅行社的行程单，第二天有个两日游的团队。哈哈，苦命的单亲妈妈，趁着假期儿子回老家，我就兼职挣钱，好养活不断长大的他，和一个貌似勤俭节约又不知节制的自己。

正当我欢快地处理完最后一点工作，哼着小曲，等待下班的时候，大牛他爸打来电话，语气凝重地说："你要有个思想准备。孩子最近老说腿痛，今天我带他去医院拍了核磁共振，医生说可能不太好。"

啥？啥叫不太好？

"医生说，孩子可能得了骨肉瘤。"

骨肉瘤！什么鬼？

"这是一种癌症，我不想跟你多说，你自己到网上查。医生建议先到省城医院去做个病理，确认病情，如果真的是骨肉瘤，最好到北京或者上海去看。具体去哪个医院，我们后面再商量。我想明天带他去省城检查，你看看，准备一下。"

癌症这个词，如同一道闪电，把我劈蒙了！眼泪刷刷刷就出来了！

骨肉瘤？骨肉瘤！到底是个什么鬼？我赶紧到网上去搜。看得越多，越害怕，身上一阵一阵出冷汗，有那么一刻，我恨不得立即死去。

狠狠地流了一通眼泪，我告诉自己要冷静。我简单梳理了一下，跟领导请假，赴约吃饭，把团队安排好，然后去给孩子治病。

趁着还没有下班，我写好请假条，到隔壁办公室找领导，刚想说话，"哇"的一声放声大哭。他们吓坏了，不知道我发生了什么。几分钟之后，稍微平复一下心情，我边哭边说："孩子得了骨肉瘤，怎么办？怎么办？怎么办？"处长听得没头没脑，就打电话跟孩子爸确认。然后对我说："你去吧，带孩子去检查一下，不要太着急，还没确诊，说不定没有那么严重。"

我是说话算数的人，基本上从来没放过朋友鸽子，但是晚上最终没有聚成，我实在没有心情。后来梅淋着雨回家，在她的朋友圈里发了条信息，抱怨这个说话不靠谱的我。我没有告诉她们这件事，因为那个时候，是真的没有精神，也没有力气去管这些。所谓的倾诉，都是在要紧的事情尘埃落定，开始走向明朗，诸多情形都在可控范围，心有空闲才做的。焦头烂额的时候，除非必要，半句话也不想说。

带团队的事，我反复斟酌了很多次，迟迟没有推掉。因为周六周日不好找导游，怕给旅行社添麻烦；去省城检查，他爸去就行了，我可以把这个团队坚持带了，还能挣点钱，减少点经济负担。但是第二天早上 4 点半，一夜没睡的我确定无法带团。我一直哭一直哭，一直忍不住地哭，眼睛已经肿成了一条缝，我没有信心在这种情况下还能微笑着服务好我团上的客人。

我给旅行社的计调发了条信息，把情况跟她说了。没想到，她很快回复我，说："我帮你带吧，这种情况你怎么会有心情带团呢？"5 点半的样子，天刚蒙蒙亮，冒着大雨，我到客人集中的地方，把团队资料送到她手里。看到我，她轻轻拍拍我的肩膀，说："也许事情没有你想的那么糟糕，去吧，你一定要坚强！有什么需要的，你说，我一定会尽力帮忙！"

一整夜，我都在搜索关于骨肉瘤的问题，我要搞清楚这到底是个啥。而在检索页上输进去"骨肉瘤"，自动联想出来的第一位是"骨肉瘤能活多久"。可以想象，看到这句话，我要哭成什么样儿。我跟着页面点进去，网上的信息把我吓到了，什么样的观点都有，有的说活个一两年吧，有的说5年治愈率能够达到50%，有的说20%，有的说个别的能活到10年以上。

我再搜"骨肉瘤能不能治好"，网上的信息又是铺天盖地，有的说能治好，有的说不能治好，有的说即便勉强治好了，愈后也很不好。有的说要采用手术的方法，有的说要截肢，有的说可以保肢，有的说要化疗，有的说用免疫疗法，有的说生物疗法，有的说喝中药，有的说如果发现早，没有血液转移或者肺转移，有机会可以治好，但是概率比较低，如果有转移的话，基本上没有治疗意义，应该也就一两年。还有其他的各种信息，杂乱无章，众说纷纭！所有这些消息混杂在一起，让我简直要疯了！我只想立刻死去，再也不用管这些！

其实，我很快就明白，看这些东西根本没用。我想解答的唯一问题是孩子到底能不能治好，而这主要取决于孩子的情况——他到底是不是得了骨肉瘤？如果是，到了哪一个阶段？上面的问题没解答，网上的信息看再多，也没有意义。但我还是忍不住地翻看下去。

我印象最深的是两条信息，后来我跟很多人讲过很多次，今天依然记忆犹新。有篇帖子说，儿童生骨肉瘤的恶性会比较小，5 年生存率会更高，能达到 50％～60％，很多孩子根治了。且不说这个观点是否正确，却是我唯一觉得安慰的点，并且在后来整个治疗过程中，这句话成为支持我坚定走下去的一个信仰一样的东西，每当感到绝望了，我就从这句话中，找到光亮，硬着头皮往下走。

还有个帖子，讲一个孩子得了骨肉瘤，但是他奶奶不知道。孩子一直说腿疼，奶奶就给他敷膏药，直到疼了两个月之后，他们才去医院检查，诊断是骨肉瘤。那个时候孩子已经开始咳血，肺转移了，后来这个孩子治疗不到一年就去世了。

其实后来在病区里，很多病友都会讲这类故事。那些故事更加真实，更有细节感，他们在讲这些故事的时候，尽管自己也身处其中，但是依然像在讲述别人的故事。大家也有兔死狐悲的忧伤，但是因为我们已经抓到了现代医学这根救命稻草，我们找到了全国，甚至全世界最好的医生和医疗资源，没有人觉得我们的孩子也会死去，每个人都存着即将病愈出院，继续活下去的执着。

后来到了医院，跟医生交流时，我就想求证网上查到的信息，尤其是一些与医生不一致的观点。医生一开始没工夫搭理，问多了就有点着急上火，直接说："你到底是听网上的还是听医生的？你看看网上发帖子的那些人，他们有没有治疗过骨肉瘤？他们根本就没有治过这种病，都是道听途说！你不用去看那些，你只要听我们的就好！你看我们这些人，全国的骨肉瘤孩子都到这里来治病，我们每天都在治疗这些病人，有谁在网上发帖子的？没有人发帖子！"

在治疗的过程中，我们慢慢明白，骨肉瘤这个病能否治好，每个病人的治疗方案，是截肢还是保肢，愈后的情况，是不是会复发，能不能活得下去，是由病症的阶段、病人体质等因素综合决定的。比如，病灶没有转移的孩子治愈可能性要大大高于转移的孩子。而即便是同样的症状，同样的情形，同样的分期，同样的预期判断，由于孩子的体质不同，基因不同，对药物的感应性不同，也会产生千差万别的治疗结果。治疗时比较理想的状态应该是，打了化疗，肿瘤会发生相应的变化，比如紧缩、边缘结痂，这就说明病人对药物的感应性比较强，治愈的可能性就更高。我见过一个河北的孩子，只打了第一次化疗，他的病灶就基本消失了，为此医院给他免费做了基因检测。而有些病人，打了化疗，肿瘤没有明显变化，有的甚至不变小反而变大，这些人对药物的感应性就比较差，可能治疗起来就比较困难。另外，有的病人身体强壮，可以承受化疗带来的副作用，并且很快恢复，打化疗就会比较顺利；有的人身体虚弱，难以承受化疗带来的副作用，或者打完一个疗程后，迟迟不能恢复到正常的身体指标，这些也会影响治疗的方案和效果。

而愈后的情况，也存在各种可能性，根本无法一概而论。我们说那个统计数据，治愈概率，只是在医学研究上有一定评价意义，对于治疗中的个体意义不大，因为病人，只有治好或者不能治好的选项。而一定意义上也可以说，这种结果，大致取决于孩子本来的身体条件和已经存在的病程情况，医生能改变的，其实很有限。

孩子的病还是有预兆的。2018 年春节的时候，或者更早，他就已经说过自己腿不舒服。我有印象的是，元宵节那天，梅带着他去逛庙会，听说那天他们差不多走了两公里，回到家他就一直叫腿疼。路走多了谁都会不舒服吧，我就没当回事儿。后来他偶尔还是会提腿不舒服。他说不走路的时候不疼，但是路走多了就会觉得疼。他还说："妈妈，我觉得我的腿一走路，就好像是两块骨头碰撞到了一起，有点酸酸的痛。"大牛比一般的孩子要胖一些，为了控制体重，我经常拖着他出去散步跑步，我以为他是为了偷懒故意夸张，所以也没有很放在心上。

后来，我很悔恨不相信孩子，并且为此还误导了医生。五一假期，我带他去医院做检查。由于我表述上的倾向性，医生跟我一样表现出了对孩子的不信任。一方面他觉得孩子可能存在偷懒情绪，故意夸大自己腿疼的情况，另外一方面又认为，孩子处在快速成长期，可能是缺钙导致生长痛，因为孩子比一般的孩子要高，三年级已经长到了 1.5 米，所以医生让我们回去多喝牛奶。医生说，如果过一阵子没有改善，再做全面复查。

　　出了医院，我就放下心来，回家给他多多喝牛奶。到了暑假，我依然每天晚上拖着他出去跑步，每次回来他依然跟我说腿疼，可是我依然没太放在心上。直到假期，他爸带他回老家，做了第一次核磁共振检查，我才发现了自己的愚蠢和无知。

　　这个晚上，以及后来很长一段时间，直到今天，我都很自责自己没有照顾好孩子，差点酿成大祸。每次想到这里我就会很心痛，不自觉地泪流满面。

　　后来，很多人，我的亲戚、朋友、同事们，孩子学校的老师、同学家长，到医院复查、做康复训练遇到的医生、护士、病人，假肢厂遇到的病友，外出时遇到的出租车司机、地铁上的陌生人，以及所有那些存在好奇心又不觉得向我们打听这些事会有妨碍的人们，都问过我孩子生病时候有什么症状。其实，在很长一段时间，甚至到孩子最终确诊的时候，他的腿都没有明显的痛，就是走路多了会有些酸胀，跟我们乍一锻炼，肌肉不适的情形差不多。从外观上，也看不出任何的问题，跟没有生病的腿一模一样。

　　凌晨2点左右，他爸给我打电话，讨论孩子治疗的安排。我们电话反复沟通了几次，最后决定不去省城，直奔北京。检查在北京，确诊在北京，所有关于孩子看病的事情在北京搞定，免得多地奔波，增加不必要的蹉跎，也能争取更多的治疗时间。

　　后来见到的很多病例都证实，我们这一决定是对的。骨肉瘤很罕见，很多医院没有治过这个病，也不了解这个

病的凶险。有的病友被当地医院误诊，把这个肿瘤当良性
肿瘤直接切了，有的医院把骨肉瘤引发的骨折当作普通骨
折治，导致病情恶化。更普遍的情况是，病人到当地医院
检查，穿刺，确诊病情，之后到北京，重新做那所有的流
程，贻误病情。

　　挂断电话，敲定了治疗安排，我就爬起来。看着镜子
里一塌糊涂的脸充满忧伤，我眼泪流得更凶了！在面对孩
子罹患重病这种局面的时候，谁都要狠狠地哭上一场吧。
但是很快，我让自己冷静下来。我用力地闭上眼睛，双手
支撑在洗手盆上，告诉自己，想想下一步怎么办。

　　这么多年以来，我已经养成了一个人扛起生活所有的
习惯。我自小生在农村，为了能够支撑我的家，从记事时
起，爸爸就在外面挣钱，一年到头只有逢年过节的时候才
能见面。妈妈除了照顾我跟哥哥以外，也在附近打零工，
早出晚归。幼儿园时，我就已经开始自己想办法解决午餐。
那个时候，我们 3 个小朋友经常在一起吃饭。我们最常吃
的是泡煎饼，把煎饼放在开水里泡上，浇一点酱油，一点
麻油，就是我们香喷喷的午餐。

　　三年级时，我第一次为还没到家的妈妈煮了面条，尽
管那些面稀里糊涂的，妈妈还是大大地赞赏了我一下，并
且以后在很多场合都向外人表扬了我。也是大致那个时候，
我在装饭的时候，不小心将一碗稀饭倒在了腿上，烫起了
巴掌大的水泡。我努力隐瞒这件事情，最后也没有人知道，
也没有发生感染什么的，我也记不得怎么就康复了。

妈妈大字不识一个，连自己的名字都写不出，所以学校里的事情都靠我自己应付。从读初中开始，我就住校，从此就渐渐变成了客人。工作后，我只身来到外地。所有经济上的捉襟见肘，工作上的困难挫折，生活中的一地鸡毛，我从来没有跟家人说过。在结婚的那几年，我倒是轻松了几年，很多事情都是前夫在打理。而离婚之后，我就变得越发独立。牵着孩子的手，便无所不能。为了照顾好我们俩，我很快练就了十八般武艺，所有生活中那些事情，从孩子的学习、生活、心理辅导，到家里的各种装备设备出状况，我都自己学着应对。

然而这次，事情真的太大了，我感受到了前所未有的无力和恐惧。我常常胸有成竹地对孩子说："放心吧，有妈妈呢！"可是这会儿，一想到这句话，我就泪流满面。

我用力集中精神，整理思绪。天亮就出发去北京，解决两个问题：一个是挂号。要挂积水潭医院的号，必须到现场办理一张京医通的卡片，据说北京的医院挂号很难，这个要到北京才能解决。再有就是住宿的问题，从网上的信息来看，治病可能要花很长时间，住宿是个重要问题。先解决这两个问题，在北京稳住脚，再一个个解决治病中的问题。

思绪清楚了，我就先在网上买了高铁票，约了顺风车，开始收拾行李。考虑到这一趟去北京可能会很久，我就拿出了家里最大的箱子，塞满了我和孩子夏天秋天会穿的衣服，又把医保卡、身份证、户口本都准备好，放在袋子里。

7月底刚刚办的护照，我也拿上了。看着护照上大牛那张稚嫩的脸，不免又是一场大哭。本来打算，8月中旬，带他出去旅游，大致去泰国或者越南吧，那个时候，价格更便宜，人也少一些。可是，现在呢？护照带上吧，也许还能空出点时间来，也说不定。

北 上 的 路

早上 7 点半，外面飘着哗哗啦啦的雨，顺风车司机如约而至，我拎着箱子出发了。司机是个年轻的小伙子，泪眼模糊中，我没看清楚他的脸。他看了我几眼，似乎想找个话题聊个天，可能实在觉得我表情奇怪，终究没张开嘴。我上了车，就完全动弹不了。一夜的思绪万千，不停流泪，已经让我筋疲力尽。

但是我的脑子依然一刻不停。毕竟已经过了没有头绪、没有目标、最胡思乱想的一个夜晚，我现在要考虑的，是解决即将面对的一个个具体问题，反而思维变得更加清晰了，目标性也更强。我想，没去过北京看病，人生地不熟的，恐怕很难。挂号，找专家，住院治疗，这些都是迫在

眉睫的问题。我就搜肠刮肚，想有什么人在北京能帮得
上忙。

　　平时我是一个比较宅的人，很少跟朋友联系。平时不
联系，有事了找人家，就很难启齿。当然，我也并没有很
在乎面子。我想，以前没有的情分，从此刻开始培养，所
有的恩情，铭记在心，有情后补，也可以坦荡无愧。而最
麻烦的是，我不知道谁在北京，谁能帮得上忙。

　　我先想到了北京的同事。2016年，我曾经在北京工作
过半年时间，办公室有个同事，他父亲常年生病，对北京
的医疗资源比较熟悉。我试着给他发了条信息，大概把孩
子的情况告诉他，希望得到他的帮助。

　　然后，我又把带孩子到北京看病的事情发在了朋友圈。
我体验到了网络的力量，它让我的信息迅速被朋友们知道，
并且让那些真正愿意帮助我们的人，出现在我们的生命中。

　　我是早上10点9分的高铁，在高铁站等车的空档，接
到了北京同事的电话。

　　我无法说话，一张嘴就是哭。等我稍微平复下情绪，
他告诉我说，北京积水潭医院的骨科全国最好，但是协和
医院、北京儿童医院、丰盛医院也都还可以。可以先做检
查，拿结果到各个医院去比较一下。专家门诊和普通门诊
还是有差别的，可以说，差别还相当大，最好挂专家号。
北京医院的专家号，谁挂都难。实在不行就找票贩子买，
提前一点，多出大约300元，应该就能买到专家号。一般，
票贩子都是不会骗人的，可以放心从他们手上买。如果实

在买不到专家号，就挂特需吧，价格要更贵些。特需有两种，一种是只有特需挂号费比较贵，其他的检查费、化验费都和普通的门诊一样。还有一种是不仅特需费比较贵，检查费用也翻倍。所以，在买号的时候要跟票贩子讲清楚，买那种只有特需费比较贵，检查费用跟普通号一样的就好了。我大致了解了情况，就稍微安心了一点。

抵达北京，我到提前预订的酒店，把行李放下，就出门了。到积水潭很近，走路 5 分钟。路上有很多吃饭的地方，我就随便进了间小店。

我点了个豆角焖面，黑乎乎的面条上面摆了好几块四季豆和肉片，边上配了碗紫菜蛋汤。看着那盘面，我的胃里一阵干呕，眼泪哗哗哗又下来了。我撕开一次性餐具的纸袋子，拿出筷子，用力抹一下眼睛，轻轻地喝了口汤。那个时候，我已经一天一夜没有吃东西。汤水顺着喉咙，进到了我的胃里，让我忽然有种很舒展的感觉。然后我张大嘴巴，把面塞进去，牙齿开始咀嚼，用力下咽。我感觉到空空如也的胃，晃荡着胃液，咣当一下，落入一堆食物，撞击着胃壁，溅起大朵大朵的浪花。

第一口饭最难下咽，后面就顺乎多了。我大口大口地吃，最后把一整盘吃得干干净净，半根不剩。以后再经过那条路，我总记不起当时是哪家餐馆，也想不起这餐的味道，但是看到食物时候的恶心，第一口下咽时的阻塞感，食物进到胃里的撞击感和流到嘴巴里的眼泪，至今记忆犹新。后来住院时，病友玉妈做了同款，请我和大牛一起吃，味道真的不错。

走出餐馆，往积水潭去。一抬眼，我便被周遭的情景吓傻了！寿衣寿盒、轮椅拐杖担架一类的店招、广告，看得我胆战心惊。拐向积水潭医院的那条路很窄，也很破，一个坐在轮椅上的男子，腿上扎满了该是固定用的一些铁丝类的东西，手里拿个牌子，写着"专家号"。我忍不住盯着他多看几眼，又为自己的好奇感到羞耻。不禁的泪水又多流了些。

周日，积水潭医院只有急诊上班。我到门诊大厅，办了京医通的卡片。医院没有专门挂号的窗口，所有流程都在手机或者医院的挂号机上操作，实名登记，挂号。不知道是不是为了解决黄牛霸号的问题，我们要挂的专家号要到周一早上 6 点钟才能放号，下午的特需门诊倒是已经放号了，还有很多。为了保险起见，我们先从手机上挂了个特需号，500 元钱。也订好了周一早上 5 点 50 分的闹钟，到时候再抢下试试。

安排好了这些，从医院出来，我忽然一下虚脱了，眼泪哗哗流个不住，脚底如踩了棉花般无力。我坐在马路边的石墩子上，看着交通灯一会儿变红，一会儿变绿，来来往往的人们，行色匆匆。热辣辣的太阳光，让整个世界白得耀眼。

过了差不多 20 分钟，我忽然想起来，早上好友给我发了条信息："亲，去拜菩萨吧！有些事不是我们能左右的，虔诚地去拜菩萨，就请她来决断吧！"我一下来了精神，赶紧往雍和宫去，据说那里许愿很灵。当我赶到那里，雍和宫已经关门。

我摇晃着回到住处。这家宾馆有大大的门头、小小的门厅和袖珍的房间，走道里黑咕隆咚，房间门摇摇欲坠，一进门是潮湿的味道，墙角都是霉斑。好在床看起来很整洁，床单是白底上带着蓝色的点点，也还算温馨。有一个床头柜，和一张小小的桌子。我打开空调除湿，洗把脸，稍微坐了下，就再次出门了。

孩子明天就到了，不能住在这里，我得赶紧找个好点的酒店才行。积水潭医院所在地，是诚亲王新府，也就是康熙的三子、雍正的三兄曾经住过的地方，还是延续了200多年的棍贝子府。这里是北京的胡同聚集地，主要的景区都在附近。我找到的酒店，要不就是这种很便宜，大概200元左右，但是条件比较糟糕，要不就是条件好点，但是又挺贵，500元左右吧，最关键的，这个时候正是旅游旺季，好酒店订不到。

我在网上找来找去，看到一家宾馆评价很不错。我来来往往地穿梭在积水潭和地铁站的时候，似乎也看到了这家店。我打他们电话，说是不接受预订。我又跑到店里，接待的小哥人长得好看，讲话也和气。他说无法订房，因为都已经住满了，不知道什么时候有退房，但是给我一张名片，让我第二天打电话订。

晚上回到酒店，已经9点多。因为把事情发在朋友圈，很多同事、同学打电话、发信息问情况，没有一一接电话，也没有——回信息，实在没有心力。估摸着他们爷俩已经上车了，我就打电话问。孩子兴致很好，游戏玩得正嗨，以为爸爸带他到北京旅游来了。他说，坐了从老家到北京的火车，没有买到卧铺，就端个小凳子坐着。

我一听，就炸了，十几个小时的火车，坐着小板凳到北京？委屈、无助、伤心、焦虑，一下子全上来了，我忽然就对他爸咆哮起来。后来，他爸说会在中途换乘卧铺，我才放下心来。

搁下手机，我已经筋疲力尽，眼睛痛，头痛，心口痛，一闭眼，很快就睡着了。

第二天早上醒来，已经 7 点钟。闻着房间里的霉味，看着眼前陌生的墙壁，我懵了好一会，才缓过来。哦，是了，是在北京了。

眼睛很痛，头倒是不痛了。他爸给我发了信息，说是凌晨 2 点 46 分，他们换了卧铺，大约 9 点 40 分的样子到北京。

洗漱完毕，我发现自己简单上妆的脸竟如僵尸般惨淡。我认真地涂了口红，又对着镜子大大地咧了咧嘴，低低地却很坚定地在心里跟自己说：要加油啊！感觉似乎好了些，可是一低头，眼睛又是一阵酸痛。可能是眼泪快要流尽了，眼睛酸，心口也痛，但是并不会有那种喷流而出的畅快淋漓。

我收拾妥当，退了房，把箱子寄放在前台，就往雍和宫来。大清早的，雍和宫门口人已经很多，排了长长的队

——买票排队，进门排队，烧香排队，祈愿也排队。本以为，只有我一人转身求菩萨，没想到生死攸关的时刻想要向菩萨求助的人这样多。每个人都极虔诚，神情凝重。一个高高帅帅的年轻小伙子从我眼前飘过，手中拿着检查报告，上面写着海军什么医院放射科的字样。

我从赠香的地方拿了香，跟着人群往里走。我没有兴致游览，就是不停地拜佛许愿。蒲团是很紧张的，排着很长队，我时间有限，赶着去接孩子，就在蒲团边上的地面，跪下就拜，眼泪就不停不停地往下流。

我将愿望不厌其烦地告诉每一位神佛菩萨。我为自己临时抱佛脚感到羞愧，我默祷，之前我不知敬畏，未曾礼佛，甚至对此知之甚少。可是今日，遇到困难，我便不请自来，实是不敬，也是颇为惶恐。可是，我还是希望表达我的祈求，愿大慈大悲、神通广大的各路神佛菩萨，救救我可怜的孩子。看着身边每个默默祷告的人，我心里又充满无奈，菩萨真的能顾得上我们每个人的愿望吗？

我 11 点钟到达北京站，广场上响起钟声，因为火车晚点，他们刚好出站。

看到孩子，我小小地激动了一下。已经半个多月没有见到这个小东西了！那个暑假，我们在前半段安排了很多学习任务，读书，背诗，做题，试图扫去那个期末考试没考好的窘境，扭转乾坤，坚定地朝向学霸的方向。我们俩签订了学霸养成协议，将时间安排得满满当当，大牛认真学习，妈妈做好监督指导和后勤保障，一旦完成任务，可以有 1000 元的奖励，一次长途旅行，还有一顿随便选的美食。后来，他坚持下来了，圆满完成任务。只是还没来得及兑现奖励，8 月 1 日，他便被爸爸接回去了，说好了住一阵回来就去旅行。没想到，回到我身边，果然在旅行，只是换了种别样的方式。

他精神很好，扶着爸爸的胳膊，一瘸一拐地走出来。

"呀呀呀，几天不见，咋还变成小瘸子了？"我戏谑着说。他略带羞涩地说："爸爸说要保护左边的腿，我得擎着点劲儿。"我抱了抱他，亲亲他的额头，然后捧着他的脸，问他想不想我。又跟他说："妈妈肚子饿，还没吃早餐！"他赶紧从随身包里拿出小面包和火腿肠。

我吃着东西，将胳膊搭在他的肩膀上，问他作业有没有完成，作文有没有写，带去的书有没有读完。他一听到学习，就大皱眉头，我便哈哈大笑。他爸已经完全把他当成病号来照顾，半边身子扶着他，不停地告诫，走路要慢，要轻。

最终，我们住在了一家快捷酒店，条件也还可以，房费 499 元一天。我们的房间在走廊头上，西面北面都是窗户。因为下面都是小吃店什么的，所以窗户打开了会有油烟，声音也吵，但是关上了就好很多。房间干爽，有很多衣架，洗衣服晾衣服比较方便。

他们父子俩休息，我去拿行李。穿梭在胡同里，3 天来，我第一次有点轻松的感觉。暑假的最后阶段，正是旅游旺季，胡同里来来往往的游人，欢快地吃吃喝喝，拍着照片，美好得不行！

就在几天前，好朋友还说，你现在的生活是很多人羡慕的。有稳定的工作，手里有点存款，吊个猴子，平时挣那点钱也够用，逍遥自在得很。想到这点，我不禁莞尔。可不是吗？这只猴子，猴来猴去的，又那么懂事，真是让人没办法！只是，无常，又太无常了！几天而已，都变了！此刻，所有那些快乐，忽然间就烟花般消失殆尽，渐行渐远，遥不可及了。

到了酒店，他爸睡着了，孩子在看电视。我很想带孩子到外面去逛逛，周边就是旅游胜地。昨天，我随便迷个路，便跑到了恭王府门口，再走几步就到了梅兰芳故居。我可以带上我的小猴子，去胡同深处撒欢，胡吃海喝一通。可是，他爸坚决不同意，认为孩子的腿不宜多走路，要我们就在宾馆，哪也不去。

下午3点半，他爸去买吃的。大牛跟我说："妈妈，我总觉得哪里不对劲，但是又说不清楚是什么。"这确实很奇怪，他的爸爸妈妈已经分开了，怎会又出现在同一屋檐下？他在姑姑家离开，爸爸没有把他送回家，而是直接带到北京来，这是咋回事？还有其他的什么什么，他就是感到不对劲，但是说不清楚。我想认真地给他解释一下，说清楚，但是他一看我认真了，自己又怂了，捂住耳朵大叫："不要听，不要听！"

吃过东西以后，孩子看了会电视，6点多就睡着了。看着大牛睡得呼啦呼啦的，我忽然觉得此日跟往常的每个日子都没有什么不同，安详，温暖，幸福。对于来北京治疗这件事，我心里总有两个声音在对话：一个说，来到全国最好的医院，终归是给孩子带来一线生机，治好了病，我们就可以好好回去了；一个说，我好好的孩子，明明就很正常，从哪里也看不出有什么问题，怎么就到了要死要活的地步？明天开始，他可能就要经受各种治疗，便再也没有这种舒适快活的生活了，我是不是在毒害自己的孩子？

看 医 生

　　8月20日早上醒来，阳光透过窗户，洒满房间，暖洋洋的。5点50分，闹钟响起，我赶紧到京医通上等着挂号。一整夜，我都在担心，能不能挂到号。可能是因为这个病实在很罕见，那个号源并不很紧张。到了6点钟，我们挂号的时候，还剩13个号。我们挂的是骨肿瘤科知名专家门诊，100元，我们就把下午那个500元的特需号退了。

　　大牛早上情绪很不好，他什么也不说，不哭不闹，但是也不起床。我用各种方法逗他，但是他完全不理。好在他爸说话比较有权威，软磨硬泡，哄他起床。

　　尽管医院离我们住的酒店只有几百米，但是他爸还是决定打车过去。到了医院，还不到7点钟，他们俩在门口椅子上休息，我去排队取号。医院人很多，排队很长。我取到的号是 15 号，不上不下，也还可以吧。我暗自庆幸，幸好来得早。不然取到后面的号，医生疲倦了，再好性儿的医生怕也会不耐烦。

早上 9 点半，我们进了诊室。

医生是个直来直去的人，他拿出片子看了下，说："直接说症状。"

一分钟的样子，他爸把症状说了。

医生说："当地医生有没有跟你们说是什么情况？"

"怀疑是骨肉瘤。"他爸说。

医生说："好，有没有做病理？"

"没有，我们拍过片子就过来了。"他爸说。

医生说："好，初步怀疑是骨肉瘤，我跟你们说一下情况，我们是这么治疗这个病的，或者说，全世界都是这么治疗这个病的。先打两个月化疗，然后手术。如果化疗效果可以，我们就把骨头的这个部分切除，换掉，不用截肢。如果效果不好，就考虑截肢，然后再打 6 个月化疗。这样以后，存活率大约是 63%。其他的 37% 呢，主要考虑各种感染、转移等问题。当然，一般不会出现这种情况，现在你们去一楼一诊室约病理穿刺。"

他话说得简洁明了，没有一句废话。我惊呆了，一句话也说不出来。在进来之前，我还觉得尚有回转的空间。这一刻我明白了，根本没有什么意外之喜。

最后出门之前，我转回头，怯生生地问了句："可以确诊吗?"

医生看了我一眼,说:"病理确诊。"

出了诊室,他爸按照医生说的,去挂普通门诊的号,我则陪着孩子坐在候诊室的椅子上。

大牛说:"妈妈,我们要干吗?"

我说:"儿子,从现在开始,我们要正式开始治病了。"

大牛说:"妈妈,那我们现在要干吗?"

我说:"我们要做最后的筛查,看看是不是搞错了。"

大牛说:"妈妈,为什么要这样?"

我蹲在他面前,看着他的脸,微笑着跟他说:"儿子,你可能生了很严重的病,要开始治疗了。你要打针两个月,然后做手术,然后再打针半年,我们就可以回家了。"

大牛说:"妈妈,疼吗?"然后,眼泪就下来了。

我说:"嗯,应该会疼的吧。打针会疼,打了针以后可能会很不舒服。做手术也会比较疼吧,但是会给你打麻药。"

大牛说:"妈妈,我能不能不治?"

看着他祈求的眼神,我心都要碎了。

我说:"儿子,你病很严重,如果不治,可能会死。但是,你好好配合医生治疗,我保证你可以好好活下去,跟其他小朋友一样。"

大牛说:"妈妈,医生说只有63%的机会活下来,还有30%多的可能会死。"

我强忍着眼泪,抱着他的头,轻轻地告诉他:"放心吧，妈妈会一直陪着你，你在哪，妈妈就在哪。妈妈保证，你不会死。但是，妈妈希望你也向我保证，好好配合医生治疗。"

大牛又说："妈妈，会不会很疼？"

我说："总会有点疼的吧。"他不说话了，呆呆地流眼泪。

我也不说话了，就是轻轻地抚摸着他的脑袋。

一楼一诊室，接诊的是位年轻医生，他温和而又耐心地回答我们的问题。他说，从片子上看，孩子应该是 2B，然后就开了各项检查，让我们去预约。

中午，很多同事发来信息或者打电话问情况。大学同学壮妈在北京，这个时候联系到我。她见到我就说："这么大的事，你怎么不跟我说呢？你还真行，自己闯到北京来看病了！要不是我从朋友圈看到，你还真的要自己去看病了！"她听说我等着医院安排排队住院，气得哇哇大叫："在北京看病，你不去争取，同样的癌症，有的排半年，有的排 3 个月，有的排 1 个月！你这个，还不知道排到什么时候。你还真是心大！"

晚饭时候，她又过来跟我说，医院的事情安排好了，会尽量早点安排大牛住院治疗，让我放心。她 2018 年 2 月份刚做了手术，所以在看病方面很有经验。她听说我们的房费这么贵，立刻又是哇哇大叫，邀请我们到她家去住，算是在住院前的一个过渡。

隔天晚上，我们就住到了她家。后来，有她的一路陪伴，我们按部就班地接受治疗。从一开始住院，到后来接受各种治疗、手术，他们一家都很关心。并且，后来的很多日子，尤其是一些重要的时间节点，他们都会来看我们，比如大牛第一次化疗的时候，手术的时候，生日的时候，还有其他心情好或者不好的时候，带着礼物和惊喜，壮壮也变成了大牛在北京难得的好朋友。

高中同学敏敏也联系到我，问有什么她能够帮忙的，也邀请我去她家住。这些都是我曾经极好的朋友，但是已经好久不见，似乎已断了联系。而今身处困境，她们便出现了，我又感动到哭。

他爸下午预约检查，血常规、心电图什么的，随时可以去做。CT 约在 24 日，核磁共振约在 27 日，骨密度扫描约在 29 日，穿刺手术则要等到 22 日再去约。

回酒店的路上，哥哥打来电话。妈妈着急的声音出现在电话那端："你在哪了？大牛怎么回事？生了什么病？"来北京之前，我没有跟他们说情况，还期待可能误诊的侥幸。后来，哥哥从朋友圈中得到了消息。

我平复下心情，缓缓地跟她说："还没确诊，我们也不确定到底是什么病。现在我们到了全国最好的医院，后面慢慢治就是了。你们不要着急，等到检查结果出来了，我再跟你们说。"好像在安慰她，其实也是在安慰自己。当时真的在想，还没确诊呢，也许是误诊呢。

晚上睡觉时，大牛说："妈妈，我一辈子都不会想到我会这样。"

我说："哪样？"

他说："还有什么哪样？生病呗！我一辈子也不会想到我会生这种病。"

我说："是啊，若不是当真如此，我一辈子也想不到我的儿子会生这种病呢。"

隔天安排查血。头天晚上，躺在床上，大牛就不停地叨叨："妈妈，我不要抽血！妈妈，我不要抽血！"这个孩子自小怕疼，特别不喜欢打针，不愿意抽血。排到他了，果然遇到困难。叫到名字的时候，他死活不往跟前凑。他爸几乎是拖着，把他弄到了座位上。他用力护着自己的胳膊，叨叨着："等一下，等一下，等一下！"

给他抽血的是位俊俏的姑娘，声音却非常冷厉："抓紧，后面还有人等着呢！快点把胳膊伸出来，放这里！"随后，抓着他的胳膊，放在垫子上。旁边窗口一个胖胖的医生，跟着帮腔："别闹了，别闹了，这是医院！哈！抓紧听话，不然等下让保安把你带走！麻利点，哈！"然后回头对我们说："家属出去，到外面等！"我始终不忍，又担着心，走远了几步，还是没走出采血室。

不知道他们俩在僵持什么，后来那个胖胖的医生从窗口内，走到了窗口外，拖着大牛，另外一个窗口的医生走到给大牛采血的医生窗口帮忙，三个人一起，总算把孩子的血采完了。

然后我赶紧走到孩子身边，听着医生对孩子说："看吧，不疼吧？就一下，忍一忍就好了。"我过去，对医生道谢，她隔着口罩，给了我一个温和的笑。

中午医生打电话，说住院安排在下周一，也就是27号，也是核磁共振检查的日子。医生说，住下来以后，就安排做穿刺，孩子从现在开始要特别注意两个问题：一是尽量少走，防止摔着跌着发生骨折；另外一个是要注意身体，防止感冒感染。这两个问题发生了，都将影响到治疗进程和效果，甚至可能危及生命。另外，为了安全起见，要先给他做个护具，再买个轮椅，方便出行。

下午，我们就出发前往壮家。壮家在常营，离医院20多公里。他们都去上班了，但是把钥匙放在了门口的干花里。那是一套两居室，他们一家住在主卧室，我和大牛住小卧室。

吃饭时候，大牛说："妈妈，我以为我就是简单来看个病，没想到这么严重。我真是够倒霉的。"

我说："嗯，生了病，咱们是挺倒霉的。但是咱们又特别幸运，你生的这种病在治疗上已经有很成熟的经验，比那些治不了的病要好多了。所以，只要配合医生治疗，咱们很快就可以回家了。"

壮妈说："可不是吗，你若是10年前得这个病，可就治不好了。现在，很快就可以好了。所以想想看，你多幸运？"

孩子说："是10个月吗？"

我说："嗯，差不多吧。"

他很快笑了，对未来充满期待。

吃过饭，收拾妥当，他爸来跟我们一起去医院做护具。昨天，他爸在附近的一家青年旅社将就了一晚。他把照片拿给孩子看，像个学生宿舍一样的房间，里面有 5 个床位，他睡的是唯一的上铺，好在里面看起来干净清爽，住起来也算舒适。

我们都以为做了护具以后，孩子就可以活动自如了。没想到，护具是固定住了一整条腿，从脚脖子到大腿根，都给包起来，孩子左腿完全没法活动了。

他很难受，不停地问，什么时候可以取下来？

我告诉他，医生要求，从现在开始，一直带着，最好不要取下来，防止发生意外。

他很沮丧，我也很失落。本来以为，在住院之前，还能带他出去撒欢。没想到，从此刻起，他就成了"残障人士"。

做好护具，他爸就回老家了，去办孩子医保的那些手续，也去处理一些工作上的事情，顺便再带些东西回来，我和大牛回壮家。到家，大牛长吁一口气，迅速爬到床上，让我给他取下护具。每次承受这些不曾受过的痛苦，他都以为是最难受的了。比如抽血，比如带着护具走路，他没想到的是，后面的痛苦一次比一次加码，一次比一次更有挑战。

大牛的 CT 检查约在 24 日。23 日没有安排，早起的风儿从窗口进来，很是凉爽，秋天的味道越来越足了。孩子早起打了个喷嚏，又咳嗽几声。我和壮妈都吓坏了，医生说了不能感冒啊。

壮妈开玩笑地说："大牛，你要吓死你妈呀！"

他便不好意思地笑。

壮爸壮妈上班，壮壮上幼儿园，家里就只剩我们俩。大牛玩游戏，看电视，我则收拾屋子，打扫卫生。那一种惬意，正如平日里的每个周末一样，宁静安详。

昨天煮的鸡汤还剩很多。鸡是壮爸从老家带来的，壮奶亲自养大的。壮妈一直强调，要给大牛多补充点营养，垫好底子，好做化疗。

"中午就下个鸡汤面，怎样？"我建议说。

大牛说："妈妈，做你以前做的鸡蛋面，好不好？"

好啊好啊！当然好啊！我一听他提要求，就乐了！我一直以为，成功的妈妈，定然要有一两样让孩子牵挂的拿手菜。多年以后，孩子忽然说，妈妈，我想吃你做的那啥啥啥了，那感觉多好！今日，我竟然提前找到了这种感觉！

我铆足了劲，认真下了一大盆鸡汤面。除了平日里常有的鸡蛋、青菜以外，又加入金针菇、鸡肉丝，装出来满满一大碗！

吃饱喝足收拾清了，大牛说："妈妈，表哥知道我生病了吗？"

"应该知道了吧，妈妈告诉姥姥和舅舅了。"

"你告诉他我生什么病了吗？"

"嗯，说了。"

"妈妈，他会不会来看我？"

"怎么，你想他了吗？"

"嗯，妈妈，我想让他来看我。"

"好啊，我把你的想法告诉他，看他能不能来看你。"

"妈妈，他来了，一定会说，啊，什么？你是生病了吗？你会变成长短腿吗？你这样一拉，不就一样长了吗？"

他模仿着表哥搞怪的声音，咯咯地笑起来，我也被他逗笑了。

24日早上醒来，阳光明亮地从窗口透进来。我扑棱一下坐起来，妈呀，几点了？我赶紧看手机，还好，刚刚6点钟！

吓死我了！早上8点的CT，医生说8点之前一定要到。我赶紧爬起来，洗漱，叫孩子起床。他其实也已经醒了，但是对于去做检查这件事很是苦恼，不愿意起床。他爸也打来电话，让他赶紧起床去做CT。

他穿好衣服，我帮他把护具套在腿上。第二次用，他已经运用自如。但是因为护具太长，走起路来会硌到脚跟，他就总忍不住把护具往上拉。

下得楼来，走到门口，只有几十米的路程，我们走了十几分钟。

网约车到的时候，刚好是7点钟。师傅人很好，让孩子躺在后面的座椅上。师傅说，就按着导航走吧，这个点刚好不堵。可是刚说完没多久，就开始堵起来。到了医院，已经8点半。

在医院门口，我租了轮椅，推着孩子，就方便多了。

进去排队取号，等待 CT，都很顺利。但是，到了门口，我们才知道，这次做加强 CT，需要注射一种药水，得扎针。孩子又不停地叨叨："等一下，等一下。"然后看着我，哀求说："妈妈，我不要扎针！妈妈，我不要扎针！"

给他扎针的是个温和的女子，对这个孩子，她却是又吓唬又骗，但是还是抓不住那只不断后缩的手。医生让我出去，过了几分钟，针扎好了。做完 CT 已经快 11 点。回来的时候，路上不堵，只用了不到 50 分钟。因为有轮椅，自在得很，我很高兴，想推着他出去逛逛。他说什么也不同意，说是要回家吃大餐，因为我答应了要炒饭给他吃。

一个鸡蛋，一个青椒，一根腊肠，半根胡萝卜，一碗剩米饭，瞬间变成香喷喷的炒米饭。另外，头天晚上壮妈煮了羊腿，也是壮爸从老家带来的，要给大牛大补。我给他装两块羊肉一碗汤。后来，他很快吃完了米饭，羊肉倒是剩下了。他边吃边说："妈妈，明天再做个酱油炒饭给我吃。"

晚上，我买的寿司配料到了。大牛很开心，一直催着我做。事实证明，我做寿司的手艺很不赖，不仅大牛爱吃，壮妈和壮家的帮佣阿姨小江都表示还不错。

晚饭后，壮妈去健身房，小江照看孩子，我就去跑步。这几天着实抑郁得很，人都蔫吧了。这样不行！我暗下决心，从今日开始，要像往常一样，每日读书，学习，跑步，跟大牛聊天，年初立的小目标，还要按部就班地完成。小区后面有条很长的塑胶跑道，我跑了 6 公里，一身大汗，也算是酣畅淋漓。

25 日周六，壮妈邀请我们一起去图书展。有了轮椅，和昨天出门的经验，我觉得出趟门也不是什么大问题。壮妈说，让大牛住院前好好玩一下，不然，接下来 10 个月都很难出门了。

图书展很大，人很多，主题也很明显，亲子教育和儿童绘本类书籍占了半壁江山。我们挨着逛起来。大牛对一个立体书摊位很感兴趣，他翻开一本一本的立体书，惊叹于各种巧妙的设计，尤其是对一本《西游记》主题的书，特别感兴趣。里面的楼台亭阁，各色人物，栩栩如生，尽收眼底。

还有一处好玩的，是唱吧。我跟大牛跑到里面唱歌。他会唱的歌很少，《小苹果》《大王让我来巡山》《告白气球》《青春修炼手册》，都已经跟我唱很多次了，依然唱不好，还怪我不会唱。这个展位大厅中间的桌子上，放着耳机和 iPad。我和他找到位置坐下来，听音乐。最搞笑的是，他听来听去，还是这几支，还不停地要跟我分享。

我们还去听了位科考队员关于极地探险的讲座。大牛对于气候变暖、极地冰川融化、友好的企鹅、倒霉的北极熊、美丽的极光，都颇感兴趣。当听到说，如果极地的冰川都融化了，海平面会上升约 60 米，江苏整个地区将淹没在海洋中时，大牛吓坏了。他惊恐地说："妈妈，我可不想被淹死。"我嘿嘿一笑，告诉他："如果水淹过来，我们早就搬到其他地方了。"他才放下心来。对于北极熊吃什么的问题，讲座人说是海豹。大牛很是不解，在提问环节，他举手问道："北极熊不是吃鱼吗？"在我印象中，北极熊也是凿冰取鱼才对。不过，讲座人还是强调，北极熊一般是捕食海豹，实在没东西吃时，会打人的主意，很少捕鱼吃。

我们正逛着，碰到个跟他同一造型的男子，左腿带着护具，坐在轮椅上，自己用手转动轮椅往前走。他像发现新大陆一样跟我说："妈妈，原来轮椅可以这样用！"于是，他把我撵到一边，自己用手转动轮子前进。没想到，只是一会儿的工夫，他就可以将轮椅操作自如，那一种成就感让他心情大好！

26日无事，但是第二天要住院，我的心情开始变得沉重。越是快要住院了，对于截肢的焦灼越是真实。早上一下子惊醒了，满脑子就是一个坐在轮椅上，只有一条腿的孩子。他怎么吃饭，怎么运动，怎么养活自己，他会不会难过，会不会消沉，会不会无所适从，会不会自暴自弃，这些问题一股脑全出来了，揪着我的心，让我喘不过气来了。我赶紧爬起来，看着还在熟睡的孩子，听着那均匀而又熟悉的呼吸声，心情才渐渐平复下来。

10点多，他爸从老家回来，拎着一个箱子，背一个大包，还拎一个小包，像逃荒似的。手中拎的是一包鸡蛋，说是孩子爷爷这些天积攒下来的；背包里有一包枣子，爷爷从自家枣树上打下来的；还有几个莲蓬，爷爷从自家藕塘子采摘的。想来，这些东西不值钱却很沉，千里迢迢带过来，似很不划算，然而老人的心意，却又让人忧伤。

中午，壮爸带我们去吃烤鹅。大牛见到好吃的，总是一副很馋的样子，吃得很是开心。壮妈无限感慨地说，好好吃吧，明天住院以后，就只能吃病号饭了。

饭后，牛爸带他去玩游戏，我则跑到一家书店，准备趴一会。这些天，许是思虑过甚，脑袋累得很，只觉得头昏脑涨，老想躺下就睡。可是还没两分钟，他俩电话就来了。他爸坐了一夜火车，也是强打着精神陪他玩，实在也已经困得不行。

回到家，孩子就嚷着左侧脚踝酸痛。我一看，脚踝肿了，就帮他揉一揉，希望可以好转，但是效果不大。孩子躺在床上，急得翻来覆去。我想安慰他，却又找不到什么话说，只是想着，明天住院了，就可以有办法解决这些问题吧。可是回头再一想，明天住院后，孩子开始进入治疗，他的痛苦自是日胜一日，怕是再没有这样惬意的时光了。

晚上，我们又捋了捋，把东西都再整理一遍。医生要我们早上 7 点之前挂普通门诊的号，去开住院单，叮嘱千万不要迟到。他爸约了个车子，打算第二天早上 5 点 50 分从小区出发，先去办理入院，回头再来取行李。

我问孩子："明天住院，要接受治疗，你害怕吗？"

他说："妈妈，治疗疼吗？"

我说："做化疗的话，应该会有些不舒服。不过这样才能杀死癌细胞。其他疼的治疗，应该都会打麻药。"

他说："妈妈，我没有得癌症，我是骨肉瘤。"

我说："嗯，是啊，你只是在骨头上长了个东西而已，不是癌症。"

他说："妈妈，那你为什么说癌细胞？"

我说："哎呀，妈妈被明天住院的事情吓糊涂了。那个不是癌细胞，只是坏细胞而已。"

他"嗯"了一声，不说话了。

壮妈也说："不是还没做病理检查吗？说不定，是良性的呢？"其实，我心里也还隐隐约约地存着希望，说不定是良性的呢。

这段只有检查没有治疗的时光，我们奔波在医院和壮家之间，在地铁上，在出租车上，我们推着轮椅走在人群中，扎针，拍片，做各种检查，一次一次挑战大牛接受疼痛的各种底线，他哭着闹着，但是更多的依然是笑着。跟后面治疗的日子比起来，这些时光真的是太美好。

穿　　刺

　　27 日住院。早上 5 点半起床，5 点 50 分出发，6 点 40 分我们刚好到达。

　　医生还没到，我们等在门诊那里。这几天进进出出，我们对医院已经轻车熟路。轮椅推久了，也是越来越习惯，越来越顺手。

　　医生给我们开了住院单，又开了一张核磁共振单。因为我们原来的核磁共振约到了 9 月底，怕要贻误病情，这次医生让我们到朝阳的一家合作医院拍。

　　7 点半，我们出发去朝阳。为了避开早高峰的堵车，我们选择地铁出行。这是大牛坐上轮椅之后，第一次搭乘地铁，我也是第一次发现，原来地铁站是有直梯的。

到了朝阳那边，差不多已经 9 点钟。找到医生，说明
情况，完全不用排队，直接就拍。回到积水潭，住院处的
窗口依然人山人海，我们取的号前面排了 20 人。等到办好
入院手续，已经 12 点半，但这并不意味着我们可以躺到病
床上。护士已经下班，要等到下午两点半才能办入住手续。
而下午，护士那边该登记的都登记了，该测量的都测量了，
甚至连我们的床头卡片都填好塞上了，但是我们还是无法
住上病床。护士说，我们要等那个床位上的病人走了才能
住进去，而那个病人 4 点钟还有个检查。

本来以为我们这次住院后，就开始按部就班接受治疗，
不用再折腾了。其实不然，这次住院只住一天，为的是第
二天做穿刺。穿刺结束，就出院，等到病理结果出来，再
去住院，差不多要等一周。因为后天早上孩子有个骨扫描，
我们跟医生商量，能不能多住一天。医生说，医院安排得
很紧凑，我们出院了，就有化疗的要住到这个床位。等他
们第一个疗程的化疗结束，再腾出床位给我们化疗。这个
是一环扣一环，每天都安排得很严实，实在没办法。

他也透露，在接下来的化疗中，我们术前的四次化疗，
只有第一次和第四次在积水潭医院，中间两次要安排在合
作单位，因为实在排不过来。他还强调，按照我们的病程，
如果都在他们医院治疗，估计两年后都排不上。

差不多下午 5 点钟，我们住上了自己的病床，它让我
想起了初中时候的学生宿舍。很大的屋子，正常应该是两
排八张床，现在中间又加了两张，所以变成了十张床。在

东边一排溜的是四个东北人，中间是两个河北的，我们床边上的似乎是家四川人。大部分都是孩子，十几岁的样子，大牛算是最小的。有几个没头发的，显然是已经化疗过了，旁边这个男孩上周二刚做了手术，在床上不能动弹。还有两个是不需要化疗的，他们的肿瘤是良性的，做个手术就回去了。我对这俩羡慕极了！

到了晚饭时候，东北人扎堆到一起，吆喝着展示自己买回来的食物，互相分享，竟如老友相聚般热闹，洋溢着快乐的气氛。刚进来时的那种压抑沉闷一扫而光，我也变得快乐起来。

有个兄弟，肩膀上刚刚开过了刀，特别爱说话，对于刚住进来的我们，更是滔滔不绝。他说，化疗并不是每天都做，术前的四个疗程是，做一周休一周，然后做一周休两周，再来做一周休一周，最后做一周休两周，正好四个疗程。费用呢，一次化疗 3 万左右，用药不同费用也会有所不同。第四次歇疗以后，就可以手术了。手术费用在 30 万左右，也是根据不同情况，会有不同。术后再做半年化疗，就可以出院了。

负责我们床位的医生，是位年轻的博士，中午看到孩子的护具拿下来，狠狠地批评了我们。下午，他下班的时候，看到孩子带着护具的腿翘起在前面的椅子上，又批评了我一顿，说："你要保护好他的腿，否则，一旦折了，别说膝关节保不住，怕是腿都保不住了。"然后，又专门给他爸发信息。我们自此后，再不敢对此掉以轻心。

晚上 9 点多，我从医院出来，继续到壮家住，他爸守夜。走廊里躺满了人，门廊下三三两两的，也都躺着人。同病房一位河北姐姐，也就是后来的好朋友西妈告诉我，他家老公陪孩子在病房，她就在走廊里打地铺。不过，她也告诉我，四川的那家在胡同里租到间屋子，可以休息做饭，一天 100 元。

我考察了下走廊，男男女女的很多人，铺着防潮垫，挨着边儿躺在地上。大家互相聊着天，让我想起小时候的夏日傍晚，太阳下山了，天地间开始变得温润，人们搬出了自家的小床，在屋后的空地上乘凉。大家伙东家长、西家短地拉着呱，不时传出拍打蚊子的声音。而最让我羡慕的是，隔壁家的小床还搭了蚊帐，风起时，蚊帐便轻轻地飞起来，飘逸潇洒。

走出病房大楼，月亮给天空睁开了大大的眼睛，一如既往地美妙无比。晚风很凉爽，积水潭边上的柳树，飘飘洒洒地落下黄的绿的叶，发出嘶嘶索索的声音。水缓缓流动，不言不语，无声无息。这些美好的景象，陪伴了我后面很长的时光。即便季节变迁，情景各异，而从自然中生发出的那种坚毅、豁达、坦然、执着、乐观、向上的力量，一直牵引着我们嘴角带笑，勇往直前。

28 日早上，我搭乘了最繁忙时段的地铁，赶到医院。而等医生查过房，见到大牛已是上午 11 点。见到我，孩子第一句话就是："妈妈，我能吃东西吗？"大牛是真正的吃货，胃口一直好，穿刺之前禁食的要求，着实过分了点。

我们就盼着能够早点做穿刺。护士说，肯定要到中午以后，具体时间还不能确定。

对于穿刺，大牛很害怕。他不停地问我："妈妈，穿刺疼不疼？"然后就是不停地叨叨："妈妈，我不想穿刺。妈妈，我不想穿刺。"

我认真地告诉他："做穿刺是要打麻药的，打过麻药之后便不疼了。"

他就问我说："打麻药的时候疼不疼？"

我说："应该会有些疼的吧。但是，就像小蚂蚁咬一下，很轻微。"

他说："明明就很疼。我之前打过麻药，特别疼。"

我说："嗯，大概会有一点。"

他便不停哀求："妈妈，我不想做穿刺！妈妈，我不想做穿刺！"

我看着他的眼睛，近乎无情地说："不穿刺会死。"

他吓到了，不再吱声，安静地等待。

直等到下午 4 点多，手术室的人推着床到了，他第一句话就问："做穿刺疼不疼？"

那是位 40 多岁的女子，一双眼睛很有神。她看着孩子，轻轻地说："放心吧，麻醉以后，一点感觉也没有。"还没等他说更多，病房里的人便七手八脚地把他抬到了手术床上。

大约 1 小时以后，大牛回来了。他眼睛已经睁开，有些神思恍惚。医生叮嘱，注意观察他的脸色，不要让他再睡着了。

过一会儿他清醒了，兴奋地跟我说："妈妈，没有打麻药！我进去以后，医生把一个东西戴在我的嘴巴上，让我数到 20，等我数到 18 的时候，就睡着了，然后就什么都不知道了。当我醒来的时候，已经被推出来了。妈妈，因为睡着了，所以我完全没有感觉到疼。而且，昨天去做加强核磁共振，手臂上有一根滞留针，所以也不用再扎针，我真是太幸运了！"他兴奋地跟我讲着，脸笑成了花！

到病房已经 5 点半，医生要求观察 1 个小时，再过 1 个小时吃饭。孩子便不停地问："妈妈，啥时候能吃饭？"他爸问他想要吃什么，他便不假思索地说，要吃烤鸭。

7 点半烤鸭外卖到了，他准时吃饭。那是真正的狼吞虎咽！我用小饼帮他卷，他便一口一个。我都不记得他吃了多少个。医生过来查看，看到他的样子，开玩笑地说："刚出手术室，便吃得这样横！"后来我们才想起来，医嘱是两个小时之后，可以吃点小米粥之类清淡的东西。

吃饱喝足已是晚上 8 点半，我们得走了，住这个床的病人已经在走廊等了很久。

匆匆收拾，出门来已经 9 点多。我们打算坐地铁回去，这样孩子就免去了上车下车那些麻烦，也避免了磕着碰着的风险。到租轮椅的地方，我们换了可以将孩子的腿支撑起来的那种，这样他的那只刚做过穿刺手术的腿会更安全些，也更舒服些。在胡同口的小商店里，我们顺便置办了尿壶便壶那些，东西很便宜，一共只用了不到 20 元。网上有很多价格更高的，但是经验证实，还是这种便宜的最好用。

医生说，等待病理结果，差不多要一周。我跟大牛嘀咕着，回趟家比较好吧。我们想念古黄河边的小屋，暖黄色的地板，粉色的窗帘，窗外就是大大的黄河公园。我们俩几乎已经下定决心要回家了，却遭到了他爸和壮妈的强烈反对。他们觉得回家风险太大，一路风尘，一路奔波，腿上骨折的可能性增大，感冒生病的可能性也很高。面对孩子那无法安放持续作痛的腿，和来自心底隐隐约约的恐惧，我们便不再做无谓抗争，安心在壮家住下来。

悠 游 时 光

等待穿刺结果的那几天，简直像度假一样舒适安详。

壮壮一家好，是真的好！我们住在他们家，着实增加很多麻烦。大家都能想象得出，5个人在一套两居室里来来往往的凌乱感。壮妈是自己的亲同学，以极大的包容和爱承载着我的无助和不安，壮爸对我们的入住，也表现出了持续的热情和关怀。壮壮，总是大牛哥哥长、大牛哥哥短的小娃娃，给大牛带来了无尽的温暖和快乐。

第一天，我们先把轮椅退了，租用了一个礼拜，140元，也算厚道，又从京东上买了新的，头天晚上下单，第二天就到了。后来，这个轮椅陪伴我们整个的治病过程，它见证了大牛在北京的所有酸甜苦辣，也见证了我手底的老茧，一天天养成。

白天他们一家各忙各的，我和大牛在家自食其力。我不是个很有做饭天分的人，连同样不那么擅长做饭的壮妈都嫌弃，但是大牛却以极大的包容，哄得我每每很爱下厨。早饭我比较擅长，无论是鸡蛋面，还是酱油炒饭，都是他极爱吃的。中午，就比较为难，他常常觉得我在捣鼓"黑暗料理"，专门拉他来试毒。

偶尔一两次，不知撞了什么好运，我也会做出一些美味来，他吃得也是咂嘴咂舌，但是更多的时候，他是吃着碗里的，扒着外头的，惨兮兮地说："妈妈，不如我们点个外卖吧？"我便扒拉着自己碗里的饭，无力地说："忍一忍吧，晚上就有好的了。"

晚上真的有好的。壮家有个帮佣阿姨小江，河北人，性情很好，爱说爱笑，做事麻利，很会做饭。她不仅炒得一手好菜，而且还会做葱油饼、葱油面那些。她会很认真地问大牛想吃什么，隔天就真的做。

大牛做了穿刺的腿，需要隔一天换一次药。在壮家不远处的地铁站门口，就有个医疗服务站，我们来来回回的，见过很多次。下午，我就推着他往那里去。到了地方才发现，那里做不了，要到两公里以外的常营卫生服务中心才能做。

无妨！轮椅很方便，推着他很自在，我们俩就一路说说笑笑，嘻嘻哈哈，拉着呱说着话，往那边走。北京的秋天已经来了，风很大，又很凉爽。落叶萧萧，金光灿烂。

走在街上，安详自在，岁月静好！我们忘记了孩子的病痛，忘记了前途未卜，只是觉得，日子怎么这样快乐，这样好！

换药是件很简单的事情。护士把孩子腿上原来的包扎物取下来，用碘药水清洗下，换上新的包扎物，仅此而已。后来，我就到药店买了纱布、消毒药水、棉签那些，第二次换药，就是我自己亲自动手了。

返回时，我们经过天街，路边有一块小小的绿地，靠近马路的一侧，两排向日葵开得正好，在落日余晖下，金黄金黄的，夺人眼球，很多人在拍照。我爱极了这种成熟的张扬，兴致勃勃地跟大牛提议："咱们也去拍个照片吧！"没想到，大牛死活不同意，他把帽檐狠狠地拉下来，盖住了脸，表示抗议。

"不拍就算，要不咱们逛逛超市吧？"他把帽檐往上掀了掀，算是默许了。果不其然，进到超市的第一句话，大牛说："妈妈，有没有吃的？"有，当然有啊！当了大牛的娘亲，似乎最喜欢的就是给他买吃的。后来，他不可遏制地变胖，我为此深感焦虑，他也为此很着急，但是我依然难以克制想要喂饱他的念头，甚至在他下定决心，控制饮食的时候，我还是忍不住偶尔带点零食塞给他。

无事时候，我就跟他一起追剧。那时《延禧攻略》大火，我实在是喜欢里面的衣服、美人，很快被皇后圈粉。大牛则更喜欢沈腾的喜剧，《西虹市首富》他看了10遍都不止，很多台词都能背下来。

这几天日子过得太悠闲，我们心情大好，都已经忘记了是来看病的，好像真的是为度假而来，就连跟他们一起讨论中医、西医、生存率什么的，我都觉得似乎在讨论别人的事情，直到医院打电话，让我们第二天去住院，我又开始焦虑起来。

我盘算了一下需要做的几件事。一是准备铺盖，昨天买了个防潮垫，壮妈让我们从他家带床小被，当前阶段应该可以应付。二是租房子，在其他病友的指引下，我们在医院附近的胡同里找到了租房子的地儿，每晚120元，随时去，随时可以住。一个房间，里面两个床位，公用厨房和卫生间，干净卫生，可以做饭。三是解决孩子的头发问题。据说化疗的时候，孩子的头发就要掉了，一块一块地掉，既不好看，又很难清理，还对毛囊有伤害。所以，大家一般都是先主动把头发给剃光。

我当即决定自己给大牛剃光头。壮妈说，壮壮长这么大，都是他们自己给孩子剪头发，这让我变得勇敢而有信心。我拿了个大大的方便袋，从中间剪了个洞，够大牛的脑袋钻进去，袋子宽大的边，正好可以接住落下来的头发。我用壮壮剃头的推子，从后面往前推。

全部剃光后，大牛两只眼睛滴溜溜地看着我，像个懵懂无知的小和尚，我不禁大笑起来。他爸履行之前的诺言，也把头发剃光了。大牛问我说："妈妈，你要不要也剃光了？"我白了他一眼："当然不！"

晚上，孩子早早睡了，我反而睡不着了，巴拉着以前的照片。这几日，不用去医院，不用抽血，不用扎针，不用做检查。我们过得自在，正如往常每个日子一样。可是，天明就要看到穿刺结果，就要面临真正的挑战了！尽管已经做了最坏的打算，我还是很紧张，很害怕，很焦虑，很难过。这孩子，这么好，善良有爱，纯净朴实。他磕磕碰碰长到这么大，脑袋摔过，缝了 4 针，脚面被车子碾过，歇了 20 天。但是，他从不抱怨，也不难过，像个小傻瓜一样，热爱生活，笃信妈妈，只要妈妈在身边，就不害怕。可是，这次，妈妈可还能保你周全？不禁的，我又是泪流满面。

第二章 〉向 死 而 生

看见死亡的獠牙，却还存着一线生机，可能是此世间最倒霉而又最幸运，最悲伤而又最感恩的事情。低头向下，流着稀里糊涂的泪水，在死亡的威胁面前痛苦沉沦，用虔诚的敬畏之心，接受命运所给予的所有痛苦、不安、焦虑，不怨恨，不抗拒，不妄求，咬紧牙关，用力向生的方向进发，即便眼角含泪，也要嘴角向上，在坚韧和倔强中寻求生机。

化　疗

9月5日，来到北京的第20天，大牛正式入住积水潭医院，开始化疗。

那天，像之前的每天一样，我啰里吧嗦地嚷嚷着："儿子，还要不要上个洗手间？帽子戴上没？口罩戴上没？水杯带上没？"叮叮当当地和他一起出门。而后面的每一天，和从前的每一天都不同。我们遭遇了前所未有的磨难和考验，生活依旧繁琐，风物依旧美好，只是我们娘儿俩，已是历尽千难万难，笑容依旧，内心却已大不相同。

整日推轮椅出行，我们才知道无障碍通道的重要性，也才明白残障人士的苦恼。明明看着目的地就在跟前，可是想要过去，却又隔着千山万水。我们从小区出来，到达最近的地铁站入口，只需要 5 分钟，可是就是下不去。而想要绕到有直梯的入口，就得先走上一段，通过一段斜坡，绕过俩台阶上主路，过红绿灯，走到马路对面，再通过一段斜坡，下俩台阶，穿过一段长着深绿色苔藓的地面，才能到达隐藏在树丛中的直梯。

总算下到地铁站，再想到达列车候车点，也要洞察各种标识，掌握不同建筑构建特征，找到想要去的地方。这些日子下来，大牛对于寻找无障碍通道已是颇有些心得，每每竟是他眼明心亮，像个小导航，指引我顺利找到位置。

到了医院，已经 11 点半。好在，所有事情他爸已经安排妥当，我们的床也已经腾出来。

我问他爸："现在啥情况？"

他爸说："治疗方案已经确定了。明天早上查血，没什么问题就开始化疗。"

我一下给他说蒙了，眼泪刷一下喷涌而出。没有铺垫，没有缓冲，无缝衔接。这几天，明明等着住院化疗，又明明在心里存着念想："病理结果说不定还有转机？"

他爸说，9 月 3 日病理检查结果已经出来，诊断为"普通骨肉瘤"，只是 5 日才腾出床位给我们。

这种病，所有病人一线治疗方案都差不多。术前做 3 种类型共 4 个疗程的化疗，如果顺利，之后安排手术，切除病灶，术后再打 12 个疗程的化疗，也就是 3 个类型的化疗，每个打 4 遍。

我鼓足勇气，第一次走进医生办公室。那是很大的屋子，有很多医生，很多张桌子，每张桌子上都堆着很多东西，显得拥挤不堪。

我找到床位医生金博士。"您觉得，他的病情，与其他骨肉瘤患者比起来，是重一些，还是好一些？"我从嗓子眼里艰难地挤出这么句话。

"你给我个标准？"他说。

我被问蒙了，我哪里知道什么标准？其实，我想知道的只是，孩子的病情在所有病人之中属于什么情况，是不是属于可以治好的 63%。

"孩子能不能治好？"我强忍着哽咽，直接问出这个最想问的问题。

"他的情况，治愈率在 60% 左右。"医生说，冷静得近乎无情。可能他觉得我的样子实在可怜，又补充说："这种病的治愈率比其他的癌症要好，比如肝癌、肺癌那些。"

我不知道再说什么，就出来了。后来，治疗过程中，我们慢慢了解到，孩子的情况怎么样，能不能治好，当时医生真的没办法判断，这完全取决于后面的治疗效果。病人能不能受得了化疗，对化疗药是否敏感，有没有其他未发现的基础病，手术是否顺利，有没有发生感染等等，所有这些个体差异和不可控因素，都影响着治疗效果，和最终能不能安然回家。

我们常常觉得医生冷血，面对病人的痛不欲生，一句安慰的话都没有，冰冷得近乎无情。经过这次，我明白了，医生冷静而果断的判断，应当是当时那种情境下最好的处理方式。他们太忙了，根本没有时间酝酿感情，再寻找合适的方式去交流。况且，安慰于事无补，用怎样的方式告知，真相都只有一个。说到底，病人和家属只能自己接受，慢慢消化。反而医生毫无保留地全部告知真相，用最冷静的态度，一次把最糟糕的情况都说了，痛就痛一次，病人和家属不再抱有无谓的幻想，早点了解，早点适应，早点投入到战斗状态中，反而是最有帮助的做法。

出来后，护士叫我去签字，给孩子插 PICC 管。护士交代用这个管的注意事项，可是我总是抑制不住地哭。她体察到了我的情绪，尽量温和地慢慢说。每个她要面对的母亲应该都是这样泣不成声的吧，但是她依旧保持着耐心和温度。她把使用手册留给我，让我跟孩子认真学习。

PICC 管，就是人工血管，将管子从大臂位置穿到胸腔位置，化疗药不用经过血管，直接到达心脏口血流最充沛的地方，这样就可以把化疗药对血管的伤害降到最低。手臂处插管的地方用一张膜覆盖，外面套上套子，一周换一次膜，保护好了可以用一年，最多 14 个月，正好够孩子一整个治疗过程。当然，这个东西的使用寿命与产品的质量、插管人的技术都很有关系。有些病友的管在治疗过程中发生堵塞，就得重新插。有的病友因为治疗过程太长，延续超过了一年，也得重新插。也有病友，治疗时间超过一年而又不想再次插管的，剩下的一两个化疗就不打了，直接结疗回去了。

插管手术就在病房里做，护士让病人家属在外面等。

我透过病房的玻璃门，看着大牛把胳膊往后缩，嘴里叨叨着，大概是"等一下，等一下！"吧，眼泪刷刷地往外流。我便到休息区淋漓尽致地大哭了一场，委屈、无助、难过，所有这些情绪从心底一泻而出。

等大牛做完插管手术，遵从护士的要求，我带他去做X线检查，确认管是不是插好了。

推着大牛走出病房，我问他："疼吗？"

他说："当然疼了。"

我说："不是打麻药的吗？"

他说："打麻药的时候特别疼。"

完了，我们就在住院楼的门口休息。他穿的是件极破的病号服，纽扣七零八落地散放在胸前，袖口烂成一缕一缕的，正应了那个衣衫褴褛的词儿！我就叫他布带和尚——人家布袋和尚是挂着布袋，他则是挂着布带。我想帮他拉拉衣服前襟，盖上肚子，没承想，一不小心，把他的扣子眼，撑得更破了，直接撕出大大的口子！我们俩哈哈大笑起来。

门廊下，穿堂风阵阵，舒爽极了！本想带着他去王府的后花园逛逛，可是又担心刚插过管，咱也不知道那玩意到底咋使，不要出什么岔子，我就折回头，带他回病房。

"妈妈，有没有吃的？"

"还没到5点钟。"

"妈妈，我想吃东西。"

"有枣。"

"还有没有别的?"

"有苹果。"

"还有没有别的?"

"有香梨。"

"妈妈!我是说除了水果以外的吃的!"。

"哦哦哦,我想想哈⋯⋯没有!"

"妈妈⋯⋯我想吃东西⋯⋯"。

"哦哦,吃东西⋯⋯好啊,完成作业再说!"

回到病房,先给他点了外卖,我们便开始护士留下的学习任务——认真研读 PICC 管使用指南。十几页,我一字不漏地念给他听。在这当儿,他问了我至少 8 次"有没有吃的",5 次"吃的什么时候来"。

晚上,他爸陪在医院,我回壮家。到家,壮妈正在给壮壮冰头。这孩子从椅子上摔了下来,脑门摔了个包。我跟壮妈说:"今天我难过得要死,除了因为病理结果出来了,还因为病房里住进来一个孩子——他是去年刚刚治愈的病人,今年又回来了!去年是左腿生病,今年右腿又生了!"

壮妈说:"你看你!你为别人家的孩子要死要活!"

我说:"兔死狐悲,都是同样的情况啊!我以为,10 个月以后,我们就痊愈了,就回家了,就好了,可是,后面还不知道什么情况!"

壮妈说:"你是不是缺少常识?癌症就是这样!这就是现实!看我,手术半年以后有一次大检,差不多 1/3 的人会出现转移!"

妈呀,我惊呆了!她说得云淡风轻,似乎在讨论别人的事情!

她又说:"这就是现实情况。我们要做的就是认清现实,坦然接受,好好应对。"

哦,是了!既来之,则安之。已经没有什么好怕的了,因为我们已经面临这种情境。珍惜每个相守的日子,该来的总会来,尽人事,听天命,闭着眼睛往前冲吧!

第二天大牛正式进入化疗程序。

孩子先是做完了最后一个检查——骨扫描,这是一个讲起来还蛮恐怖的检查项目。上午 9 点半,我们到达那栋孤零零的核医学小楼,穿着蓝色防护服的小伙子,把一小瓶保管严密的放射性碘剂注射到大牛胳膊上。下午 2 点 40 分,再过去拍片。等待区、洗手间,都是隔离区。我们听从安排,默默做着所有该做的事。做检查的人有十几个,但是大家都不说话,现场安静极了。

注射过碘剂,医生叮嘱要多喝水,帮助排泄,还要记录他每次小便的情况。所以,这一天,大牛似乎什么事都没做,就是一直在喝水,一直在小便,中午那一会,十几分钟小便一次,从早上 10 点半到晚上 8 点半,小便了21 次。

第一个疗程打的是甲氨蝶呤,需要水化,所以第一天并不打化疗药,只是输一些护肝升白的药水。做完检查,回到病房,大牛的药水就挂上了。他一点不舒服的感觉也没有，这让我们对化疗产生误判。我俩都以为，化疗不过是打针输液而已，那些对化疗很恐怖、很痛苦的描述不过是人们的虚张声势罢了，这也直接导致第二天真正打化疗时，我们的惊慌失措和措手不及。

孩子打化疗的时候，家属还有件很重要的事，就是盯着输液器，药水完了，就叫医生换。因为孩子要输很多液，靠人眼睛盯，是很不靠谱的。后来，在病友的指导下，我买了输液宝，卡在输液管上，一旦药水输完，就会发出"滴滴滴"的警报声，比人眼盯可是靠谱多了。

为了防止腿部肌肉萎缩，医生要求他每天勾脚，向上抬起 200 次，每次 5 秒钟，我便给他简单制订了计划。早上起床后一次 50 下，中午查房后一次 50 下，中午午饭后一次 50 下，下午查房后一次 50 下，晚饭后一次 50 下。

一个下午，我一直跟他聊天，总是逗得他咯咯笑不停。这两天，我们一会儿哭，一会儿笑。我和大牛都是那种很痛快的人，天生快乐。但是遇着事儿，也会伤心难过，会哭泣。但是，哭就哭吧，痛痛快快地哭，哭完，我们很快又乐起来了。这一整天，跟大牛腻在一起，嘻嘻哈哈，打打闹闹，最关键，打化疗，一点事没有，我们俩的兴奋可想而知！一直到我离开医院，回到壮家，已经累得没有一点力气了，我还是觉得快乐无比！

见到壮妈的第一天，她就跟我说："想要活下去，哪有那么容易的？"直到第二天正式打化疗，我才体验到这句话的分量！有了头天的经验，整个上午，大牛都是豪情万丈，以为就是挂个水而已，我们过得相当逍遥自在，中午时候，他还跟我抢着吃面包，我甚至还让他背了段课文。

中午12点多的样子，护士把黄色的药水换上来，外面用黑色的塑料袋包裹着，输液器也换成了黄色的，护士说是为了防止被光照到。这个就是甲氨蝶呤，大家都叫它"避光"。病友们说，这个药上了之后，就要难受了。尽管如此，我们依然没有很放在心上。

直到大约2点半，一切瞬间改变！大牛忽然捂着胸口对我说："妈妈，我很难受！"然后就翻来覆去地叫唤，一会说胃痛，一会说心口痛，一会说头痛，又指着整个肚子说，到处痛！然后就号啕大哭！

我一下惊呆了，眼泪哗哗地就下来了。我坐在他床边，拉着他的手，不停地在他耳边轻轻地说："嗯，嗯，妈妈知道，妈妈知道！"

没多会，他就开始吐！很快，把中午吃的东西全吐出来了！病友们又说，要多喝水，才能更舒服一些！我试图给他喝水，可是刚一喝水，他又全吐出来了！后来，他变得很讨厌喝水，一听说喝水，就很抗拒。

我跟他说，因为他输的药都是有毒的，这样才能杀死坏细胞，但是同时也会让好细胞受到影响。所以，我们要赶紧多喝点水，才能把药水代谢出去，这样才能舒服起来。不然，药水会把我们自己给毒死。他怕会死，只好勉强继续喝水。

上吐还没捯饬清，他又开始下泄。半个小时，拉了两次肚子。再后来，又是不停地小便，差不多 10 分钟一次。就是这样，一直到晚上 8 点多，他才安静些。

他搂着我的脖子，有气无力地说："妈妈，我很难受。"

我轻轻地在他耳边说："嗯，妈妈知道，你一定很难受。"

大牛说："妈妈，我不是一般的难受。"

我说："嗯，我知道，你一定是超级难受，浑身都不舒服。"

大牛说："嗯，不错，浑身都难受。妈妈，为什么化疗要让人这么难受？"

我说："也许对付特别厉害的坏东西，人类还没有找到更好的办法吧。不过，等到你长大了，可以去研究研究，改良一下化疗方法。"

他"嗯"了一声，恍惚着睡去了。

过了一会，他如同梦呓般地说："妈妈，我一定要改良了这个坏东西。"

在朝阳化疗期间，病友玉妈跟我说："到现在，我还经常迷糊着，孩子是不是误诊了。我孩子好好地住进了医院，就是腿上长了个包，大夫就说是得了这个病，化疗、手术、换关节，让孩子受那么多罪。我总觉得，会不会是他们给我们治错了。"

这种想法，其实我也有，一直都在，甚至到现在我有时候还这么迷糊着。我的孩子，他到医院的时候，跟正常的孩子一模一样，看不出毛病的。他腿没有特别痛，从外观上也看不出任何异常，在来医院之前，我甚至每天都跟他一起跑步。可是，看医生之后，孩子便被告知不能走路，坐上轮椅，开始治疗。我经常在想，孩子真的有这么严重？一定要做这种治疗、做这个手术？不治疗的话会怎样？会不会是我在害孩子？后来很多日子，因为把化疗药打到孩子的体内，我感觉自己在亲手毒害自己的孩子。我甚至会怨恨医生，让孩子失去了这一生用自己双腿下地走路的机会。

不过，这些话，包括这些疑问和怨言，我从没有跟医生说过。因为我知道，这些是不值一提的，不过是在遭遇困境时内心里的挣扎，与科学无关，与抉择无关。在那个当下，我笃定地相信医生。在今天，我依然对医生充满敬意和感恩。

甲氨蝶呤主要是对身体的黏膜伤害比较大，胃肠道内的黏膜也会受到影响，所以容易上吐下泻。而最直观表现出来的则是对口腔黏膜的伤害，产生口腔溃疡，所以，打化疗的过程中，要不停给他用冰水漱口。同时要多给他喝水，帮助药水代谢。在孩子小便的时候，要记录流量，尿液的 pH 值，监控药物代谢情况。护士会给他打解毒针，还要配合吃碳酸氢钠，帮助解毒。所以，打甲氨蝶呤是最繁琐的化疗，给家属的负担最多，孩子承受的痛苦也最多。

甲氨蝶呤只用输 1 天，后面 5 天，只是输一些保养保健的药，大牛的状态就慢慢好起来。他每天被爸爸逼着喝很多水。医生说，他的血黏度偏高，必须要多喝水。这个时期，我们对医生的话，奉若圣旨，只要是医生嘱咐的，都认真办，紧张每个细节，觉得任何一个问题都是关系生死的大事。所以，一天下来，1 桶 4 升的水竟是给他喝完了。晚上，医生通报主要指标基本合格，我们才算松了一口气。

大牛的每个疗程都是 7 天，化疗药可能只上 1 天或者 3 天、5 天，但是有种药，大家称作"恩度"的，大概是防止肺转的，每次都要输 7 天。这个药水需要用专门控制滴速的仪器，滴 4 个小时，这也导致了打化疗的时候，经常早上 6 点之前药水就挂上了，到凌晨时候才能输完。

大牛第一个化疗最后一天下午 2 点钟，水挂完了，医生通知我们办理出院，转院到朝阳中西医结合急救诊疗中心去调疗，并做下面两个疗程的化疗。

他爸去办手续，我则推着大牛在住院楼的门廊里等待。秋天的风，爽爽利利地吹在我们的脸上、身上，大牛不禁说道："妈妈，好舒服，好舒服啊！"

我推着他到王府花园里逛。秋意渐浓，柳树依然浓绿，却少了些油亮的光，多了些粗糙的沧桑感。柳枝依然柔软，随风轻舞，如雨的叶萧萧而下，飘落在青石小路上，还有那一潭秋水中。我们俩停在一大块山石后面，任由风轻轻地抚摸着我们。

正当我们乐不可支的时候，大牛忽然大叫："妈妈，我要小便！"

哎呀，怎么办，怎么办！

"不如，你就直接在山石边解决了吧！"我坏坏地给他使了一个眼色。

他白了我一眼，异常坚定地说："不要！"

我赶紧回去给他拿"移动厕所"。

3点钟接我们转院的救护车到了，我们转战朝阳。

第一次到朝阳，是因为核磁共振在这边做。当时，我们以为是某些医生的暗箱操作，后来发现，实在是医疗资源紧张所致。积水潭医院那边空间很小，而骨肉瘤病号集中，治疗周期又特别长，所以只有关键的治疗步骤在那边完成，常规性的打化疗、调疗、歇疗都在朝阳这边，甚至有些不那么要紧的病人，手术也在朝阳这边完成，只是动刀子的医生从积水潭过来。

到朝阳的第二天，我们就收到了病重通知书。负责大牛床位的是位闫姓医生，他询问记录了大牛的病程，说孩子的肝功能指标太高，按照规定要下病重通知书，给他挂一些护肝的药水。

一听是病重通知书，我吓坏了。同病房的两个病友却对此不以为然，告诉我说，可以先开一些护肝药，在化疗前一天开始吃，化疗过程中一直吃，肝功能指标就不会高了。我去找医生，希望开一点护肝药，他说没必要。我把病友的意见告诉他，他很生气，说："你是听医生的，不是听他们的！"我不敢再多说了。这一天，医生给孩子开了4袋护肝药，挂了差不多两个小时，比较轻松。

按照医嘱，大牛不能吃肉、鸡蛋，不能喝牛奶，不能吃甜的东西。同时，一天到晚那些吃的、喝的、拉的、尿的、吐的，都要记录，定时定量。不过，一整天大牛的胃口都不太好，吃东西很少，水倒是喝了不少。

大牛忽然问我说："妈妈，我会不会死？"

我说："不会，你很好，怎么会死？"

他说："可是还有 30％多的人会死。"

眼泪在我的眼眶里转了转，又回去了。我以为，孩子只是个孩子而已，每天都稀里糊涂的，什么都不想，只是乖乖地跟着我、信任我而已。现在我才知道，其实他每天都在思考、在担心、在焦虑、在恐惧。

我放下手里的事情，坐在床边的椅子上，握着他的手，看着他的眼睛，一字一顿地跟他说："你不会死。只有三种情况会死，一种是有些小孩得了这个病，没有发现或发现迟了，没有及时治疗，所以死了；二是有些人不能承受化疗——这个像毒药一样的东西的折磨，便死了；三是有些人保守治疗，不愿意承受化疗的痛苦，耽误了病情，又死了。而我们，发现得很及时，又认真配合治疗，还很好地经受住了化疗药的考验，怎么会死呢？"

他说："妈妈，我害怕。"

我摸着他的头，轻声地说："儿子，我知道你害怕，刚开始的时候我也害怕！但是，我们到了全国最好的医院，我就不害怕了！放心吧，有妈妈呢！你什么都不用想，只要相信妈妈就好了！相信我，好不好？"

他看着我，点了点头。我亲了亲他的额头，抚摸着他的小手。

　　所谓的调疗，就是打过化疗以后，病人身体会出现一些问题，医院针对性地治疗。由于每个人的身体情况不同，打的药水不同，产生的反应也会不同。比如打甲氨蝶呤，病人肝功能指标会升高，后面打和乐生和联合，白细胞就会降低，大牛血小板指标还会变更高。当然，还有一些其他的问题，比如孩子会口腔溃疡，上吐下泻，没有精神，没有力气。还有的孩子，出现了耳鸣、小便异常什么的。在医院住着，医生就会想办法缓解症状。等到病人各项指标都正常了，就不用做治疗了，只要吃好睡好，养着身体，等待下个化疗就好了。经过几轮化疗我们就总结出来了，其实化疗一停，孩子各项指标就会慢慢恢复，不用输液也可以自己好起来。另外，吃口服药物、肌肉注射，也能起到差不多的调疗效果。

　　但是，还是因人而异。按照大牛的标准，停止化疗一周，各项指标差不多就能恢复到正常状态。有些孩子，要两周、三周，甚至更久；有的孩子，必须要在医院输液、打针，还有的要输血，才能恢复过来。我们曾经碰到个孩子，打过化疗之后，白细胞指标到了200，红细胞到了2，医生已经通知病人家属，要准备不测了，孩子奶奶也从遥远的贵州乡下来到北京。可怜的孩子，最终经过痛苦的煎熬，活下来了。

　　歇疗第三天，大牛的肝功能指标已经好转，300左右，医生说再挂两天护肝药，就差不多了。他爸坐晚班车回老家，说是工作上的事情，没办法耽误。我开启了一个人带孩子打化疗的生活。歇疗期间，倒也没什么事，就是陪着孩子吃吃喝喝，看看电视，聊聊天，也算逍遥自在。

到北京的第 36 天，大牛要进行第二轮化疗了。这次打的是和乐生。病友们都跟我说，这是最轻松的化疗，孩子反应不会太大，正常吃喝，况且我们又是刚开始打化疗，身体素质好得很，一点不用担心。听他们说得头头是道，但是有上次打化疗的经验，我是绝对不敢大意的，笃定了要打一场艰苦战。

早上 6 点钟，化疗药就挂上了。头天晚上我就把吃的喝的都准备好了，打算全天寸步不离地守着。凌晨 1 点钟左右，恩度结束的滴滴声宣告这一天化疗结束了。整个过程，孩子没有吐，没有不舒服，食欲很好，状态很好，休息很好。那时候我才放下心来，病友们所言不虚，原来这个化疗真的还蛮轻松的。

一天下来，他喝了 5 大杯差不多 4000 毫升水，小便大约 6000 毫升。能吃能睡能玩手机能讲段子，没拉没吐没痛没掉头发。护士过来跟他说："如果你天天都这样，那就厉害了！"我们俩高兴得不行。晚上睡觉时候，又忍不住一起哈哈大笑起来。

然而好景不长，和乐生打到第三天，他早上好好的，忽然开始流鼻血，嘴巴里也都是！我吓坏了，也没工夫难过，赶紧找医生。

医生问："之前在积水潭检查，有没有肺部转移？"

我说："没有啊!"

他又说："流鼻血和吐血是一起发生的吗?"

我说："一前一后吧。"

他说："哦,那可能是因为鼻血流到嘴巴里了,没什么要紧的,多喝点水,再观察。也可能是天气干,孩子本来就容易流鼻血,再一化疗刺激,就流鼻血了。"

我悬着的心才放下来。大牛在很久之后的某次化疗中又流过一次鼻血,其他的病友也出现过流鼻血的情况,应该是比较常见的反应。

晚上,我刚躺下,又想起孩子流鼻血的事情,身上一阵发紧,出了一身冷汗。我想到之前听过的故事,一个孩子来到积水潭的时候已经肺转,开始吐血。后来,也打化疗,也截肢了,可是最终还是走了。我眼泪哗哗又下来了。我以为,只要跟着医生的节奏治疗,闭着眼睛往前冲就好。心理上慢慢适应了,便不会再担心、忧伤、痛苦。可是这种治疗,我以前从没见过,甚至从未听说过,关乎生死。治疗过程中出现的问题,随时都能让我崩溃,只要孩子一刻没有病愈,我便一刻不得舒畅,所有那些快乐笑声,到底不过是敷衍。一旦有状况、有危险、有难处,恐惧、忧伤、痛苦还是不请自来。

打和乐生第四天是中秋节。电视里一整天不间断地播放过节相关的内容,比如中秋节的风俗,各地的庆祝活动等等,而在病房里,大牛一如既往地输液,从早上6点钟,到凌晨1点钟。

我们已经快 40 天没有回家了。我们俩一大早就挤在病床上，憧憬在家的情景。窝在小小的房子里，踩在光滑的木地板上，躺在软软的床上，做我们都喜欢吃的东西，或者捣鼓黑暗料理，读读书，看看电影。大牛说要看《西虹市首富》，他觉得喜剧更有意思，我觉得《深夜食堂》比较好，淡淡地诉说那些有的没的，很惬意。也可以叫上香香或者梅一起出去吃个小火锅，聊聊天。大牛又想吃烧烤，觉得烧烤更带劲。我说可以啊，反正我都爱吃，啥都行。

说了半天，我们俩最终哈哈一笑，又面面相觑。对于那时的我们而言，这些都是奢望。我依旧只能每天睡在地上，夜里起来几次，帮助大牛解决各种问题，还要应酬出入病房的各色人，回答他们的问题，从病区的小喇叭那里，听到各种故事，瞎担心，瞎难过，自己吓自己。大牛呢，则是困在那张小床上，不停地检查、输液。

既是中秋，便也不能太敷衍。我跟其他的妈妈商量，晚上我们也买点吃的，小聚一下吧。下午，留下玉妈照顾孩子，我们去买吃的。医院不远处有几家挺大的超市，我们买了些凉拌菜、炸鸡翅、饺子、水果，还带了个凉皮，玉妈外卖了个烧菜。对于要不要买月饼，我们产生了分歧。我想着，中秋节，总要吃点月饼，才有过节的感觉，可是他们觉得，精致的月饼太贵，不划算，粗糙的月饼太难吃，买了也没人吃。临回去的时候，我还是坚持买了两块月饼，好歹是中秋啊！我们把所有这些菜摆在桌子上，又把月饼切成八块，正好每人一块，凑了一顿像样的中秋晚餐。我们坐在一起，有一搭没一搭地聊天，看电视。

晚饭后，实在惦记那一轮明月，收拾停当，把大牛安顿给其他的妈妈们照看，我便出门散步。

医院后面是萧太后河，沿河有一个小广场。北京中秋时节的晚风已是凉意阵阵，可以轻易刺穿外套，让人不禁寒战。天空很干净，一片云朵也没有，只有高悬在头顶的月亮，铺洒着白色的光芒。她永远是那么宁静安详，又包容万物，置身在这包罗一切的光芒中，我总能感受到悠远博大的爱，和让人沉静的力量。想着孩子，忧伤从心底升起。我流着眼泪，暗暗祈祷："万能的自然神力，请帮帮我，帮帮我的大牛吧！"

回到病房，已经 10 点了，大牛还没睡着。我亲了亲他的额头，躺在他身边，轻轻拍了拍他的肩膀，一会儿他便睡着了。

打和乐生第五天，按照病友们的经验，孩子应该要开始不舒服了。果然，吃过午饭，大牛说想吐，不愿意喝水，说一听到喝水这个词，就已经开始想吐了。中午，他完全打不起精神，脸色惨淡，也完全没有想吃东西的欲望。我便搂着他睡。晚上，我弄了些他爱吃的面，可是只吃了一点，他就又睡了。我想，睡就睡吧，睡着了就不会不舒服了吧。

和乐生药水打 5 天，后面两天只要输一些配药就好了。因为药水变少，所以到 8 点查房时才开始输液。每当这个时候，我们就感觉有盼头了，就会提前变得高兴起来，又熬过了一个疗！但是，孩子不舒服的状况却并不会直接改变！他会持续几天蔫嗒嗒的样子，然后忽然某个早晨醒来，大呼肚子饿，问"妈妈，有没有吃的？"那时，他就恢复正常了。

大牛第二次歇疗时，我们到北京已经43天。我很想带他回家，可是问了两次医生，回答都差不多：术前有病理性骨折的风险，所以不建议回家。不过，如果实在想回家，他们也不干预，等到白细胞调好了，可以出院。

这样一说我便不敢再提出院的事儿了。谁愿意承担这风险？这几天，我也一直为孩子腿上的肿瘤着急。两个疗程下来，孩子腿围似乎没有丝毫变化，而很多病友说，打了疗之后肿瘤就会变小，这让我很担心……万一化疗对孩子没有效果，那该如何是好？我不敢深想，赶紧有意识地转移思路。

歇疗第三天，也就是打和乐生之后大约10天的样子，大牛忽然开始掉头发，枕头上、床上到处都是头发渣子。打第一个化疗甲氨蝶呤并不掉头发，所以这时大牛的头发已经很有些规模。病友们说，孩子头发自己掉的话，会伤害毛囊，不利于头发恢复生长，最好在头发掉落之前，先把头发给剃光。护士站里可以借到剃头的工具，很多病友手里也有。我就自己动手，把他的头发全部剃光。这次很彻底，大牛的头摸起来连头发渣子的感觉都没有，像从未生过头发一样。大牛很快乐地跟小表哥视频，炫耀一下自己光光的脑袋瓜子。

　　大约又过了 10 天，孩子拍了化疗后的第一次 CT。据说通过片子，大致可以判断孩子化疗的效果。他爸带着片子去积水潭找医生看，午饭时候打来电话，说孩子的肿瘤边缘清晰，已经结痂，这说明，化疗起效果了，肿瘤细胞已经不长了！这是天大的好消息！我告诉大牛，我们就一起哈哈大笑起来！

　　中间，床位医生过来一趟，告诉我要让孩子戴护具，防止骨折。晚上，可能看着我们对戴护具这件事并没有十分上心，医生又把他爸叫过去，签了字，说是如果骨折，责任自负。后来听说，就在前一天，一个孩子从床下掉下去，骨折了，紧急手术，很可怕。我又是一惊，果然在平静的日子中总是暗潮涌动。

　　到北京的第 57 天，大牛开始第三个化疗。积水潭安排的化疗节奏一般是打一周，歇一周，只要是身体条件许可——每次化疗之前，都会检测心脏功能、肝功能、血常规这些，只要这些指标恢复正常，就可以开始下个化疗。大牛的各项指标恢复得都挺好，但是因为十一假期，他的化疗就往后延了几日。

　　这个疗程，大家都称作"联合"，是顺铂和阿霉素两种药物联合用。早上 6 点钟不到，护士就已经开始给孩子输液了。打顺铂用的也是黄色输液器，估计这个药也要避光才行。在医生的建议下，输液前大牛吃了阿瑞匹坦，一种防止呕吐的药，所以孩子似乎反应还可以，并没有吐。输液也比较快，从早上 6 点，到晚上 11 点就全部输完。

上午 10 点医生让我去交钱，说钱充足了，他们就不用再来催我交钱了。打和乐生，一天 4000 多，打联合，一天 3000 多。玉妈说："打化疗，就是看着自己的钱随着那个点滴，一滴一滴地从口袋里跑出去，感觉太真实了。"我说："是哈，每一滴，都是白花花的银子。"我们俩无奈地相视而笑。

顺铂打两天，第三天打阿霉素。上午大约 10 点的样子，护士用针管，把两大支红色的药水注射到输液管里，看着那个情景，我忽然想起了小时候，妈妈配农药的情景。很快，孩子的小便就变成了红色。因为他体重比较大，所以阿霉素用的剂量比较大，需要打 3 天。

大牛一大早就跟我宣布："妈妈，我一口水都不要喝！"

我试探着说："我给你弄蜂蜜水，怎样？"

他当即大叫："妈妈，你不要跟我提蜂蜜水！一提蜂蜜水，我就想吐！"

这是大牛继普通白水、冰糖雪梨水、维生素 C 泡腾片泡水、多种维生素泡腾片泡水、冰红茶等等之后开始讨厌的又一种水，之前他还信誓旦旦地说："妈妈，蜂蜜水，我是百喝不厌的。"

后来，我给他买了半个西瓜，这个他还没吃过，果然没一会就给它吃完了。那是他生病后第一次吃西瓜，也是整个看病期间，最后一次吃西瓜，甚至在出院以后很长一段时间，他都不碰西瓜。他说，只要一吃西瓜，就会联想到当时打化疗的感觉。

从挂上阿霉素开始，他就想吐，但是一直没有吐出来。我就拖着他睡觉。后来，我们总结，阿瑞匹坦就是抑制呕吐，但是想吐的感觉还是在的，这种感觉也很难熬。再后来，我们就不再吃这个药了，孩子也再没有吐过。

隔壁床住进来一位内蒙古的男子，30来岁的样子，似乎是在腰那里长了什么东西，疼到嗷嗷大叫，一直让医生给开止痛药，挂止痛药水。如果没有见过，你很难相信，一个人会被疼痛折磨成这个样子。他脸色通红，牙关紧咬，额头上滚着汗珠，明显是很努力地忍着疼痛，不想发出声音，怕干扰到别人。但是，忽然一下，实在是受不了了，他会发出像动物一样的低吼。又有些时候，他会直接大叫一声："疼死我了！"他始终保持着一个姿势，似乎随便动一下，都能让他的痛苦加码。

他的老母亲在照顾他，跑前跑后，看着干着急，也帮不上忙。

晚上，医生给输了止痛药，他安静地睡了一会。凌晨2点多，大牛的恩度刚结束没多久，我就听到那个母亲小声啜泣，边哭还边在嘴巴里念念有词，听不清楚她说什么。凌晨3点多钟，大概是止痛药劲儿过了，这个男子醒来了。这次他抑制不住疼痛，叫出声来，全屋子的人都给他吵醒了。他也为此感到抱歉，让母亲找护士，给他打大剂量的止痛药。

大牛最初被他的痛苦惊呆了，瞪着眼睛，不敢说话。后来半夜被吵醒了，变得非常烦躁。他轻轻地跟我说："妈妈，我的头都要被吵爆了。"打了化疗，他本来就是极不舒服的，恶心了一整天，没吐出来，头痛了一整天，没办法处理。现在一闹，也已经到了崩溃的边缘。

我搂着他，轻轻地在他耳边安慰说："乖儿子，你看他多可怜！他一点都不想给我们添麻烦，可是他的病痛，连医生也治不了。你看他的脸都变形了，他得有多疼啊！我们要对他更加宽容些，友善些，为他着想一点。想想当时你第一次打化疗的情景，你是不是也在号啕大哭？病房里的人们，有没有责怪你？他们是不是也都在鼓励你，帮助你？希望你也可以这样对待其他的病友，好不好？"

孩子听了，低声"嗯"了一下。过了一会儿又说："妈妈，如果他不是因为生病而发出这种声音，一定可以去狂欢舞会了。"

病痛于孩子是一次磨难，也是一次痛苦的成长经历。当他看过了生离死别，至痛至喜，体会了生念难息，生命不易，我想他将会以一种更加豁达向上的态度看待我们的生命，以更具普世价值的同理心看待万事万物。这个孩子经历了本不该在他这个年龄经历的苦难，能够坦然应对生命中的至难至苦，也算是对他另一种形式的补偿吧。

打联合的第六天，是我们到北京的第 60 天，按照医生的预期，我们已经完成病程的五分之一！我躺在大牛边上，伸出手，张开五指，将小指摁下去，跟大牛说："看，五座大山，已经攻陷一座，还有四座！胜利指日可待！"我们俩面对面，哈哈大笑起来。

大牛的阿霉素已经打完，开始走水。医生问我说，要打长效升白针还是临时升白针，前者价格3960元2支，不能报销，后者75元1支，可以报销。对于这个问题，我也征求了很多病友的意见。有人说要打长效升白针效果好，有人说打了也不顶事，有的说两者效果差不多，看情况而定。我们的管床大夫找到我的时候说，两个都行，就是预防用的，但是有这两个选择，让我看着办。

我选择了后者。第一个疗打甲氨蝶呤的时候，我们打了长效升白针，医生让我们自己到药店去买来注射。后来，打和乐生，我们就打了临时升白针，隔两天打一次，孩子的白细胞一直都保持在很高的水平。按照我的经验，孩子不需要长效升白针，也可以很快恢复。当然也是考虑了经济条件，那个真的太贵了，我们希望可以更节约些。

一整天，大牛都在说恶心想吐，胃口也非常不好，没怎么喝水，因为喝不下。不挂水时促进药物代谢，只能靠喝水了。为了让他喝水，我又去买他平时喜欢喝的果汁。可是，还是没用，他依然喝不下。晚上，他爸打电话，狠狠地批评他，说不喝水，对心脏造成的伤害将是很可怕的。他认真地听爸爸说话，小心地道歉。

晚上临睡的时候，我搂着他，跟他聊天。因为这次挨了批评，他很不开心。

我跟他说："知道爸爸为什么这么凶吗？"

他说："不知道。"

我说："爸爸这次对你这么凶，是因为他太爱你了，关心你，担心你，害怕你会被化疗药毒死。你现在所有的事情都不是小事，医生让你多喝水肯定是有原因的，对你有好处，但是你不喝。过几天，你可能会口腔溃疡、白细胞下降，这些问题可能都会让你很痛苦，并且对你的身体造成不可逆转的伤害。所以，爸爸才会着急上火，你要体谅他。"

他说："我知道。"

我说："那你明天一定要按照约定，好好喝水，好吗？"

他说："好。"

第二天中午，他爸打电话问他喝了多少水，他支支吾吾半天，总算承认，只喝了一杯水。他爸噼里啪啦，又发了一通火，把他和我都骂了一遍。挂了电话，大牛很长时间都情绪抑郁，很难过。

后来，我们俩达成默契，不再接他电话："爸爸是太爱你了，怕你喝水不够，影响健康，所以才发脾气。不过，爸爸发脾气，真的很讨厌，妈妈同意暂时不理他。但是，你还是要多喝点水才行。"他点了点头。

10 月 18 日，到北京的第 62 天，又到了快乐的歇疗日！这一周，我们逮着空就请假出去，呼呼啦啦，吃吃喝喝，快乐到不行！直到第 67 天，我们爆发了冲突。

大牛的各项检查指标都很好，医生让我们第二天转院积水潭，打第四个疗，准备手术。中午，大牛胃不舒服，吃不下饭。本来，他点了外卖，羊肉串、骨肉相连和鱼豆腐那些，饭到了他又不想吃了。我给他重新煮了面条，劝他吃一些。没想到，他很生气地把面条推到一边，大声说："说了不吃！"

我也来气了，对他说："妈妈好心劝你吃点东西，你竟然这样跟妈妈说话，跟妈妈道歉。"

他更气了，直接用双手掐着我的脖子说："不道歉！"

气死我了！他居然掐着我的脖子！"你必须跟我道歉，不然我是不会原谅你的！"他死活不道歉。我收拾完了，就出门去消气。

等我回到病房，他依然不理我，我也不理他。过了一会，我想上床午休，他直接不让我上，跟我说："以后你都不会原谅我了！"言下之意是他不会跟我道歉的。又跟我说："我们不治了，你也不用花钱了，我也不用受罪了。"他说着，就站下床来。

这些话说出来，我的心都碎了！我才知道，他在为转院积水潭的事情焦虑！

我何尝不是一样地焦虑？

我故作镇静，跟他说："打电话，告诉你爸，你的决定！"我知道，他怕他爸，绝不敢这么做。他用力一推，说："你打，我不打！"

我没理会他，直接说："就算我跟你吵架，我也绝对不会放弃治疗的！因为，就算妈妈很生气，爱你这件事是不会变的。不治，你会死！我那么爱你，怎能让你去死？我绝对不同意！"

他没话说了，被我拖上床，但是依然不让我上他的床。

我说："好啊，不上床就不上。有本事你永远都不要让我上你的床休息！"

他说："好啊。"

然后，我就在床边的空档里铺上瑜伽垫，准备午休。他就拿出最后一个拼插画开始拼。

晚上睡觉的时候，大牛缠着我，要到地上来，说："你不能上我的床，那么我就来你的地上睡。"可是，今天地上没有空给他。我在病床与墙壁的夹缝里铺着瑜伽垫，顶多60厘米，哪里装得下我们两个人。他无论如何一定下来，挤得我俩差点喘不过气来。

后来，我硬是把他拖上床，但是他一定要让我陪他，至少让身体的某个部分陪着他。我把手伸到他跟前，他就抓着我的手睡了。每天，他都不愿自己睡。我想，白天的时候，他嘻嘻哈哈，看起来无所畏惧，其实内心里依然很担心，很害怕吧！

转到积水潭医院的第二天，第四疗就开始了。同样的流程，先走水，再打甲氨蝶呤。因为第一疗用的是甲氨蝶呤，当时处理得很不好，所以我很敏感，一想到这个疗，就开始紧张，一看到那个药，就觉得很恐怖。大牛也最恐惧这个药。好在，他已经轻车熟路，对于可能产生的恶心呕吐，有足够的心理准备。

打甲氨蝶呤，只用药一天，其他的时间都只输一些辅助药。第一次打的时候，他打过之后两三天，就已经生龙活虎了。但是这回，大概是因为第三个疗的代谢时间比较久，发生反应会在用药后 10 天左右，正好叠加了甲氨蝶呤的反应，大牛遭遇了整个化疗过程最难熬的一段日子。

第四天开始，他就一天比一天憔悴，痛苦一天比一天厉害，他的身体也一天比一天虚弱。

第五天，他的眼睛周围变得很红，腿上也起了疹子一样的东西。下午，医生安排皮肤科会诊。皮肤科医生说，孩子是皮肤过敏，过敏源应该就是化疗药中的一种。但是，化疗已经结束，没有什么好办法可以处理，就涂点药膏，耐心等待吧。回到病房，护士等着给他打了 4 针。这些天，都是早上我还没起床的时候，大牛就已经开始抽血。查房的时候打针，孩子经常打针的肩膀硬邦邦的，一碰就痛。孩子开始叫饿，想吃东西，但是却吃不下，嘴巴里长满了溃疡。晚上，孩子开始发烧，37.8℃，我就用毛巾给他擦身体，又用冰水放在他脖子上冰着。

第六天，孩子嘴巴全面溃疡，红通通一片，一直到嗓子口，完全吃不下饭。并且，从早上到晚上，情况越来越严重，他的嘴巴越来越痛，越来越红，溃疡越来越多，到最后他甚至不能张嘴说话。我找医生，希望有办法可以处理。医生也没有什么好办法，给我们开了瓶漱口水，让孩子漱口，多喝水，大量喝水，可是效果很不明显。他很饿，但是嘴巴完全张不开。中午时候我给他做了菠菜肉丝稀饭，用榨汁机，打得稀碎，变成流质。我小心地用勺子盛一些给他喝，两口之后，他便不喝了，嘴巴里满满的溃疡，痛不欲生，难以下咽。看着孩子的样子，我泪如雨下，摸着他的头，轻轻地跟他说："乖儿子，咱们受了这么多苦，病好以后一定要好好生活，有声有色，这样才对得起咱们俩呀！"他闭着眼睛嗯了一声。

第七天，他的嘴巴开始往好的方向发展，可是依然很痛。我依然用榨汁机将稀饭搅碎给他喝，还是难以下咽。直到晚上，不知道是溃疡变好了，还是实在饿急了，他开始点餐，想吃炒米饭。我激动地又痛痛快快地流了一通泪！跟我一起租住在苇坑胡同的大姐做了白米饭，我就要来一碗。大牛叮嘱说，什么都不放，只放鸡蛋。我第一次在出租屋炒饭，可能是因为不习惯用电磁炉，炒饭有点糊糊的味道。我很担心大牛会嫌弃，没想到大牛觉得还不错，给我竖起大拇指。

第八天，大牛又没吃，他嘴巴里的溃疡面还是太大，尤其是嗓子口，舌头下面红通通一片，吞咽时候太痛了。

第九天，大牛好多了。眼睛上方的红色斑块开始结痂，嘴巴的情况也慢慢好转。一大早，他又开始点餐。早上要吃吐司加鸡蛋。为了口感更好，我一早跑到护国寺街那边的蛋糕房，买了新鲜出炉的吐司。中午，我从网上买了菌菇火锅底料，从市场买了很多蔬菜，丸子一类，在出租屋涮好了，带到病房给他吃。当然，炒米饭也是不可或缺的。这次，他是真的很开心，大快朵颐，大快朵颐！晚饭时候，好朋友从老家给我们寄的大闸蟹也到了。我和大牛眉飞色舞，手舞足蹈！把他安顿在病房，我就赶紧去做！

半个小时就好了，也不知道谁的姜，我细细地切上两片，浇上酱油醋，装盆出发。大牛乐得大笑起来。他爱吃母的，我爱吃公的，不过这次，我竟是舍不得吃了。我把肉小心地取下来，聚在盘子里。好像我们平时都是抢着吃，大牛偷偷把我攒在盘子里的蟹肉夹走，看到我没有反应，长舒一口气。看着他一声不吭的得意相，我忍不住说："怎么半个谢字也没说？"他说："谢，就给你半个谢字吧。"这些天的抑郁，一扫而空！

　　第十天，大牛嘴巴已经大好！与之相应，产生下面几种情况：一是他已经开始爱吃饭了，胃口超级好；二是他要上厕所。这几天没怎么吃东西，也没有上厕所，他肚子开始胀得不舒服。但是上厕所于他而言已经变成困难的事情，医生给他开了乳糖，促进排便；三是情绪变好了，话开始多，他又开始讲段子，又让我忘记他是个生病的孩子。

好好吃饭

不用打化疗的时光，我们就是吃喝拉撒，打发时间。

转到朝阳的第二天，赶着一早医生查房的工夫，我便出去考察附近的情形。医院正对面是个农贸市场，各种蔬菜水果应有尽有，甚至还有个鲜花店。南面是个很繁华的商业区。路东侧有两家比较大的超市，都在地下一层，可以买到日用品、生鲜、水果、肉，以及一些面食、冷菜。还有很多饭店，以烧烤、火锅、麻辣烫居多。路西也有家比较大的超市，超市边上有个电影院和自助餐厅，看起来都还不错。

北工大就在医院北面大约 1 公里的地方，我 10 分钟就能跑到，那里有食堂，有跑道。食堂不能用微信、支付宝支付，只能用学生卡消费，据说是因为北京的学校食堂大都有不低的财政补贴。有次，我早上到北工大跑步，忽然觉得肚子饿，就请个学生帮我付钱，买了两个鸡蛋葱油饼，一个自己吃，一个带给大牛。

术前我们没有租房子，吃东西都是买现成的。第一天，我们俩外卖了麻辣烫——他以前在家是不吃这个的，可能是因为刚打过化疗，口里实在淡得慌，想吃点重口味的。他辣得不行，还直呼过瘾！吃到最后，他又忽然开始后悔，要我一定问问医生，吃辣的会不会死——之前医生似乎叮嘱过不能吃辣。刚好医生过来给旁边床的孩子换药，我当着他的面问医生。医生笑了，说，之所以不让他吃辣，是因为很多人打过甲氨蝶呤以后口腔溃疡，吃辣的会很不舒服，如果没有这种情况，随便吃吧，他才放心。

那些日子，我跟大牛花了大量时间研究吃。刚开始大牛肝功能指标高，我们就随便吃点蔬菜、饼子什么的，并且尽量选择那种加工简单的，防止增加他的肝脏负担。后来，他肝功能指标好了，也就百无禁忌了。

在病区里有专门的送餐区，每个楼层都有，几个师傅推着餐车，可以用微信、支付宝支付，也可以用他们的专属卡片。我们有时也在这边买，健康卫生，就是口味淡点，大牛不是特别喜欢。所以，更多时候，我们点外卖，或者我到外面去买。

我们曾经点过过桥米线，米线分量极少，却有半餐盒的绿豆芽。大牛问我说："为什么过桥米线里面放这么多绿豆芽?"我无奈地看他一眼,说:"你觉得呢?"大牛说:"北京的地方特色呗!"我说:"难道不应该是云南的特色吗?"大牛说:"云南人很会做美食的,只有北京人才会做出这种黑暗料理吧。"我俩大笑起来。

北京人似乎特别喜欢吃饼,有椒盐饼、葱油饼、五香饼,用细面、玉米面、红薯粉、紫薯、荞麦面做的,黑的、白的、红的、紫的、棕的,有绵软细腻、入口甘甜的,也有粗拉拉、一嘴沙子感的。我曾精心挑选过两个外表独特的饼子,希望可以吃出一点惊喜来,后来当然是有惊无喜,那味道当真是一言难尽,让人欲哭无泪。

我们常去的那家超市入口的地方有个卖凉皮米皮的,味道却是出人意料的好。那个老板娘做事很精细,专门准备个小秤,称分量。没人的时候,她把一份一份的凉皮面皮分好了,装在盒子里,有人来了,她就将黄瓜丝、绿豆芽、面筋、花生那些配菜放进去,加上她专门调制的卤汁、蒜末和芝麻酱,搅拌均匀。有时候,客人要求不拌,她便把凉皮、配菜以及事先装好的酱料、辣椒、芝麻酱装在袋子里,给客人带走。价格也很亲民,大份 10 元,小份 8 元,我偶尔会带上一大份,正好够我们娘俩过个嘴瘾。

不打化疗的时候,我会推着大牛到外面吃。第一次出去,北京的天气已有些凉意。我们先吃肯德基汉堡,又吃兰州拉面,再买一堆面包,都是他自己挑的。以前,大牛不喜欢逛街,宁愿宅在家里。那次,他出去便不想回医院,说:"妈妈,我已经很久没有出来逛了。"可不是吗,已经很久了吧。我们俩走在大街上，肚子里饱饱的，任深秋的风吹在脸上，满足极了。

隔天中午，我们又去吃穆斯林餐厅的大盘鸡，他说还要吃烤羊肉串和鸡心串。那是个良心店家，只是一份大盘鸡泡馍，我们俩半天没吃完。为了不浪费，我大大地吃撑了。半天，烤串也没来，我建议不要了。大牛不同意，说："这种粗菜淡饭可不能把我打发了，我一定要吃烤串。"

可能是因为我们俩吃东西太杂，还喝了冰饮料，大牛就开始闹肚子。他一上午拉了两次，然后跟我说："妈妈，我的屁股像火烧一样疼。"我吓坏了！想来，尽管孩子外表看起来还是一样壮壮实实，可是他的身体已经没那么健康，脾胃虚弱，不能乱七八糟地吃东西了。

后来，医生给开了点整肠生，吃下去，晚上就好多了。医生问他大便怎样，他说："拉了三次，前面两次比较稀，最后一次大便已经成形。"哈哈，大概是住院久了，自然就整出这种话来。

有天下午，大牛想喝冰红茶，我去买，顺便带了些油炸丸子和春卷。没想到，大牛很喜欢，一口气把两袋都吃完了，又喝了小半瓶冰红茶。晚上9点半，大牛忽然说胸口痛、闷，喘不过气来。我吓坏了，不知道他哪里出了毛病，就赶紧找医生。值班医生是位年轻的姑娘，她在孩子肚子上摸来摸去，初步判断可能吃多了，撑着了。她建议观察下看看。

大牛搂着我的脖子，轻轻地说："我觉得我似乎是吸不进去气了，早知道我就不吃那么多丸子了。妈妈，你知道吗？《雅舍谈吃》里面说，油炸丸子不能吃多，有次作者吃多了，就撑着了。"然后就咯咯笑起来。我亲了亲他的额头，眼泪流了下来。

还有次，孩子打和乐生，到后面几天，忽然跟我说："妈妈，我觉得有小便，可是又总觉得尿不出来。"听说，打和乐生有个问题，就是影响膀胱功能。面对化疗的所有问题，医生告诉我们的方法只有一个，就是多喝水。但是，那个时候，喝水又最难。于是我买了哈密瓜，极甜的那种。他很爱吃，又很缺水，一下子吃了很多。晚上 10 点多，又跟我说："妈妈，我觉得要喘不过气来了。"大概是久病成医，我想他定然是又积食了。我搂着他，轻轻地揉着他的肚子，告诉他说，因为他吃得太多太急，增加心脏和胃的负担，所以才会感觉喘不过气来。我告诫他，下次一定要改掉暴饮暴食的习惯。他有气无力地笑了一下，点了点头。

大牛生病以后，我总是很容易担心，经常想到死。以前，他再闹，再烦，再捣蛋，再出状况，比如脑袋上摔了个大口子，血流如注，脚面给车子碾过去，我都不会想到死，可是生病后，一点风吹草动，我就会想到死。感冒，我怕他会死；拉肚子，我怕他会死；牙龈上静脉曲张，血管暴露，我怕他会死；碰着他的腿，我怕他会死；流鼻血，我怕他会死；化疗，他生病的腿没见变细，我怕他会死；现在他喘不上气，我更是怕得要命。

每当这种时候，我就会万分自责。从他腿痛，生病了，但是我这个妈妈居然没有发现开始，到没给孩子盖好被子，让他生病了，到给他乱吃东西，导致他拉肚子，不舒服了。我会反反复复地思量这些，想到他会死，心情大恸。有的时候，不动声色间，我的内心世界已是生生死死过百转千回了。

我们最初点外卖比较多。有一次外卖麻辣烫，我点了两个套餐——牛肉套餐和纯素套餐。收到货发现，两个套餐根本就是一样，满盆的蔬菜。后来我们发现，同样的店铺，堂食不仅食物更精美、细致、分量足，并且价格也更便宜。所以，往后我宁愿拿着饭盒去店里买。在外卖小程序上，大牛把想吃的东西都选好了，我到现场直接选。店里还备了很多小盒子，用来取蘸料。我最喜欢芝麻酱和香菜，偶尔也会带些辣椒和红腐乳。回到病房，我们把菜先捞出来吃，再把方便面放进去泡。5分钟后，菜吃光了，方便面也好了，大牛又开始巴拉面，边吃边竖起大拇指，大呼过瘾。

病房里原则上不允许用电器，但是又不想总是买着吃，我就想法子，自己捣鼓。我首先想到的是闷烧罐，据说这个东西不用插电，就能把饭做好。

刚到朝阳没几天，我就置办上了。到货后，我迅速去买了白米、香菇、火腿、盐、紫薯那些，希望利用这个神器，做出像产品宣传彩页中那么高大上的食物。第一次用，我做了个白米粥，把大米、香菇，火腿都切碎了，用开水暖热了，也把闷烧罐里里外外都用热水暖过了，加上开水，静静等待。整个下午过去了，我打开一看，米还是夹生的。

我失望极了。为了不浪费倾注了满满热情的食材，我从病友那里借了个小煮锅，把饭放进去重新煮，变成真正的稀饭。

我分析了下，焖烧罐主要是通过保温，把饭焖熟了。但是因为病房里的水没有 100 度，大致在 85 度左右，那个温度是焖不好饭的，更何况我们想要的是比饭店做得还好的稀饭，那需要长时间的小火慢炖才能做出来，用这个根本不现实。

我必须改良焖烧罐的使用方法。我用病友的小锅烧好了滚烫的水，把米放在里面烧开了，然后一股脑倒到同样用滚烫的水烫过的焖烧罐里。静待 3 个小时，成功用闷烧罐做出了米饭。好吧，也可以叫米糕，因为米放多了，变成了米糕样的物种。我用勺子把它巴拉出来，又团了团，就当是冰淇淋球啦。

我跟大牛说："儿子，看看妈妈做的哈根达斯。"

大牛呷巴着嘴说："妈妈，你这个哈根达斯也太敷衍了。"

我说："你懂什么？这个是印象派的哈根达斯，你要发挥想象。"

他说："妈妈，我很认真地在想象，所以我想吃个哈根达斯。"

我没搭理他，精心地完善着我的饭，取些橄榄菜拌在一起，吃起来还蛮美味的。我们俩吃了些，剩下的分给病友。尽管这次做得不算成功，可能玉妈为了安慰我，表示吃着还不错。

那几天，大牛经常叨叨着想吃我做的鸡蛋面。且不管厨艺如何，那面是我煮的味道，在外面吃不到。想着病友的小锅，我当机立断——别人煮，我也煮！我立即行动，从网上买了个 1.5 升的小平底锅，还带着蒸笼，能炒、能煮、能蒸，功能也算是很强大了。

第二天，我们就吃上了我的鸡蛋面。我在锅里加点油，把鸡蛋打在里面炒香了，加水，烧开，把面放进去煮，再加上一点盐、生抽、蚝油，完工。大牛吃得醋畅淋漓！

大牛在打化疗的时候，很多东西吃过一两次就再也不愿意吃了。比如他以前很喜欢吃的宫保鸡丁、糖醋里脊、西红柿鸡蛋、芹菜那些菜，还有西瓜、橙子、哈密瓜、草莓、芒果那些水果，以及蜂蜜水、橙汁那些饮料，很快他都开始厌恶，有些东西甚至到他出院以后很久都不愿意吃，唯独我做的这个面条，还有酱油炒饭，他是百吃不厌的。

有了小锅的加持，我的做饭装备算是很齐全了。我们频繁地吃面条——他总是哄我说："妈妈，我最爱吃你做的面条！"在病房，护士不让用电器，所以我的生活方式已经退化到了大学时代，买一点鸡蛋面条，偷偷摸摸地煮，不慎被护士看到了还要挨说，甚至面临着被收锅的风险。

当然，我也形成了自己的一套经验。我们选医生不会来病房，护士也很少来的时候煮东西，放在房间最隐蔽的角落，或者找点什么桌子椅子挡着点。而最关键的，是要提高效率，用最少的时间把饭做出来才是规避风险最好的办法，所以我煮饭的水都选择病房公共区域的开水，那样很快就能煮好了。而我的闷烧罐，则在做那些需要小火慢炖的食物方面，发挥了意想不到的作用。

第一次做骨头汤，我犹豫了很久，担心做不熟。但是又想，试试吧，万一行呢？晚上，我买了两块猪肩胛骨，让师傅剁成适中的 6 小块。临睡前，在锅里煮了几分钟，就倒在我的闷烧罐里。隔天早上，肉真的已是烂熟了。

我高兴地把这个消息告诉睡眼蒙眬的大牛。他也很高兴，跟我说："妈妈，是不是可以有很多肉吃了？"我说："嗯嗯，当然，当然！"一大早，护士来得少，医生不会来，刚好有个空档可以煮面条。

当我们吃上饭的时候，护士来了。闻着满屋子的香气，她笑着说："呀，一大早你们又把饭煮好了！"我赔着笑脸，跟她说抱歉。她说："嗯，等一会我就下班了，如果其他护士看到，给你收了，我可没办法了。"其实，这些护士都是极好的姑娘，都能理解病人家属的辛苦和无奈，大多是嘴上说说，并没有真要收锅的意思。不过若是被护士长或者病区主任发现，小锅还是会被没收。

玉妈跟我说，就在前几天，有个病人一直在病房做饭，煮的、炒的、煲的都来，同病房的其他病人家属都有意见了。护士要来收锅，她就大闹了一场。护士们败下阵来，所以这几天也就不怎么管锅的事了。

满满一锅面，我们俩一扫而光，一点没剩，大牛又呼过瘾！有了这次经验，我更有动力进一步开发这个焖烧罐的功能。有次，我想做土豆烧牛肉，便将土豆、牛肉收拾好了，在锅里炒一下，加上水，烧开了，又倒在焖烧罐里。两个小时以后，喷香软糯的土豆烧牛肉就好了！我们把所有的硬货全部吃光，剩下的牛肉汤，留着晚上煮面条。

我还烧过板栗排骨。大概是因为板栗新上市，门口的超市里一大堆板栗在促销。我买来剥净了，用同样的方法，丢进焖烧罐。两个小时后，香喷喷的板栗排骨又好了。

我的厨艺在此阶段得到了前所未有的进步，同时新的问题又出现了。正因为大牛胃口好，最爱吃这些易长肉的，又长期不下床走动，所以他的体重以我难以想象的速度增加。9月初，刚住院的时候，他55公斤，是个小小的小胖子。等到十一的时候，他已经长到了60公斤。而到了10月底，他就到了65公斤！我们吓坏了！医生也开始叮嘱我们要控制体重！

于是，我尝试着做些素素的东西，比如虾仁炒西兰花、胡萝卜炒木耳这些，他完全不爱吃——他宁愿用烙馍卷辣椒酱！

于是，在后来漫长的治疗过程中，我们始终面临着两难选择：一方面化疗对身体伤害很大，孩子吃好了，营养充足，才能够经受住化疗药的考验，将治疗持续下去；另一方面，吃得太多、没有节制，孩子就会长得太胖，身体健康也要受到影响。大牛在整个治疗过程都存在脂肪肝的情况，直到出院一年多以后才得到缓解。而病区里一直流行着所谓的饮食禁忌，有的说羊肉不能吃，有的说海鲜不能吃，有的说甜的不能吃，有的说辣的不能吃，有的说温性不能吃，有的说寒性不能吃，问医生的话，他从来不会给你个像样的答案。后来，我买了肿瘤患者营养用餐一类的书，也基本用不上。可以看，可以做，但是孩子能吃得下的东西还就那几样。后来，我放弃了，孩子爱吃什么就做什么吧。

因为在厨艺上的探索越来越深入，我就不免开始骄傲。而所谓的弄巧成拙，大概最容易在这种时候发生。一天晚上，在去超市的路上，我看到卖鸽子的，现买现杀，便买了一只，让老板杀好了，等我买好东西回来取。

老板人很好，也很热情。当我回来时，他已经把鸽子收拾好了，用两个塑料袋装着，跟我说："来来来，我都等急了！鸽子好了，还热乎着呢。"

他的话让我一阵恶心，忽然开始犹豫，该留着还是丢掉这只鸽子。后来自我安慰，是为了给孩子补身体，大概可以被原谅的吧。

到病房，我告诉大牛，买了只鸽子给他炖汤。

大牛说："妈妈，这只鸽子一定很漂亮。"

我跟他说："它是只很丑的鸽子，黑不溜秋的，特别难看。"

大牛说："我不想看到鸽子死去的样子，我不想喝鸽子汤。"

我无法安慰他，说服他，因为我的想法跟他差不多，我无法自欺欺人。

但是，我还是把鸽子煮上了，因为毕竟已经买了，已经杀了，倘若再丢掉，把食物浪费了，岂不是罪加一等？

第二天一早，鸽子熟了，汤也很好，我给他下了鸽子汤面，撕了满满一小碗的肉。他捂着嘴巴，坚决不吃，让我一定挑出来。

过一会，跟我说："妈妈，如果咱们有个带泥土的花盆就好了。"

我说："为什么？"

他说："这样的话，我们就可以把鸽子的骨头全都收集过来，给它埋起来。"

听了此话，我一阵难过。

我说："你真傻。即使我们没有花盆，也可以把它埋起来。咱们医院后面就是萧太后河，我在河边找个地方给它安葬，不就得了？"

他笑起来，显然对我的主意还算满意。晚饭后，我用袋子将鸽子骨头和肉一起收起来，埋在了萧太后河边的一棵树下。那是一个很好的位置，向北可以看到人工瀑布，向南可以纵览萧太后河的全景，向上还可以看到整个一轮明月。

这只鸽子的骨肉已经被煮得稀烂，我是真心觉得抱歉。只是想来，生在此世间，弱肉强食本是常态，屠戮血腥无所不在，我只是没有免俗罢了。我没有为自己找理由开脱的意思，只是想说这是世界的真相，它此番的遭遇，是因着我的错，若非遇着我，它大概还是要有同样的遭遇。无论如何，希望它因着骨肉大致周全，在另外一个世界，获得圆满。

在北京，大牛最爱吃烤鸭。刚打过化疗，大牛状态差、没精神、胃口不好的时候，或者遇着什么事情需要隆重庆祝的时候，我们就点烤鸭外卖，他总能吃得很满足。酱油炒饭也是他的心头好，白米饭、青椒、鸡蛋，下油锅里一炒，加点生抽调味，完美出锅，他一口气就能吃光！烧卖也可以，有次去武汉出差，听说那里有家重油烧卖很有名，我专门去带了几盒。老板帮我把烧卖加工到五成熟，放在盒子里带回家，蒸熟了，他一顿可以吃 8 个！有次在病房订外卖，他坚持要买 20 个烧卖！还跟我吹牛："这些也不过是我塞塞牙缝而已！"

在病房，很多时间都在看电视，他经常被广告里的东西吸引。几乎每天都能看到一种小零食"浪里个浪"的广告，于是他就让我无论如何买来给他尝尝。我跑到超市，每个口味都买了，果然嘎嘣脆的味道还不错。还有次，他腻味着想要吃布朗尼蛋糕，也是因了广告的缘故。我就趁着医生查房的机会，到附近的糕点店买了一盒。回到病房，我迫不及待地拿出来给他！他一看到盒子，大呼："啊，布朗尼蛋糕！"里面有小小的 5 块，每块正如两块并列的威化饼干般大小。大牛撕了一块塞嘴巴里，浮夸地大叫："好吃！好吃！"我尝了一下，入口极甜，后面又有点苦，腻得很。好在孩子喜欢吃，当时我想。可是事实证明，大牛是雷声大雨点小，不过是敷衍一下老母亲专门出去买一趟的心意。吃过那块，他就再不吃了。

再有就是方便面，他超喜欢！因为总觉得这个东西没什么营养，热量又特别高，我平时很少买。谁知道，有次他偷偷用他爸留下的账号从京东上买了泡面、火腿肠和巧克力，订了之后就跟我通报说："妈妈，明天就吃这个！"

第二天一早，大牛睁开眼睛，就问我："快递什么时候到？"

"我来看看，估计9点以后，10点左右吧。"我又问他："要不要先吃点什么垫垫？"他就摇头，言下之意，要等泡面。

于是，他就过一会问一句："妈妈，快递什么时候到？"实在等急了，他就让我催催。

"我可从来不催快递。你看，快递员的活儿就是这么多，你催他，他也不能更快，反而接电话浪费他的时间，还增加事故的可能性。你只要静静地等着。人家说，上午9点到下午3点之间送货，最晚到下午3点，如果那个时候还不到，咱们就催他，还可以批评他，怎样？"

他觉得我说得有理，就不让我催了，可是依然是过一会就问我"快递什么时候到？"10点半吧，快递到了。可是，悲催的是，他正要大快朵颐，医生却警告说，最好不要吃方便面——大牛上午有点拉肚子，泡面太油，太辣，有可能加重症状。"好在，还有巧克力、火腿肠，也可以满足我的口腹之欲。"他嘟囔着。

看到他对食物的渴求和挑剔，我就知道他恢复元气了。而一旦恢复元气，他就有力气跟我打打闹闹了，就会不停地挑衅我，欺负我，生龙活虎地像个正常孩子。我躺在他的床边休息，他就不停地往我耳朵里面吹气，看我痒得大叫，他就哈哈大笑。后来我被他折腾烦了，直接跳下床来，跟他说："我绝对不再上你的床休息！你再怎么求我也没用！"他信誓旦旦地说："随你，我才不会求你呢！"

该睡觉了，他就又厚着脸皮求我陪他睡。"我是绝对不会同意的！"我一脸傲娇地跟他说。他就求我把身体的某个部分陪他一会。看他说得诚挚，我就用手摸着他的脸。后来，该要睡了，我就把脚放在他身体旁边，他感受着我的脚慢慢睡去。看他这个样子，我就一点脾气都没了。

转院积水潭的前两天，我们决定到外面狂欢，在门口体彩店买了刮刮乐，又溜达到医院后面的小公园。那边有条挺陡的斜坡，大牛让我把轮椅移到斜坡的最顶端，松开手，任轮椅借着惯性，往下跑，他来控制方向和刹车。一开始我还担心，不要出个好歹，一路跟着狂奔下去，没想到他控制得很好，轮椅迅速向下，又稳稳地停在了道路的尽头。

玩够了，我问大牛吃什么，他想了一会，说："妈妈，我们吃自助餐吧。"

"要吃自助餐？"

"嗯，吃自助餐，想吃什么就吃什么，也不用担心价格，我就可以大吃特吃了。"

好吧，看样子他的好胃口已经回来了。咱也不是那小气的人，吃就吃吧。

在医院边上有一家，团购价69元，里面环境还不错，食物品种也很多。有铁板烧、炸串、烤肉、冷菜、热菜、沙拉、糕点、水果、粥、海鲜等各色食物，本以为大牛已经准备好了，大吃一场。没想到，进去之后，他自己在里面转了几圈，只是取了几根薯条，一个蛋挞，一根烤肠，一小块比萨，还有两块奥尔良烤鸡翅，一杯冰饮料——然后，就坐下来玩手机。

然后，我忍不住问他："就这？"他抬头傻笑了下，继续玩手机。

没辙，自己花出去的钱，怎么着也得把零头吃回来！我烤了些章鱼须、小肥牛、五花肉，然后也完全吃不动了。

旁边的服务员着急地跟我们说："你们赶紧吃啊！在这里只能待两个小时，等下时间就到了。"

我跟她说："谢谢您提醒，可是我们已经吃得差不多了。"

她很意外地说："啊，吃饱了？我看你们啥也没吃啊！"我也只能呵呵了。

转院积水潭的前一天，我就开始想法子尽量精简东西，把能吃的吃光，能穿的穿起来，能用的用掉，实在剩下来的，就分给大家，腾地方，省空间，为往积水潭搬家省事。所以我们一整天都没有出去买东西，只是把剩下的泡面、火腿肠那些给吃了。

在朝阳的这段时光，尽管打化疗的时候，孩子很辛苦，但是这种日子很单纯，我们就是打打化疗，吃吃喝喝，日子过得逍遥自在。最开始的时候，大牛点餐，总是选他喜欢的。后来，再问他想吃什么，他经常会反问我："妈妈，你想吃什么？"我说了想吃啥，他就说："你想吃就买吧，就算我不想吃也没事。"这样的话，让我觉得，这孩子，这样懂事，这样贴心，这样好！这时候，我就觉得，能这样陪伴着他，付出所有这些辛苦和耐心，都是多么值得啊！

我的休息日

他爸说，十一假期要来北京照顾孩子，我回家的愿望陡然强烈起来。

在北京 42 天，已经心力交瘁，不知道哪一会，因着什么事，便会流下泪来，我觉得自己非常需要换个环境，调整下心情。另外，工作上的事也需要处理。我就开始做孩子的工作。

大牛不愿意让我走，他一直跟我说："妈妈，不要走。妈妈，我不想你回家。"后来，看着我去意已决，他又说："妈妈，你回去不能超过 5 天，5 天之内必须回来。"看着孩子委屈的眼神，我内心充满愧疚，深以自己的自私和背叛抱歉，但是我太累了，回家对我的诱惑太大了。

赶上国庆，出京的车票紧张。我想着，曲线救国吧，买从北京出发，过徐州的车子，随便到哪，有票就行。可是，即便如此，高铁票也是买不到的，最后确定一个班次，T31，从北京到杭州的，路过徐州，下午 4 点 54 分，我买了从北京到天津的卧铺票。

第二天，医生查过房，我便开始整理行李，把不穿的衣服，孩子不爱读的书都收拾起来，准备带回去。他爸一早就到了，我下午 3 点半出发，4 点半到火车站，刚好赶得上。

在医院的这些日子，我已经培养出随时能爬起来，又随时能睡去的能力。我的卧铺是在下床，有些客人坐在那里聊天。1.5 小时的卧铺，余下的 6 个小时无座，我必须要充分利用这一段时间，好好休息。所以，尽管很不好意思，我还是直接跟客人说，我要休息，让他们离开我的床。刚躺下，我便睡着了，直到天津的时候，被别人叫起来。

我补了无座票，卧铺车厢过道的一侧，有一排座位，我就在这些座位上先坐着。后来，8 点和 9 点半的时候，乘务员两次过来要我换个车厢，我都厚着脸皮待下去了。

晚上 10 点钟的时候，车厢内的灯关了。坐在小座位上 4 个小时，我腰痛万分，站起来走走，也丝毫没有缓解。我迫切需要找个地方躺一会。很快我发现，前后两个座位之间距离很近，尽管连在一起又短又窄，但是我把半边脑袋半边屁股放在座位上，腿支撑在前面一点的暖气片上，就可以躺下。不知道我当时的样子到底有多狼狈，但是腰痛缓解了，并且一会儿我便睡着了。

　　我再次醒来时已经 11 点半。很奇怪，这么小的"床"，我居然没有掉下去。凌晨 12 点半，到达徐州站。朋友来接我，到家已经凌晨 2 点多。回到熟悉又陌生的小屋，放下行李，赤脚走在地板上，我眼泪又止不住地流下来。

　　妈妈知道我要回来，屋子已经打扫过了，被褥也晒过了，到处干净清爽。我洗漱完了睡下，已经 3 点多。

　　第二天早上醒来，我吓坏了！眼睛还没睁开，几个问题就从脑海飞转过去：怎么不吵不闹，一点动静也没有？大牛小便了吗？液输完了吗？我怎么整夜都没起来？我扑棱一下坐起来，缓了半天，才恍然发现，我睡在自己的床上。看看表，刚刚早上 7 点钟。我想再睡一会，可是给自己吓到了，已然睡意全无。我就爬起来，准备去上班。

　　天气特别好，蓝天白云，秋天的风褪尽了夏日的燥热，凉气习习。我的车子上厚厚地蒙着灰，雨刮器正摆在挡风玻璃的中央。车位前面的蔷薇花架已经显出破败的迹象，地上落满枯叶。

　　我将车子发动了，雨刮器迅速地摆动起来。那日我出发去北京，正下着大雨，这似乎是眼跟前的事儿，可是我的世界却已经发生了翻天覆地的变化。

　　一到单位门口，我的眼泪就出来了。这些日子的历练，我以为我不会再哭了。可是，一看到单位的门，我就开始哭，正如在外面受了委屈的孩子回到家一样。

　　我在车子里平复下心情，走进办公室。同事们都在，忙问我情况。我把孩子当前的情况跟他们说了一下。他们不知道该怎么安慰我，这种事情没人可以安慰，只能自己消化。

领导对我说："咱们遇到这种事，也没有什么办法了，只有勇敢地、坚强地去面对。在面对这种问题的时候，要有思考，有收获，有进步。以前，你可能还有些浪漫的超脱的思想，可是现在面对这种重大困难的时候，也许你就会有全新的体验。现在这些可能对你来说，都是负担，是困难，是很痛苦的体验，可是若干年后，你可能就会觉得这些磨难都是财富，是人生难得的经历，之后你就会变得更加强大。"

是啊，谁愿意经受这种苦难？没有人愿意，我也不愿意，只要有任何可能，可以避免这种痛苦，我都愿意一试。然而，既然避无可避，便只有面对。可是，谁又能说，这种人生的痛苦，只有剥夺，没有馈赠？苦难之际，能收获的，也要去收获才好。

中午，跟香香一起吃饭。我知道她一直牵挂着我们，关心着孩子。她买了两瓶白葡萄酒，给我带了一瓶。她姐姐寄的新疆大枣，分我一半。还有两个小耳塞，记忆棉的那种，也送了我。我很喜欢，都带着，尤其是那个耳塞，我想大牛一定喜欢。

下午睡觉，从 2 点到 6 点半。中间，妈妈打电话让我去吃饭，我也没听到。第二次打我电话，已经是 6 点半。妈妈说，给我打包好了吃的，要给我送过来。我想，他们都牵挂着我，尤其是爸爸，怕是半年没见到孩子了，也没见着我，我得去看看他们，让他们放心。

爸爸见到我的时候，拿着拐杖在地上敲得梆梆响，叨叨着说："怎么回事，怎么回事啊？刚刚过上舒心一点的日子，怎么又发生这个事情？"我慢慢地、轻轻地把孩子当前的情况，治疗的方案和过程，都跟他说了，并且告诉他："现在医疗技术很高明，一点事儿没有，不仅能治好，而且不会影响他以后生活的，放心吧。"尽管这样说，他还是很不放心。

最后无法，我跟他说："爸，现在，我们家不能再出任何的问题，尤其是你，身体上不要再出纰漏了，不然真的是顾不上了。你们现在什么心也不要操，有事我会跟你们说的，你只要好好保重，就是帮大忙了。"我是真的不愿意再听到任何更坏的消息了，也没有任何精力再处理更多的事情了。

第三天早上醒来，我又迷糊着以为是在医院，为这种异常的宁静满心惶恐。跟大牛视频，他爸带他去了鸟巢、水立方，吃了肯德基，拍了好些照片，看样子孩子玩得很开心。也就是这个时候，他爸说，孩子已经长到 60 公斤。我吓坏了！就在 10 天前，第二次化疗前，他还是 56 公斤，我百思不得其解，怎么长的这个肉？减肥，得减肥！我琢磨着。其实，很多病友在打化疗的时候，吃不下东西，都瘦得不行不行的，可是大牛胃口却很好，所以一直到他最后出院，都没有减肥成功。

　　晚上，我又到邻居家把孩子的情况说了下。尽管做邻居时间不长，彼此来往也不甚深，可是他们是和气的家庭，父母、哥哥、妹妹都是极和善的，他们打电话关心孩子的情况，后来还给我们寄了烧好的草公鸡、煎饼，还有极具宿迁特色的擀面皮、米线那些吃的。当我告辞时他们说，有什么需要帮助的尽管说，我眼眶又湿了。

　　第四天，小侄子小宝给我打电话，说："姑姑带我去买中国地图吧！"这个小东西是最小的，也是我们全家最宝贝的孩子，大牛也超级宠爱他。他晕车厉害，经常看到我的车子，就开始吐。所以我骑摩托车带他，我俩都戴着头盔，也帅气得很。

　　到了书店，小宝直奔主题，选了他需要的中国地图，我就在那个区域翻翻看看，后来又选了世界地理地图和中国地图册。那本世界地理地图，除了标注了一般的地理位置啥的，还有洋流、气候、板块、经度、纬度那些东西。我觉得拿到病房，应该能唬到大牛。

　　高中时候，我的地理老师是位很幽默的老先生，教学方法也很独特。他说，你不用刻意去背诵，只要把课本多翻几遍，什么就都记住了。后来，这个学习方法我一直在用。当时，他选拔地理课代表的标准，就是地理成绩最差的，所以高二那年我荣幸地当了一整年的地理课代表。很长时间，对于地理我都很不开窍，直到高考了，我地理也是学得七七八八。

　　后来，大学毕业，我去一所私立中学当教师。因为当时学校老师比较缺，我便在高中语文老师的空档里，顺便兼着一个初中班的地理。有次在地理课上，忽然一个问题难到我了。我跟孩子们讲着山坡的迎风面会形成降雨的时候，忽然想到一个问题——为什么呢？我随口就把这个问题说出来了，可是我也不清楚为什么。看着大家伙都认真地盯着我，我的眼珠子咕噜咕噜转，但是人卡壳在这边，动弹不得。好在——或者说更倒霉的是，当时有3位老师在听课。我现场请一位老师给我和我的学生做解答。不知道自己为什么那么厚脸皮，竟然连脸都没红，也不知道人家在背后怎样议论我。并且，我的学生们依然很喜欢我，很信赖我。

我还买了两本汪曾祺的书。那些日子，我和大牛都很喜欢那样一种轻轻地缓缓道来的味道，温润而美好，颇具抚慰人心的力量。

书买好了，我带小宝去超市买零食。我不经意地随口问："儿子，要不要来两包小饼干？"一转眼，发现是小宝。

其实，整个下午，我不是叫了儿子，便是叫了大牛。后来连小宝都着急大叫："姑姑，你看看我是谁？"以前送大牛上学，我都是骑小摩托，这样才能在堵到喘不过气的车流中迅速到达学校。骑车时，我会说："Ready?"他说："Go!"我们便出发！大牛力气很大，我喜欢拍拍他的小手，对他说："你抱紧了吗？妈妈可要加速了！"然后他会很用力地抱着我的腰，让我差点喘不过气来。小宝的小手抱着我，我总觉得他没抱住，很担心他会掉下去。他就拼命说："姑姑，我已经抱得紧紧的了。"而每当拍到他那么小的小手，我就会想，哦，是了，这是小宝，不是大牛。

购物结束，我带小宝去家里玩。香香送给大牛一个存钱罐，主体是无脸人，前面手中端了个盘子。当我们把钱放在盘子里的时候，它就会发出兴奋的声音，张开大嘴，将钱倒进肚子里。

我把这个东西的视频发给大牛，他觉得好玩极了。他说："妈妈，你有没有把我的存钱罐拿给弟弟看？"

我说："当然了，妈妈当然会拿出来给他玩的，他都快要把无脸人撑死了。"

晚上，跟香香一起吃火锅。在那种热气腾腾的氛围里，三杯小酒下肚，我的话就多起来。我不厌其烦地跟她讲大牛的那些事。香香就是乖乖地听，偶尔跟我一起笑一下，温润包容。

第五天无事，吃饭，睡觉，读书，跟朋友见面。下午跟孩子视频聊天，他忽然泪如雨下。我问他为什么，他总是不说。是他想家了？想妈妈了？还是跟爸爸闹矛盾了？这些问题一个个在脑子里过，我就赶紧收拾东西。第六天，我起身回北京。火车票买了从徐州到泰山的卧铺，后面继续补票吧。到了泰山，列车员就一直催着我到前面的车厢。我倒是主动想着到前面去，毕竟被人家说来说去，也怪尴尬的。可是到了前面的车厢，看着挤得密不透风的人们，我决定往回走。旁边的兄弟也说："别往前面去了，等下过不来了。啥时候让你走，再说吧。"

过了济南，列车长来补票，说："不用把卧铺车厢里的客人清到前面的车厢去，人太多了，没地方去。"我便在卧铺车厢边上的椅子上坐。过了 12 点，我便已经困得不行，腰也痛得很。应对这种情况我已经很有经验，便把后面的椅子放下来，屁股放在一张椅子上，头放在前面的椅子上，很快人就睡着了。只是，这个姿势，身体的主要压力都在后背和屁股上，很快又酸又痛，就醒了，换个姿势动一动，坐一会，然后再睡。就这样坐累了躺，躺累了坐，间或再站一会，轮流着来来去去，一夜也就糊弄过去了。

凌晨 5 点零 7 分，我又回到北京。天还没有亮，外面冷极了。我准备了外套，可是还是冷得牙根打战。下车人很多，形成一股人流，往出站口的方向涌动。我夹在人流中，拖着沉重的箱子，不思考，不看路，只是闷着头跟着人流往前走。

出了站台，很多出租车司机在招徕客人，地铁站门口排起长长的队伍。工作人员大喊着："往左边来，左边来！左边有空！"然后，大队人马的尾巴就游动到左边。还有一些兜售地铁票的，吆喝着："5 块钱 1 张，不用排队，直接上车！"

地铁里面人不多，很多空座，和白天的拥挤形成很大的反差。但是，因为这一站上很多人，车子一下子充盈起来。靠近门边的座位上，一位女子拖着极大的蛇皮口袋，里面装满了各种饮料瓶，她小心地用手把那些圆鼓鼓的瓶子捏扁，以便装进去更多。

出了地铁站，天已经大亮，朝霞红透了半边天，美得很。从北工大西门的地铁站走到医院，差不多1公里。我是长于走路的，这点路程完全没有压力。门口有一些卖早点的摊子，主要是手抓饼、烤冷面、杂粮煎饼什么的。我不饿，可是冷得很，很想吃一些热乎乎的东西，就买了热豆浆和手抓饼，边走边吃。

到病房的时候，他们都还没醒，整个病房一片宁静。我把行李箱放在门口，轻轻地推门进去，走到病床边，轻轻地在孩子的额头上亲了一下。他睡得很宁静，完全没有被我吵醒。我就在他身边躺下来，静静地享受这宁静的时光。

过一会孩子醒来，看到我，腼腆地笑。每次久别重逢，我都能从他脸上看到这种笑容。

我在他腮帮子上亲了亲，故意说："为什么不叫妈妈，是不是不想妈妈？"

他搂着我的脖子，小声说："谁说的？"我们俩相视而笑。我到北京的当天，他爸就回老家了，我和大牛又开启了在北京相依为命的日子。

放 下 痴 念

　　第一天到北京，他爸便决定，让大牛完全放下学习，专心看病。但是，我提出了反对意见。那个时候，我还幻想着，孩子可以学习看病两不误。我觉得他爸小题大做，对孩子太过纵容，尽管孩子生病了，也要告诉他，要坚强、勇敢，始终如一，以前养成的好习惯，要坚持下去，好不容易抓起来的好成绩，要保持下去。他爸不知道，为了搞好学习，我和大牛付出了多少努力，整个假期，鸡飞蛋打，坚持了那么久，才让他把玩游戏的心思搁一边，把他粗心大意、不专注的坏习惯改掉。现在，让我放弃前面的成果，我有一万个不甘心、不愿意。

　　我想，这次生病是一次劫难，会给我们带来很多麻烦，甚至让大牛变成残障人士，所以我们更得有超越于一般人的意志和努力，下一步才能生活得好。也正因为这次挑战是如此残酷，我们更不能听之任之、稀里糊涂地过去，而是要有进步、有收获。稳妥而坚韧地度过这次劫难，以后再面对生活中其他磨难时，我们可以轻描淡写地说"不过如此"，也算是经历这种苦难的一点额外收获。

另外，当时我也抱有一种痴念。我们平时没有很多时间陪孩子学习，倘若能借着这 300 天的时间，好好给孩子补补，让他形成好的学习习惯和思维方式，岂不是因祸得福？福祸相依，倘若能将祸事转为好事，对孩子也是极大的鼓舞，对于他下半生的人生走向，也是极有价值的事。

所以，最初时候，面对生病的他，我并没有太放松对他的要求，而是大致像往常一样，希望他像正常孩子一样学习，思考，生活。后来，跟他爸商量过，我们制订了很轻松的学习计划。每天学习不超过两小时，学习新课的时间，每门 20 分钟，做作业 40 分钟。我教语文、英语，他爸教数学。在很久之前，我是当过语文老师的，教过初中，也教过高中。我想，语文嘛，无非两块，语言、文学，拿来一篇课文，先让他记住汉字词语，再让他理解下文章结构、表达的情感、修辞手法这些，大致不错吧。英语呢，背诵单词、词组、句子、课文吧。我们开始实践！20 分钟，一篇课文就让我讲完了。当时，我还很得意，果然一对一教学比一对多教学，效果要好得多。

我的大学同学花儿，优秀的高中语文老师，我把这个计划告诉她。她那边哈哈大笑，说："吃得苦中苦，方为人上人。"我这边还没接茬，那边大牛就反驳说："妈妈，你吃了这么多苦，也没有变成人上人啊。"

"是啊，那又怎么样？时代不同了，吃得苦中苦，才能养活自己，才能拥有当前的生活！妈妈就是最好的例子！倘若不能吃苦，我们现在拥有的这些，说不定也会失去。"这番理论，我说得一本正经、慷慨激昂，大牛完全被我说服了，深以为然。

但是，现实很快打脸。这样的学习计划坚持没有超过3天，便夭折了。大牛一万个不愿意学习，又拖又赖又闹。而我，又累又困又烦，都很难持续。后来，老师建议说，不要给孩子刻意补习什么了，多读书吧！书读够了，收获自然就有了。尽管老师这么说，但是在很长一段时间，我依然不甘心完全放下他的学习，还是趁着他心情好的时候，跟他约定一些比较小量的学习任务。

正因如此，不久后我们就爆发了一次冲突。那是术前刚转院朝阳没多久，一天晚饭后，我给他布置了作业，但是他只顾着玩手机，不愿意做。我把他手机关了。他便用右膝盖用力顶在我的腰上。我气坏了，用力打在他肩膀上，我们俩迅速从吵架升级成了互殴！

他大哭起来，边哭边说："为什么其他孩子不用学习，我要学习？"

"我们约定好的呀！"

"为什么人家都可以随便玩游戏，我却要规定时间？"

"我们约定好的呀！"

"我不要什么约定好的！我要和他们一样！"

"那你不是说话不算数吗？"

"好啊，我就是说话不算数，怎么了？"

"不行！我的孩子不能说话不算数！"

他气得用被子把自己的脑袋包起来哭，我也气呼呼地出去消气。

出门之后，我就在反思。病区所有的孩子都在玩手机，在这个环境中让孩子学习，确实挺难的。我的目的其实就是想让他认真对待自己的时间，要将每一天过得有价值，有收获。可是，我的方法是否恰当？我简单将每天的价值与学习挂钩是否合理？怎样去评价时间用得是否合适？现在，还在看病，我是不是太过急功近利？

我反思着，后悔着，回到病房，孩子已经睡着了，这次吵架就以这样的方式草草收场。而两天后，更大的一次吵架发生了。晚饭时候，我喂他吃东西，不小心筷子戳到他嘴巴。当时他忙着看电视，对于我的这个冒犯很生气，大声说："你弄疼我了！"

当时我也来气了，大声对他说："一点小事，要不要这么大声！"

他一听，更大声："是你弄疼了我！"

我脾气也越发大，没好气地跟他说："我又不是故意的，你这样真的很讨厌！"

他一听，眼泪刷就下来了。

　　看他掉眼泪，我便将筷子敲在他腿上，生气地说："这么点事，也值得哭！"

　　他哭得更凶，大声跟我说："你干吗打我！"

　　那一刻，我也很后悔打了他，可是，他大声哭闹的样子让我更加生气。

　　我更大声地跟他说："不要再哭了！"

　　我们很快变成了整个病房的焦点，吸引了所有人的注意！

　　他看到我这么生气，就不再大声说话，而是轻轻地啜泣。

　　"妈妈，你是不是觉得我很讨厌？"

　　"有时候，是。"

　　"妈妈，你现在是不是觉得我很讨厌？"

　　"有一点！"

　　"你既然觉得我讨厌，你就走吧！"

　　"你说什么？你让妈妈走？那谁来照顾你？"

　　"我不需要人照顾，我自己能照顾自己。"

　　"妈妈走了，你怎么吃饭，怎么小便，怎么上厕所？"

　　他忽然咆哮着说："不要你管，你走！"

　　我很生气，真就走了。刚出病房，眼泪哗哗地就出来了，委屈、难过、焦虑、后悔，所有情绪一起都来了。

　　秋意正浓，外面很凉爽。医院北面的小广场上，每天6点半的时候，有个小伙子，拿着功放装备，在那里唱歌，围着很多人。晚一点的时候，那里会有两拨人出来跳舞，一拨是年轻点的，跳当时刚流行起来的鬼步舞，还有一拨，是年纪比较大的，跳交谊舞。

我一路向北，到了北工大的操场。路上我在想，过一会，他有需要的时候，害怕的时候，总是要给我打电话的吧。谁知道，1小时过去了，完全没动静。我又发信息给病友玉妈，问什么情况了。其实，我太了解这个孩子了，他惜命得很，是绝不会冒险下床的。但是，我还是有点担心，怕他逞能，从床上掉下来，折了腿。

玉妈说，这会儿他游戏玩得正起劲，完全把我这个妈妈给忘了。她问我要不要回去，我一咬牙，说："一定要让他打电话给我，服软了，我才能回。"

我在外面转了差不多3小时，大牛也没给我打电话，晚上9点半，自己灰溜溜地回到病区。我偷偷把玉妈叫出来，问孩子的情况。原来，孩子已经大便过了，请玉妈帮的忙。后来，就一直玩游戏，看电视。她帮我试探着问了孩子，诸如"妈妈去哪里了？妈妈不回来，你自己怎么办？不担心、不害怕吗？"之类的问题。然而，孩子只顾着玩游戏，完全不理会。

我开始伤心。这个熊孩子，真是不要我了。我想着，斗争还得继续，先不回去，等他冷静一下再回去。玉妈帮我拿了垫子、被子，让我在走廊休息。

直到10点半，他打给我了，说："妈妈，我知道错了，你赶紧回来吧。"我一听，就知道不是他的语言习惯，他倔强得很，如果没有深入沟通和深刻反省，他是绝不会说

"我知道错了"这种话的，一听就是别人教他说的。我就说："只有你真的认识到错误了，想要妈妈回来，妈妈才会回来。"他立刻把电话挂了，整个晚上再没给我打电话。

等到他睡着了，我就到病房看看他，帮他盖好被子，把小便壶放在床前的椅子上，收拾一下，把垫子移到房间里——护士已经过来说了好几次，不让在走廊睡。

我睡觉时已经深夜 12 点多，忽然就听到他说起梦话来。他带着哭腔叨叨着："妈妈，妈妈!"过一会醒了，说："天哪! 天哪! 我想小便!"自己拿过小便壶，然后，又低声说："妈妈，妈妈，我害怕，我害怕。"说着，他把小便壶放在床边的椅子上，又睡下了。

尽管表面上，斗争的姿态没变，但是整个晚上我都在反思检讨自己。孩子都病了，我这个妈妈对他居然还如此没有耐心，在处理问题的时候，方法策略也很不高明，大部分的错其实还是在我。

那是我们到北京的第 30 天。长时间的恐惧、隐忍、压抑，让我们俩都到了一触即发的状态。尤其是我，又希望他好好治病，还希望他好好学习，还盼着他不玩游戏多看书，其实当时他的那个情境真是很难实现，所以我不免着急，他不免委屈，就把矛盾激化到了最严重的样子。

隔天一早，孩子还没睡醒，我便收拾一下，又逃跑了。我不想让这件事情不了了之，我希望他认真反思，知道错了，主动给我打电话。

我在外面转悠着等，但是，他迟迟不打电话，我又很担心。最后没辙，还是我主动打电话给他。

他张口第一句话就是："妈妈，你赶紧回来吧。"声音有点干哑。

"你是真心想让妈妈回来吗？"我问。

"嗯。"他说。

"你昨天还撵我走的。"我说。

"没有啊！我只是跟你打赌，说你晚上不在，我也可以很好。所以，你没回来，我撑下来了。"他说。

"让我回去也行，你要答应我，以后再不准说让妈妈走的话。"我说。

他想了一会，说："可以。"

吃饭时，我回去了。他看到我，还是一脸脾气。

我故意装出很生气的样子说："从现在开始，我们各司其职。我的责任就是照顾好你，你的责任就是该吃饭吃饭，该喝水喝水，手机没收。"

他气呼呼地说："好！"过一会儿，又忽然大哭起来，说："你这样对我，我还不如干脆死了呢。干脆拔针，让我死吧。"说着，真就把针拔掉了。

我惊呆了，没想到他会这么大反应！我坐在他跟前，握着他的手，看着他的眼睛，认真地跟他谈话，大致告诉他几点：其一，妈妈来照顾他，很辛苦，但是还留在这里，是因为妈妈很爱他。但是，妈妈也应该获得公平的对待，大牛不尊重妈妈，大声对妈妈说话，赶妈妈走，妈妈会伤心难过。以后，大牛绝对不能再这样大声对妈妈说话，更不能撵妈妈走。其二，大牛和妈妈一起努力生活了差不多10年，才长这么大，无论什么时候，都要好好保护自己的身体，保存生命。好好活着，绝不可再提"死"字。其三，要说话算数，之前约定好的事情，不能随便改变。该读书读书，该学习学习，该玩游戏玩游戏。约定好了，就不能随意改变。我说完了，就看着他，问他说："你觉得怎样？"

他点了点头，说："好！"我们便和解了。

现在想来，那一次矛盾，其实都是我的问题，根源其实就是我对他无节制玩手机、看电视的不满。我以为我已经俯首向下，向命运臣服，接纳了所面临的不幸和人生注定的不完美，承认我们必将与别人不同，但我明明还存有痴念，舍不得暑假里孩子努力学习的成果，放不下走出医院将会面临的学习生活压力。

而越走到后面，我们越知道，大多数孩子的表现才是在医院里该有的表现，玩游戏、看小视频是常态，能读读书已经很像样子。医院就是治疗的地方，在这里躺着的痛苦，比在严寒酷暑里工作还要厉害。所以，病人有他的责任和使命，忍受痛苦，接受治疗，把病看好、顺利回家，才是他该做的。我试图强加给他太多东西，是不对的。

在我们治疗的过程中，遇到过很多这样的情况。有的孩子，住进病房，就制订了完整的学习计划，有的孩子准备打化疗的时候，还在捧着习题册。因为这些生病的孩子，大都处于学习的关键时期，有的准备中考，有的准备高考，有的刚刚考上大学！他们多么希望可以像正常的孩子一样学习，参加考试，取得好成绩啊！

可是很快，大家都妥协了！显然，所有那些对学习的热忱，都是在孩子还没有真切感受到治疗的痛苦时表现出来的。治疗远比我们想象的要难，孩子承受的痛苦也比我们能想象的要严重一百倍、一千倍、一万倍。

最终我们都屈服了，暂时放下学习，投身治病。这需要一个过程，花很长时间，慢慢磨合，寻找平衡，找到彼此最舒适的姿态，面对这场巨变。后来的日子，我们就开始主动淡化学习——其实不仅孩子学不下去，我也是没有力气继续下去。没有学习，没有作业，我们会在一起聊天，一起研究探讨很多问题，进行深入的交流。所以，在这一阶段，没有文化课的束缚，他对人生有了更多思考，性情也变得更加温暖坚韧，善解人意。

而下一次的吵架，就在没有多久之后，但是情景已经全然不同。大牛想吃寿司，但是隔天要打第三疗，我就先把寿司在锅里蒸了一下，主要考虑高温杀菌，保证卫生，防止生病，贻误化疗时机。可是，蒸过的寿司变得很软，不容易拿起来。用筷子一夹，就破烂不堪。大牛一开始就反对加热寿司，他觉得会影响口感，后来看到这个样子，更加生气，一直埋怨我把寿司搞成这个样子，破坏了它的本来面目。后来，干脆把寿司盘子往边上一推，说："这种像大便一样的东西，我不吃。"

我安慰了他半天，可是他依然气呼呼，眼泪哗哗就出来了。

这一来，我也生气了，就把饭拿过来，跟他说："好吧，你不吃我吃。"

可是，他依然不依不饶，用手把寿司抓得稀巴烂，气呼呼地说："我吃不成，你也别想吃！"

我赶紧把寿司抢下来，怕他弄得满床都是。然后，我把所有的东西都收拾到旁边，啥也不做了，坐在床边，握着他的手，跟他慢慢讲道理。

我说，妈妈辛辛苦苦买来食物，加热好，拿给他吃，他不仅不感恩，反而挑三拣四，这样妈妈很伤心。妈妈给寿司加热，是因为他的身体不适宜吃生冷食品。其实，给食物加热，我自己要增加很多工作量，并且我自己也要陪他吃这种不太可口的寿司，可是他竟然因为这个原因大闹一场，妈妈觉得很不公平。很多孩子都吃不上好吃的，有的孩子还要饿肚子，可是他居然这样糟蹋粮食，很不好。而且，大牛忽然变得很凶，很粗鲁，这不是好男孩该有的品质，妈妈很不喜欢这样。

他继续眼泪哗哗地流，我就不理他了，起身去把锅碗瓢勺收拾干净，又重新煮了面条，端给他。这个时候，他主动拉低我的头，把嘴巴放在我的耳边，说："妈妈，明天早上之前，你要忘记这件事情。"

听到这句话，我知道他从内心里真正发现、认同自己错了，真正觉得抱歉了，我所有的气也都烟消云散了。所谓的生气，从来都不是因为他冒犯我，而是因为他不懂事，不懂道理，不懂得反思学习，我担心他经历过很多事情却依然没有长进，在待人接物上，不能获得别人的尊重和圆满的结果。一直以来，我用尽量贴近普世价值的观念去影响他，今天终于看到一个会反思反省的孩子。

我故作镇静地说："你都没有跟妈妈道歉，我一时半会可忘不掉这件事情。"

大牛急忙说："对不起，妈妈。"

"你觉得错在哪里了？"我问。

他想了半天，真诚地说："妈妈，我不应该总是挑三拣四，请你原谅我。明天早上之前，你一定要忘记这件事。"

"好吧，妈妈原谅你。这件事就翻篇了。你一定要记住这个教训，以后千万不要发生同样的事情。"我表面严肃，其实心里很是欣慰。

我知道，随着我们经历的事情越来越多，交流越来越深入，有足够的爱与支持，他的思想会得到更为深沉宽广的锤炼，他的思考能力、是非观念也在不断完善。而一年之后，病愈出院，回到学校，他便会自带一种从容与豁达，只要健康，重新开始，也并不太晚。

我们住过的病房

混迹医院十几个月，大家要一起住很久，要见很多次，有的在积水潭见到，有的在朝阳见到，可能是同病房的，也可能是串门的，还可能是一起做检查的，或者一起做假肢的。所以大家很快熟络，即使叫不上名字，也会有个面熟，大家都像家人一样，互相分享经验，分享食物，照顾孩子。

刚住到积水潭，一个病房十个病人，十个家属，拥挤不堪。在这里遇到的病友，很多都跟我们一起度过了漫长的整个治疗期。大多时候，他爸守夜，我回壮家休息。有时候他爸太累了，我就留下守夜。病人睡在床上，家属便睡在床下。两张床中间的间隙很小，刚好够铺一张 60 厘米的瑜伽垫。每个病床都有一个人陪床，所以大家都在这个地面上找一点空隙栖身。对于地面，我很有心理压力，因为前一天，大牛才刚刚吐过。可以想见，这里之前定然还有很多人吐过很多次，不免阵阵恶心。

洗手间和洗澡间在病房对面，护士站和医生办公室也都在那一边。再往里面去，则布置了存放呕吐物的区域。因为环境闭塞，洗手间的卫生状况又不是太好，味道总是一阵阵地透到病房里来。其实，这个洗手间主要是为病人家属准备的，病人很少去洗手间。因为在这里的病人，要不在打化疗，要不刚做过手术，上厕所的问题大都是在床上解决。

10点钟开始熄灯，睡觉。但是，大牛喝了很多水，又小便了两次。差不多11点的时候，听到大牛匀称的呼吸声，我才开始睡。凌晨2点，药水打完了，起针。2点40分，护士给孩子打解毒针。5点50分，该起床了，护士把我们都叫起来，给孩子量体温，抽血。折腾了一夜，我困得脑袋一团糨糊。而白天，大牛一会要小便，一会要打针，还要监督他喝水、漱口，听他讲段子，这些琐事叨叨着，也便没有睡意了！

加1床的孩子没有睡意，他妈妈在床上睡了，他跑到门口玩游戏。在我看来，他是特别幸运的孩子，胳膊上生了个囊肿，做个手术便可以出院。2床的孩子比大牛早一天化疗，昨天晚上高烧不退，今天的检测指标很不好，妈妈跟他谈了一个晚上，又不停打电话，显然很是担心、焦虑。加 2 床的小闻，跟我们一前一后打化疗。他是特别倒霉的孩子，去年左腿生病，治疗结束出院了，今年右腿又生病，所以又住进来了。3 床的孩子 19 岁，没有父母陪同，自己来到积水潭打化疗。他是 7 年前，12 岁的时候确诊骨肉瘤，做了手术，打了化疗，结疗出院。后来发现肺转，他就每年到积水潭打一两次化疗，医生说也没有性命之虞。

小西也是在这个时候认识的。他们是河北的，老大在北京上班，生病的是老二。有次病房里只有加 1 没有加 2 床，我就跟西妈在加 2 的位置，铺上防潮垫，俩人睡一起，那晚的宽绰，让我们好好地补了个觉。

第一个疗打完，我们就转到朝阳。这边的住院环境比积水潭好很多，从 20 世纪 80 年代的 10 人间大宿舍，搬到了 21 世纪的 4 人间，不仅人少了，空间大了，空气清新了，床宽了，还多了壁橱、独立卫生间，简直像到了天堂一样。

我们最先住进的病房，加上我们只有三家，我们住在了 51 床，还空出一张 53 床供大家自由支配。这个房间很大，地上有很多地方可以打地铺。这个晚上，我没有睡地上，而是跟 54 床的玉妈一起，睡在了 53 床。

那几天，医院正在接受三甲医院验收，每天保洁都做得格外卖力。我是爱整洁的人，喜欢窗明几净，尤其不能容忍洗手间里湿漉漉，留着泥脚印的样子。在病房，几家一起住，差不多要住 30 天，跟自己家也差不多了，为自己生活得舒心，我就主动打扫卫生，拖地洒扫。早上保洁来打扫的时候，总是表扬说"你们房间真干净"。

房间里的洗手间挺大的，洗衣服、洗澡什么都挺方便，但是因为每个病人都有轮椅，而白天的时候，医生不让把轮椅放在能看到的地方，大家就都把轮椅放在洗手间，就显得有点拥挤凌乱。楼下靠近停车场的地方，拉起来几根晾衣绳，专门用来晾衣服、被子什么的。我们把衣服洗好就拿到下面晒。为了防止衣服从晾衣绳上吹下来，大家就将塑料袋撕成小长条，把衣架系在晾衣绳上。

每天早上，所有人都还没起时，我就迅速爬起来，因为要在洗手间换衣服，刷牙洗脸什么的。这些都挺占时间，赶个早，不排队。

52床的孩子是来做穿刺的。这个孩子在股骨头的地方长了个东西，但是不确定是良性还是恶性。孩子爸很着急，每日愁眉不展。可是，我很羡慕他。我们到积水潭的第一天，医生就告诉我们说，孩子应该是典型的骨肉瘤。所以，我很羡慕那种可以有可能性的孩子，更羡慕那些最终检查是良性的孩子。积水潭住院期间，见过三个长了良性肿瘤的孩子，一个长在腿上，两个长在胳膊上。他们做了手术，一个礼拜就出院了。我还特别羡慕那些骨折的，看着他们打了石膏出院的样子，都觉得很耀眼。

后来，我们到积水潭手术，又遇到了这个爸爸。他在积水潭等着看医生。他说，当时穿刺，医生判断是尤文氏瘤，已经做了一个化疗。后来又做了一次检查，说前次的检查可能出错了，感觉不是尤文瘤，让他们重新穿刺检查，他等着问医生检查结果。

　　54 床小玉是河北人，玉爸在北京京东上班，已经买了房子在这里定居。我们转到朝阳的时候，他们已经住了两个礼拜。小玉 2017 年确诊骨肉瘤，打了化疗，做了保肢手术，2018 年 4 月份结疗出院。8 月初，下了场雨，他摔倒了，腿上的假体方向改变，当即无法走路。他们迅速回到积水潭，医生给排定时间，做修复手术。后来，在手术室里，麻醉之后，医生尝试着给他扳了一下，居然扳正了。他不用再做开放手术，但是医生要求必须卧床静养 3 个月。所以他平时并不输液治疗，只是在床上躺着，等骨头长好了出院。

　　小玉是特别懂事的孩子，说话做事很有大人样，像个村支书一样。他经常跟大牛说，妈妈很辛苦，你要懂事。又说，你做错事了，要主动跟妈妈道歉，不要让妈妈伤心。他在生活中也是诸般体谅母亲，能做的事从来都是自己做，不像大牛，一会一句"妈妈"地叫。

　　52 床出院后，小金住了进来。他是山东蒙山边上的，离我家很近，方言跟我们也很像。那是个很帅气的男孩，16 岁，方方正正的一张脸，总是带着不悲不喜的表情。他不爱说话，也从不请我们帮忙。大部分的事情，他自己都能完成，甚至可以自己下楼去买吃的用的，但是在刚做完手术，还完全不能动弹的时候，很多不能完成的事情，他也等着妈妈回来。

　　小金刚住进病房的时候，3 个男人推着 1 张病床，后面跟着位满脸沧桑的女子。后来我知道，男人们都是病友，只有后面的这个女子才是家属。

金妈带了一大摞煎饼，还有些榨菜。那种煎饼是机器做的，为了可以长期保存，水分少，卷不起来，适合揪着吃，甜甜的，脆生生的。她将煎饼分给病房里的人们，这是一种有些扎嗓子、扎嘴巴的食物，其他人不习惯，唯独我吃到家乡的味道，感觉还挺温暖。

金妈说，本来以为孩子就是腿疼，看一下就能回去了，没想到要手术、要住院，什么都没带。所以她用的被子枕头啥的，都是病友们送的。他们看病的时间很久，很多老病友都认识她。晚上，我们就睡在一起。我的防潮垫打开了有 1.5 米，足够容纳我们俩。

小金 4 年前生病，做了保肢手术，2015 年痊愈出院。可是 2016 年，孩子置换材料发生问题，重新换了一次。过了没有一年，孩子腿部感染，就做了截肢手术。再后来，就是这次，他截肢的腿再次感染，又回来做清创手术。

"当时我们就是考虑太多了，不然直接做截肢手术，就不用受这么多罪了！"显然，她很后悔当年给孩子做了保肢治疗。

她们家在山东乡下，家里种大棚蔬菜，本来也是小康家庭。孩子生病后，花了很多钱，而雪上加霜的是，在这期间，金爸因为孩子着急上火，脑梗中风，尽管性命无虞，到底是脑袋不灵光，行动也不利索，不太能承担家庭事务了。种菜干活做买卖的事情，都是她在操持。

　　她有四个孩子。最大的女儿 28 岁，大儿子 21 岁，都未成家，想来是可以挣钱解决一些问题了。这个是老三，下面还有个小老四，只有 9 岁。

　　小金感染了一种非常难治的细菌，要输液很久才能治好。后来的日子，他们生活很困难。有次一起出去买吃的，金妈翻着口袋说："钱全花光了，只剩 100 多元钱。"等到孩子病情稳定了，金妈就在外面帮烧烤店刷盘子，大约 1 个小时 12 元钱，补贴一点生活费。有时候，她会带回来一些吃的，比如油炸花生米、烧烤、炒饭什么的。每次看到这个大姐，我总是会想到我妈妈，干了很多活，想了很多办法维持生活，又保持着不服输不服气的心性。

　　其实，病区里很多人都出去找事做。有个孩子的爸爸，找到帮医院送血浆的工作，上午 3 个小时，下午 3 个小时，一天 50 元钱。还有妈妈去学校帮忙做饭，只有中午一顿，50 元一天。因为很多病治疗过程很长，所以很多人要脱离工作很久。不得不说，住在医院的大部分人，除了被能不能治愈这个问题困扰，钱也是绝无可能回避的难题。最初的时候，我也想过出去找个钟点工什么的。可是，因为大部分时间都是我自己带孩子，随时都可能有事发生，实在抽不出固定时间工作，也就作罢了。

　　他们在医院住了差不多 1 个月，在我们打第三个化疗的时候，小金出院了。出院前一天，她把工钱结了，挣了300 多元。积水潭帮他们联系了北大第三人民医院的感染科专家，让他们到那里征求专家意见。专家说他们的病情，是可以出院的，同时也给他们开了一些药，让他们回去持续吃一段时间。

晚上睡觉的时候，我给了她 500 元钱。当然，我知道这些钱也没什么用，可是正所谓穷家富路，我担心他们路上遇着什么困难，或者路上孩子看到什么想吃的想要的，妈妈舍不得，给不了，而孩子不敢吃，不敢要。

她坚决不收。她说："我们都是同样的情况，你孩子也要花很多钱，这些钱你自己留着用吧。"

是啊，我们每天在一起，她经历过我现在正在经历的，看着一天一天的账单，感觉自己口袋里那点小钱如流水般哗哗流走了，都在暗自心惊。可是，想来，我的情况总归比她要好一些。我说："你有我电话，就当是我借给你用的。以后有钱了，再还给我。"

经过一番客气推辞，她最终收下了。她说："每次住院，大家都给我钱，我心里不好受啊。"说着，眼泪就下来了。

玉妈跟我说，之前他们病房里住过一个病人，北京人，孩子在加拿大留学，后来骨头上长了个瘤，想要在加拿大治疗，那里不收钱，可是排队要等 3 个月，于是他们决定回国治疗。他们是良性肿瘤，做完手术就回去了。临走的时候，那个妈妈给了她 500 元钱，给另外一个病友 1000 元钱。那个时候，我很意外，想着萍水相逢能够做出这种事情，真的不容易。到了今天我才明白，不是因为有钱，也不是因为沽名钓誉，只是因为感同身受，心有不忍，她就心甘情愿地想做这件事。

小金出院的时候，我正在外面买吃的，没赶得上道别。回到病房，他们已经走了。等到晚上，大牛告诉我，阿姨走的时候，给他个东西，放在枕头下面了。我赶紧看下，果然是 500 元钱，小心地用一张纸包着封简短的信："妹，感谢你！心意领了，谢谢，咱们可以说是同病相怜，你们后续治疗还要花很多钱，我受之有愧，咱们来日方长，谢谢！"

这个倔强的女子，我无奈的眼泪又出来了。我想，能写出这种字句的乡下女子，她定然也是很有思想、有才华的吧，是与一般的乡下女子有所不同的。后来，大牛病愈出院，我很想再去找他们，但是她留给我的电话已经打不通了。

我们病房又住进来个孩子，小华，已经打到术后第 9 个化疗。他做了截肢手术，在假肢厂安装了义肢，已经可以歪歪扭扭地走路。

华妈说："孩子截肢是挺难接受的，但是治疗更彻底，也更安全，并且活动更自由，不受拘束。如果选择保肢治疗，我们的孩子都太小，接下来还要接受多次手术，另外走路也要受到很大约束，不能磕着碰着。如果义肢坏了，直接换一个就是了，孩子不用受罪。但若是保肢手术，假体出问题，随时要回来做手术，非常危险，孩子很受罪。"

从第一天住院，到底保肢还是截肢，就是我最为困扰的问题。她说的这些，也都是我考虑过千遍万遍的问题。

我随口问了下大牛："你是希望保肢还是截肢？"他几乎是不假思索地说："当然是保肢。"是的，他好好的一个孩子来了，怎么能愿意截掉自己的腿？这太不可思议了。我也觉得，这很不可思议！

而小玉和小金的情况，让我有更充分的素材来认真考虑保肢还是截肢的问题，可能保肢手术面临的后续风险比网络上查到的、医生告诉我们的更多。

在积水潭，如果没有肺转，化疗效果还可以，大部分都采取保肢手术。但是如果病灶长在脚踝附近，因为没有合适的假体可以换，一般都要截肢，小华就是这种情况。

所以一开始，我从没想过截肢。当他爸第一次跟我说要截肢的时候，我情绪非常激动，坚决不同意。大牛的病灶长在左侧膝盖下方，正是大部分病人病灶生长的地方，没有肺转，化疗效果也很好，完全符合保肢条件。

他爸提出截肢，主要考虑两方面原因：一方面截肢之后，病灶切除得更干净，这样治疗效果可能会更好，更有利于防止复发；另一方面，孩子还太小，他只有 9 岁，个子刚刚 1.5 米，后面还有很大的生长空间，而且可能会长得很快，长短腿的问题会比较严重。后来也证实，术后 3 年，他已经从 1.5 米长到了 1.8 米。而长短腿太过严重，是根本无法用这条腿的，他就必须要进行二次手术，重新换假体。做这个手术，最少也要一两个月的时间，而做手术的痛苦又岂是常人愿意面对的？况且，假体不是可以一直换的。医生也说，病人的假体最多也就是用个 10 到 20

年，之后还要换，到某次，病人身体条件不适合换假体了，最终还是要走上截肢的路，但是截肢的部位会更低，穿假肢更不方便。

此时，我才开始认真思考截肢的问题。在所有亲人、朋友看望孩子的时候，我都征询过到底是截肢还是保肢的问题。老同学说，抓主要矛盾，孩子的生命高于一切。没有生命，谈什么都没有意义。同事说，最好一次把问题都解决，不留后患。朱朱说，如果孩子长短腿的问题很严重，不如截肢，穿假肢也是很方便的。以后技术会越来越好，假肢也会越来越好用。其实，在两难情况下，怎么抉择都是错，只能去繁就简，当机立断。一旦决定了，就是最好的选择。我开始为截肢找更多、更有说服力的理由。

我们在住院后期见到一个回来换假体的孩子。那个孩子16岁，已经出院7年，非常健康！看到他，我觉得未来一片大好！他左腿比右腿短了7厘米，不知道是不是因为这个原因，他的个子看起来并不高。他还可以用自己的腿走路，只是走起路来，身体左右晃动，有些费劲。积水潭医生安排他在朝阳卧床1个月，做牵引，来拉伸他左腿的肌肉，之后再做假体置换手术。

小华打完化疗，兴高采烈地出院回家歇疗了，大约10天后再回来。53床住进来一个孩子，小腿胫骨骨折，在当地医院检查，说是长了个东西，不知道好不好，让到北京来。今天出了结果，说是良性瘤子，他们全家高兴坏了。不过，医生说因为骨折，所以要在医院休养3个月，等到孩子腿骨长好，才能手术，切除瘤子。这让孩子的妈妈很是着急，因为医药费是一笔很大的开销。她跟我抱怨说，每天什么事都不做，只是躺在床上，就要500多元。3个月下来，差不多要5万元，加上生活费，就要7万元。过了1个礼拜，他们出院了，说是先回地方医院养着，等到长好了，再来做手术。

53床又住进来一位老大哥，黑龙江佳木斯的，在脚脖子上长了东西，差不多20年了，时疼时不疼，但是都没有重视。最近疼痛加重，他就去当地医院检查，医生建议来北京。他到北京已经快两个月了，天天住在宾馆，排着做各种检查，今天才住进医院，准备做穿刺。他说："本来挺喜欢首都北京，这俩月下来，对北京的好印象，全没了。"

他们家嫂子和女儿在医院陪同，都很和气，很喜欢大牛，每天就是"小胖小胖"地叫着。他后来被诊断为骨巨细胞瘤，说是一种不会转移的肿瘤，但是会再生。本来长在脚指头上，后来长的面积越来越大，他需要从脚踝处截肢。对此，老大哥很豁达："截肢就截肢，截肢好，以后不用因为这个事情再烦了。"

大牛后来喝水很困难，正巧一病区71床有位家长在病友群里说，有现压的普洱茶，可以分享，我就去讨来完整的一块大茶饼，想要煮奶茶，给他换换口味。53床的嫂子很擅长这个。她说，平日里，他们早上去买牛奶，煮奶茶作早点，就像我们喝稀饭豆浆一样。她让我取出一小块茶叶，放到水里煮红了，把茶叶滤出来，再将牛奶放进去，煮一开，再放点盐就好了。大牛只喝一口，便大呼难喝，并且用"前功尽弃"来概括我的失败。其实，我喝着还好，这种奶茶是咸的，与我们平时喝的味道不一样，他不习惯。

第二天，我们就喝到了正宗的蒙古奶茶——大哥习惯了早上喝奶茶，便让家人寄了几大包速溶奶茶过来，我们也跟着沾了光。那种咸奶茶，开始觉得味道有点怪，但是很快就会觉得很香。他还请我们吃了大麻花，说是他的老妈妈用胡麻油炸的，味道很特别，吃过后嘴巴会有点苦苦的回味。第一口实在不喜欢，可是过一会又觉得有一种特别的清香萦绕在唇齿间，也是很让人流连。

我们还遇到一个黑龙江鹤岗的大哥。他刚住进来的时候，是一个人，主要是做各种检查、穿刺，确定病情。他脾气很不好，对医院里各种收费颇有微词。他很喜欢吃饺子，他说出远门的时候，他们带的干粮就是饺子。到饭点了，把饺子搁热水里烫烫，就是一顿美餐。等到快转积水潭做手术的时候，他媳妇来了。那是一个娇小的女子，热情大方，又很年轻漂亮。每当大哥嚷嚷着医院乱收费的时候，他媳妇就着急地跟他说："别说了！再说，人家不给咱治了！况且，再嚷嚷那个钱也不能少收！你说多了，他们别再故意给咱们增加检查费用！"

住在病房里，大家一般都很和气，友善，毕竟来到外地看病都不容易，病人情况又大致差不多，彼此都能互相体谅，互相照顾。不过，也有糟心的时候。住病房就像个集体宿舍，很多时候就是碰运气，看你的舍友素质如何。

我们隔壁床曾经住了一位内蒙古的病人，他的亲戚似乎特别多，每天五六个总是有的，呼啦一下，屋子全给他们家人占满了。他们在病房走来走去，还很不见外地问我煮什么，吃什么。

那个老母亲也很不把自己当外人，早上你正在洗手间的时候，她会忽然过来敲门说："接点水！"而且，那位老母亲身上总是散发出一股奇怪的味道。后来他们又来了一位女生，好像是病人的姐姐，也是同样的味道。因为是邻床，要照顾病人，他们便总在我们面前转来转去。

孩子正在打化疗，所以恶心，想吐，对各种味道异常敏感，所以一直捂着鼻子跟我说："妈妈，怎么办，我总是闻到一股臭味。"于是，他便拉着我的衣袖，说："妈妈，我要闻你身上的味道！"后来我就给他擦些香水，在他的被子上也喷一些。开始的时候，他似乎真的感觉好些了，可是没有多大会，他又捂着鼻子，说受不了那个味。

再就是，洗手间里踩的黑脚印，马桶盖上洗衣服的水渍，都完全不管直接撂着。我不停地打扫，分分钟又乌七八糟。

好在，这些东西也都不很重要！即使在一起住着的时候，心里有些微词，但是每当有人出院离别的时候，还是会有点别样的不舍。大家来自五湖四海，真正的陌生人，因着同样的看病需求，如此近距离地在一起呆那么久，什么好的坏的，最终都过眼云烟了。

正式转院积水潭的那天，我们的东西很多，甚至一度让我崩溃，不想收拾！后来，磨叽磨叽着，还是在他爸到来之前把所有东西都打包好，堆了一个墙角。香香一早过来帮忙，当然是插不上手，但是有她在，还是让我觉得心理上轻松些。

香香是前一天到北京的。一早，我把香香带来的煎饼、辣各丝分给病友们吃。他们对于煎饼这个东西还是比较抗拒，觉得咬不动，吃了几口，就腮帮子疼。不过对于牛肉辣各丝，他们一致评价很高，辣乎乎的，比较下饭。

中午，他爸叫了一辆车，拉上行李，带上人，我们就往积水潭出发了。之前在北京都是坐地铁，所以对于北京的面貌所知甚少。这次从地上走，多了个机会，看看北京城的样子。我们经过了刘老根大舞台的牌坊、德云社的院子，走上了长安街，经过了天安门广场，看到了人民大会堂和中南海的大门，经过了很多条胡同，最终抵达我们租住的那个苇坑胡同。

我们把行李放到出租屋，就推着孩子去医院。医院就在马路对面，到那里很方便。因为第二次入院，如果算上穿刺的话，是第三次了，所以我们轻车熟路，完全无障碍地办理了各项住院手续，又住进了201病房。

黑龙江鹤岗的大哥，已经做了手术，正在恢复。他还是很喜欢抱怨来抱怨去。那几天，我照顾不过来孩子的时候，他们就帮我照看。临出院的那天，漂亮姐姐说："哎，好了好了！可该出院了，半套楼没了！"他们大致花了2万多元，比预期的少很多。据说，鹤岗的房子很便宜，4万左右就能买到 1 套。

我们新见到了一个云南的大男孩，18 岁，极帅气，说是已经在机场实习做空乘。怀疑是骨肉瘤，穿刺，挨着做各种检查。他有个女朋友，经常过来看他。孩子的妈妈看起来极年轻，很漂亮，皮肤很好，但是普通话很不好，我们很难交流。孩子的奶奶、爸爸也都在。他们租了房子，白天在病房陪着孩子，晚上就回去休息，留孩子独自在病房。

我们住了好几天加床，后来鹤岗大哥出院了，两个做过手术的患者转到朝阳那边去，我们就住到了 3 床，而加 2 又住进了山西的小帅。

孩子一看就是学霸的样子，在病房里，还在捧着书学习，说是初三，准备中考了，所以格外卖力。他们跟我们一样，第二天穿刺，出院，一个礼拜之后回来做化疗。每次看到这种病人我就很难过。真正的感同身受本来是没有的，可是共同经历了，那种体验便如出一辙了。

帅妈在做孩子的工作，告诉他，当务之急是把身体养好，学习的事情，只能下一步再考虑。孩子似乎很失望，也很难过，对于自己的病，很恐惧，尽管不说，也是能够感觉出来。

晚上，他们娘俩在聊天。孩子问："我们装修的钱没了？"妈妈说："是啊，别说装修啦，都要卖房子啦。"孩子说："为啥卖房子？"妈妈说："不就是治你的病吗？"孩子不说话了，妈妈说："不要想了，赶紧睡吧。"孩子说："我睡不着。"

这一幕跟大牛刚住院的时候一模一样。孩子问我说："妈妈，我们家是不是一点钱都没有啦？"我说："是啊，可能还要借债。"他说："那怎么办？"我说："那有什么不好办的？本来咱们就没什么钱，花就花了呗。要知道，我这是投资，等你以后好了，慢慢挣钱回来呗。你是我的孩子，花点钱买回来一个孩子，你说划算不？"孩子便不吱声了。

我们刚打上第四个化疗，小西就做手术了。西妈是社牛，心很大，有很多朋友，消息很灵通，病区里的很多事情都是她告诉我的。手术前晚，这个妈妈寝食难安，怕上了。她总是有很多担心，又不知道具体在担心什么。手术那天，西爸、西妈和大儿子一早就到病房候着，然后又守在手术室外面等，直到下午两点半，手术结束。

小西被推到病房，就一路"啊！啊！啊！"地叫着，发出极响的声音。到了病床上，他更是把床板砸得梆梆响，不停地大喊"疼！疼！疼！"直到护士给他打了止痛针，他才安静下来，迷糊着睡着了。大牛当时正在玩手机，听到哭声，放下手机，两只眼睛滴溜溜地看着小西。过一会，他拉过我的手，怯生生地对我说："妈妈，他都疼成这样了！"我知道，他一定是害怕极了。其他的孩子也都瞪大了眼睛看着他。

2床是位老先生，快80岁了，是整个病房中唯一不是孩子的病人。他老伴陪着，大家开玩笑说："你可别把老伴给弄丢了！"他便笑着说："呵呵，我丢了她也不会丢，我糊涂了，她还一点不糊涂呢。"这位老先生本来安排跟小西同天手术，可是因为感冒发烧，手术取消了，说是先出院，等到感冒全好了，再来住院做手术。因为病房里都是打着化疗的孩子，老先生总是自觉地戴着口罩，唯恐传染给其他人。

1床的孩子做手术的时候，他爸妈担心他害怕，没告诉他要从胳膊上取骨头补到腿上。手术结束后，孩子很生气，质问他们，为什么不告诉他手术方案，让他一点准备也没有。因此大闹一场，他妈妈为此哭了好几回。

在休息区等待医生查房的时候，我看到一个女子嘤嘤地哭。原来，孩子奶奶在夜里去世了，孩子爸连夜赶回家奔丧，而他的孩子已经定下来，一周后要手术。其实，大牛的爷爷听到孩子生病的消息，也中风了，住院很久。所以，在很长一段时间，他想到医院帮我照顾孩子，都没能成行。祸不单行，屋漏偏逢连夜雨，说的就是这种情况吧。最近，体会了更多的伤痛，似乎更能感受别人的痛，更容易被别人的苦楚感染，所以我鼻子一酸，又是一场无声的痛哭。

大牛快手术的那几天，妈妈到北京来了。那天一早，医生开始查房，我就去北京站接她。外面下着小雨，很多旅客下车后，滞留在车站门口，两个工作人员拿着小喇叭，大喊着："往外面走走，留出中间的通道！左手边是地铁站，前面就是公交站，边上都有卖伞的，往外面走走，不要滞留在车站门口，挡着别人的道儿！"

在这种乱糟糟的情景下，我给妈妈打电话，她那边也总不接。好在，妈妈尽管不识字，却有超强的生存能力。她自己看不懂各种标志，找不到出站口，但是她会问，找人帮忙，随大流，而且很会找那种方便接头的地方。出站口有家小商店，她就在商店门口等着。找到人，我们便马不停蹄地往医院去。

看到孩子，妈妈很是激动了一番，细数着那些愁苦，诸如孩子受苦了，气色不好云云，又狠狠地流了一通眼泪。我很不想再听到这些，便去做饭。

吃过午饭，妈妈在病房陪孩子，我便回出租屋休息，一躺下就睡着了，并且这一觉睡到了下午 5 点钟。这些日子，我自己在医院，忙操着那些事，即使已经筋疲力尽，但是一想到孩子在召唤，就完全睡不下了。妈妈来了，我总算可以安心地睡一觉。

晚上，大牛要我陪他睡一会。他总喜欢搂着我的脖子诉说他的恐惧。他担心他没有腿了，没法走路。他担心手术会很疼，尤其是小西从手术室回来的情景，给他造成了极大的心理阴影。他还担心幻肢痛，担心截肢的地方会痒会痛，但是他都没法抓，没法挠。

我反复地跟他强调："有妈妈在，任何问题我都会想办法帮助你解决；妈妈随时都是你最可信任的人，任何问题你都能跟妈妈说，并且应该要跟妈妈说；妈妈爱你，无论什么时候都会陪伴着你，永远都不会离开你。"无论他在担心什么，我只能重复这些话，因为我做不了更多，我只希望这样让他安心。

晚上，妈妈在病房陪着，我就回出租屋睡觉。因为知道妈妈要来，提前从网上买了个简易床。后来妈妈说，这张床挺舒服的，她睡得很好。

医生查房时，大家就聚在楼梯口聊天，小闻妈妈说，去年他们的病友，五六个已经走了，有几个肺转，又回来治疗了。他们家也是二进宫，尽管是另一条腿的原发，其实很危险。所以这些天，他们心情都很不好。二度入院，孩子去年打过 1 年化疗，身体条件不好，各项指标起不来，治疗起来就更费劲，调疗既花时间又花钱。孩子小时候主要是奶奶带着，所以现在也还是奶奶每天陪床，看起来也比其他所有人——爸爸、妈妈、外公，都更上心。不过有个好消息，小闻妈妈肚子里又有了一个小宝宝，已经 4 个月。

骨肉瘤，没有我想得那么简单，可能会复发，会死。想到这些，我就觉得堵得慌。在病房里总是听到很多坏消息。新来的 1 床小泰情况每况愈下，高烧不退，不吃饭，生褥疮，白细胞太低，容易感染，医生给他安排了一架屏风，让他跟大家隔离开来。这个孩子本来在济南治疗，后来转到积水潭，已经肺转，而且调疗很难，打过化疗，白细胞上不去。泰爸泰妈在病房里吵了一大架，爸爸气愤地扯住了妈妈的头发。泰爸之前一直在国外做中餐厨师，因为孩子生病就回来了。他也身患糖尿病，每天自己注射胰岛素。他觉得自己陪伴孩子太少，有亏欠，于是放下所有工作，一门心思陪孩子看病。可是，孩子看起来跟他很生分，父子俩交流很少，而孩子的情况，也不会因为他的掏心掏肺而变得更好。

5 床小智手术做了 8 个小时，推回来的时候，他爸一直在哭。听西妈说，小智在术前检查的时候发现肺部结节，有肺转迹象。他们来自贵州大山，实在是凑不出来钱了。他们一开始就在"水滴筹"上筹钱，但是只筹到了 3 万多元钱，与大额医疗费相比，只是九牛一毛。孩子生死未卜，医药费没有着落，这个七尺男儿忍不住落泪了。

小智的爸爸妈妈都在医院陪着，但是医院只允许一个陪护家属晚上住在病房。最初他们一个睡在病房，一个在走廊。后来，天气变冷了，医院不让在走廊睡，妈妈就睡在床边的空档里，爸爸就睡到床底下。孩子术后到朝阳打疗，他们就只留爸爸照顾孩子，妈妈回家去挣钱。妈妈不识字，她自己难以应付医院的事情。

这个世界上，每天都有很多的悲哀和绝望，我们没有看到，便以为不存在，没有身处其中，便无法理解那种伤痛和坚韧。这个世界上，有太多的事情，我们无能为力。我们个人的力量实在太小，或者说整个人类面对自然神力，力量也实在太小。我们能做的，不过是咬紧牙关，在可以争取的时候，再努力一下，在尚存一息的时候，再坚持一下，不知道后面会发生什么，也管不了后面会怎么样，因为只是坚持本身，已经用尽全力。

手　术

　　手术前一周，大牛排着做了 CT 和核磁共振。拿到检查报告，我立刻把好消息告诉他爸。很好！没有转移！没有骨折！没有长大！肿瘤在化疗的作用下得到了基本控制。这样，我们离活命又多了一些把握。

　　我问医生："如果我们截肢，能否少做一些化疗？"医生说："不能。无论怎么做手术，术后的化疗都不能少，这是活命的。"

　　手术的前两天，他爸回到北京。

　　我们最后一次讨论关于孩子手术的问题——是保肢还是截肢，我们基本上也已经达成一致，但是我还想确认一下——孩子长短腿的问题真的无法解决？他爸说，应该是无法解决。我们分析来分析去，还是那些话——截肢了，肿瘤切除得更加干净，没有骨头松动、变形的一系列并发症，不用二次手术，不用担心他是玻璃人，腿随便一个不小心就出问题，安装义肢后，出问题直接换义肢就好了，孩子不用受罪。而最关键的是，可以给孩子一个清清爽爽的新人生！孩子以后只需要以全新的面目去面对世界，不用担心再有什么变故，做二次手术。其实，所有这些已经讨论过几百遍，可是依然反反复复，这个决心下得异常艰难。

晚上在走廊里碰到两个妈妈在讨论截肢的问题。两个病人都是女儿，她们的女儿是同样的情况：化疗不仅没用，还起了反作用，本来肿瘤长在膝盖上面一点的位置，可是一打甲氨蝶呤，肿瘤就往上长，后来竟是蔓延到了大腿上端。所以她们必须要截肢，并且要做髋离断手术——要从大腿根的地方直接把腿取下来。两个妈妈哭得稀里哗啦。

在这里，我第一次遇到了江苏老乡——成妈，后来她成为我在病区里的好朋友。她孩子也是同样的情况，打化疗没有用，只能做髋离断手术。即使能留一点，医生也不建议留，因为勉强留下一截，还不如不留好装义肢。

她告诉我说，为了给孩子看病，他们从上海看到北京，查资料，花钱问大夫，已经掌握了这个病的主要情况信息。她说，截肢的复发风险完全规避了，对于孩子的康复更有帮助。

我告诉他们，我的孩子保肢条件很好，但是我们也决定让他截肢。他们有一点意外，但是听说我孩子只有9岁，也就理解了。大家久病成医，对于保肢截肢的利弊都已了然于心。无论是孩子的手术风险，还是生活质量，截肢都不见得比保肢差。最初哭得稀里哗啦的妈妈听了我的话，感觉也好了一些。

对于截肢的问题，孩子没有问题，我和他爸也能接受，只有我妈妈比较不能接受。她舍不得孩子的腿啊！她不停地哭，不停地做我工作。我便把大家讨论的结果告诉她，希望她能够慢慢接受，但是完全没用。我这边跟她说了，她那边又去找孩子爸。老人的心，我能理解，却无能为力。

刚开始治疗不久，他爸就已经把手术的各种可能性跟大牛说了，重点跟他说明了截肢的手术方案，将其中利弊分析给他听。那个时候，大牛就已经朦胧着知道那条腿是保不住了。

在很长时间，我都很难接受"截肢"这两个字，一听到就想哭。手术之前的那几天，最终确定了手术方案，我就开始跟大牛聊这个问题。因为之前有铺垫，孩子对此也并不是很抗拒。后来，我俩商量着，左——那条病腿，跟着大牛先生，每天兢兢业业工作，吃了很多苦，现在要退休了，该让它光荣体面地离开才好。所以，我们决定给它举行一个告别式！

大牛自编自导了一段情景剧，用他的两只手，套上袜子，演两个小脚丫，我帮忙拍摄。

"左一，听说你要去流浪了？"

"嗯，是的，右一，我要走了！"

"听说你以后再也不回来了？"

"嗯，是的，我要离开了，再也不回来。以后会有左二、左三、左四、左五等等来配合你工作。"

"为什么啊？"

"因为我生病了！本来想陪你到很老的时候，可是不行呢！我要走了！以后拜托你来照顾左二、左三、左四他们了，因为他们就像傻瓜一样，要从头学习才行！"

然后，左一和右一慢慢靠近，两只脑袋狠狠地亲了一下。再然后，左一慢慢地从屏幕上离开。

过了一会，左二缓缓地从屏幕边上走入视野。

"啊，你是右一吧？"

"是啊是啊！你是左二吧！欢迎你来到我身边！"

"嗯嗯！以后我将接替左一的工作，和你一起配合工作！"

"嗯嗯，好啊好啊！"

最后，两只小脚丫快乐地抱在一起，荧幕慢慢被挡住，背景音起：落幕！一只大手挡住了镜头。

仪式于实体事件并没有明显的价值，但是却在心理上为我们敲了实锤。手术结束的那天晚上，大牛大哭着跟我说："妈妈，我觉得我失去了一个相处了9年多的好朋友！"我轻轻地亲了亲他的额头，慢慢地说："儿子，我知道你有多难过！我的孩子经历了这世间最痛苦的事情，但是我明明又看到了你的坚定从容！我相信，你一定可以应付得很好！"

孩子手术前一天，所有事情都围绕手术进行。早上 8 点医生开始查房，我就出发去雍和宫，再拜一拜诸神佛菩萨。

深秋的雍和宫很美，一条银杏大道，上面满是飘飘洒洒落下的叶，地上厚厚的金黄一片，有些已经碾作尘土。我深刻地忏悔了自己的过往，许下心愿，以后定当行善积德，诚心侍佛，但求诸神佛菩萨保佑我儿手术顺利，此番恶疾有惊无险，逢凶化吉。

回到医院，医生正等着跟我们谈手术的事情。医生尊重我们的意见，做截肢手术。他跟我们简单说了可能出现的情况：一是可能出现感染，因为即使环境已经尽量做到无菌，空气中还是有可能会存在一些细菌，落到伤口上，造成感染；二是幻肢痛，就是被截肢的部位会疼痛，将会持续一到几个月；三是打麻药以后可能出现的问题，比如呼吸阻塞什么的；四是血栓的问题，医生也强调，这些情况出现的概率都很低。其实，这只是告知，让我们在心理上有个准备，不用做什么，也做不了什么，只要听医生说的就好。

晚上，陪大牛躺在床边，他搂着我的脖子，我轻轻地拍着他的身体，问他在担心什么。孩子闷了一会，忽然就哭了，说："妈妈，其实我不想失去我的腿，他都已经跟了我 9 年了。"这种话，尽管在意料之中，依然让人心碎。

我轻轻地拍着他的后背，小声跟他说："亲爱的儿子，我们没有更好的办法，你只有更加勇敢！人这一生，就是不停收获，又不停失去的过程。对于收获的，我们要心存感激，对于失去的，我们也要能够豁达地说再见才好！失去了，就永远没有了，所以我们要更加珍惜当前所有的。以后好好保护你的身体，好吗？"

我说一句，他就轻轻地"嗯"一声，过了一会，他含着眼泪睡着了。

第二天，我们都早早到病房。大牛的小姑和大姑父也从老家赶过来了。大约 8 点钟的样子，手术室来接病人。大牛拉着我的手，眼里充满恐惧。但是，护工很着急，一句话也没说，就把孩子从病床上抬到了接手术的床上，急匆匆地推走了。我跟着床跑过去，用手抓着孩子的手，跟他说："不要担心，爸爸妈妈都会陪着你，一步也不走开。"等到要进手术室的时候，他忽然带着哭腔，紧张地叫着："妈妈，妈妈，妈妈！"我跑过去，俯下身，在他的额头上亲了一下，大大地给了他一个笑容，然后在他的耳朵边上，轻轻地说："相信我！去吧，没事的，有妈妈呢！妈妈就在门口，哪也不去，等着你出来！"

医生让我们又确认了一些问题，具体是什么，我一个字也没听进去，只是记得他爸在一些文件上签字。出了手术室，看着那高大而厚重的门关上，我的眼泪哗哗哗就下来了。

我在手术室门口找了个位置坐下来，他爸可能是太累了，靠在一个地方闭目养神。妈妈也在我边上坐着流泪。我让她出去转转，按照之前的经验，孩子是截肢术，会比较快，但是至少也要 4 个小时吧，怕她等在这里着急上火。但是她也不听，就这么守着。后来我跟她说，大牛的小姑姑和大姑父都还没有吃饭，带他们出去吃点东西，她才出去了。

手术室门口人很多，两排座椅都已经坐满，还有很多人站着。大家都是一脸的疲态和忧伤，不怎么说话，所以尽管很多人，但还是安静得有些严肃。不知道过了多久，一个 50 岁左右的女子开始在人们面前绕来绕去，唉声叹气，嘴巴里不停叨叨着："这怎么是好！怎么弄啊，怎么弄啊！"她似乎很想找人说说话，但是完全没人接茬。

坐在那里，我就静静地畅快地流泪。这些天，跟孩子一起忙着大笑，连眼泪也流得少了。可是，眼泪还在那里，因为孩子还在这里，他的病痛还在，生死不明，前途未卜。我的恐惧、忧伤、委屈、无助，此刻，全都化作眼泪，流了出来，就像一条没有止境的小河，就那么没穷没尽地流着。

手术之前，大牛最担心的还是疼痛。每个晚上，他都会不厌其烦地跟我说："妈妈，手术会很疼吧！""妈妈，我怕疼！"我就小心地跟他解释："总会有些疼的吧。但是医生会帮你处理。手术过程当中会打麻药，不会疼，就像你上次穿刺一样，睡一觉就好了。但是你醒来以后，总是会有一些疼。不过医生会给你用镇痛泵，还可以给你打止痛针，还能吃止痛药。我想，医学这么发达了，总是可以控制的。"他每天问，我每天这样解释，然后他轻轻地点头，不再作声。

本来只是安慰孩子的话，后来连我自己也相信了，以为现在医学很厉害，这种问题当然可以解决。没想到，真正的疼痛远比我们想象的要大很多，而止痛药根本无法抑制。

手术结束时，我看到大牛一张泪流满面的脸。因为痛，他浑身发着抖。看到我，"哇"的一声哭出来，大叫着："妈妈，太疼了!"我问医生："有没有用镇痛泵?"医生说："没用镇痛泵!"孩子听到这句话，哭得更凶了，边哭边大叫："妈妈，那900元钱被你花到哪里去了?"之前我们听病友说，镇痛泵是自费的，要900元，我们便开玩笑说，省下900元，不用了。可是，天地良心，我可连半点这样的念头都没有过。医生解释说，因为他年纪太小，又胖，防止出现呼吸阻塞的情况，就没给用。然后他又大叫："妈妈，你为什么不把我早生几年，如果现在已经14岁，我也能用了!"

回到病房，孩子还是哭。骨头痛，肉痛，皮痛，他细数着每一个痛处。因为在病房，怕影响到别人，他就用力忍着，满头满身的汗，嘴巴、肩膀不停地抖，实在忍不住就大喊一声。我在他的身边，轻轻拉着他的手，他就一直跟我说："妈妈，我腿疼! 妈妈，我腿疼!"我就一直说:

"我知道，我知道！"但是却完全帮不上忙。

病房是独立于文明社会的一种特殊存在。在这里，人们之间没有任何利益冲突，有的只是同病相怜，感同身受，所以彼此之间感受到的只有善念和温暖。在这里的大部分病人都跟大牛一般，化疗，打针，准备手术，游走在生死的边缘，每个人的故事说出去，都够病房外的人们唏嘘很久。因而，存在于每个人心口的压抑是根本性的，无法彻底消除。

也正因为如此，大家又都是处于同一战壕的战友，进了病房，都默契地抛弃悲伤，敞开胸怀，大说大笑，尽量让氛围轻松快乐。在手术之前，大牛是病房欢乐果，胃口好，性情好，乐观向上，爱笑爱闹，满脸喜性，所以病友们都很喜欢他，喜欢逗他玩。

大牛手术之后，号啕大哭着回来，病友家属们都难过起来，眼泪一时淹没了整个病房！旁边的镇江大姐眼睛哭肿了，不停地重复："孩子遭罪了！"东北大姐说："妈呀，看着孩子那个疼劲儿，我那眼泪哗哗的。"大家没有因为孩子哭闹表现出一点烦恼，反而不停地鼓励他，说他很坚强，很厉害，很勇敢，比很多大人做得都好！并且都鼓励他，如果他实在疼得厉害，就大声哭出来！这孩子就哭得呼天抢地，响彻云霄，嘴唇都白了，干出若干条血口子。

其实，进手术室之前，我们俩约定好了，出了手术室，无论多疼都不准哭。当时考虑情绪太激动，怕是于他身体不利；另外，病房中还有几个孩子没有手术，看到他这个样子，小朋友们不免会担心害怕。果然，病房中其他几个孩子都已经被吓得目瞪口呆！

开始我都没敢提这个茬。后来看他哭累了，消停了，就轻轻提了句："不要这么大声哭，会吓到其他孩子！"没想到大牛立刻梨花带雨，怒目相向："你这个冷女人！我都疼成这样了，你还不让我哭！"疼痛让他极度暴躁，我随便说句话就成了火上浇油，让他迅速爆炸。

病友们都护着他，说什么"想哭就哭吧，别憋坏了"云云，反而我真成了"冷女人"。

他的困扰，除了一般的伤口痛，还有幻肢痛。这是一种很奇怪的现象，孩子被截去的躯体部分，莫名其妙会产生极不舒服的感觉，比如腿脚麻，痒，酸，有时候还会有像火烧一样的剧痛。据说是因为肢体虽然不在了，但是大脑对此还不能完全感知，所以就产生幻觉。孩子对此有明确感知，却完全没有办法，即使打针吃药，也无法缓解。实体痛持续了几天就会好转，而幻肢痛却时时发生，折磨得他痛苦不已。他不断地描述自己的各种感受。我让他玩手机，找他最喜欢的视频给他看，试图转移他的注意力。即便如此，也没有办法让他完全安静下来。

每当他说："妈妈，我左脚痛！"我就轻轻地摸着他的左腿边缘，问他："是这里吗？"他就很生气地跟我说："妈妈，我是说左脚痛！是幻肢痛！"我就跟他说："这里，从现在开始，你的左脚最边缘在这里，知道了吗？"他生气地说："我知道，可是依然很痛！"我就说："那你就记住我的话，慢慢你的大脑也会记得的！"

尽管他对我的话总是嗤之以鼻，但是一来二去，这招似乎逐渐奏效，他的幻肢痛频次慢慢减少，似乎每次持续时间也在缩短。

术后的每个早晨，我从出租屋到病房，大家就七嘴八舌地跟我通报孩子的情况。"小胖昨天哭闹了一夜，估计睡了不到两小时。""小胖好多了，昨天夜里没怎么哭闹。""小胖可能是做噩梦了，夜里忽然起来，哭了有 10 多分钟。""你不来的时候，小胖就不疼了，不哭不闹，没有声音，你一来，小胖就又开始疼得厉害。""小胖今天早上咯咯咯就笑起来了，都把我笑醒了，看样子是真不疼了。"大家描述着大牛的样子，一天一个成色。直到后来，笑成了他的常态，跟我顶嘴讲道理成了家常便饭，大概他就真的好起来了。

本来以为，大牛只是个孩子，我一直跟他强调会好起来，所以对于生死的问题不会太担心，对于这场病也没有太多顾虑，其实不然。

有天晚上，他搂着我的脖子，忽然伤感地说："妈妈，我不想死。如果死了，我的思想，我的一切就都不存在了，我觉得很害怕。"

我心头一颤，摸着他的头，轻轻地说："你不会死的。"

他又说："人都是会死的。"

我说："嗯，不错。正因为每个人都会死的，所以担心这个问题没有意义。我们能做的，就是充实快乐地过好每一天。我们只要把能控制的事情做好就行了，不需要为不能控制的事情烦恼。"

人生下来，便自带终将逝去的悲剧性结局。因为所有人都有同样的程序设计，我们生得欢欣安宁，便不觉得这样的生命过程有什么特别为难。而一旦过早接触生死这个话题，人生轨迹就进入了小众视野，那种终将逝去的悲凉就不免更加真实可见。但是，任何语言在悲情事件面前都不堪一击，想要让生命体验发生根本转变也不可能。我们能做的，只有转变思维方式，将心思从不可操控的事物上转移回来，稳稳实实地立足微观生命的每个时刻，发现生命最质朴的美，享受每个当下，过好每一天。

大牛一天天好起来，我也感觉整个病房豁朗起来。他常常快乐地哼着小曲，看着电视，玩着游戏，在我的威逼利诱下，偶尔也会读读书。病房里的人们都开始露出笑容，边上的叔叔阿姨都逗着他玩，小闻外公专门跑到我们跟前，很开心地说："好了，好了!"大牛就是我们病房的晴雨表，他一哭，整个病房就阴郁起来;他一笑，整个病房就升起太阳来。

手术后，孩子每天喝着美味的鸡汤排骨汤鱼汤，已经变得唇红齿白，气色比手术前好很多，一看着那张脸就觉得很舒心。医生说孩子伤口长得很好，可以准备转院了!这个消息让我们相当舒心!老张第一个疗结束了，比我们早一天转到朝阳歇疗，准备后面的化疗。镇江大哥要出院了，镇江大姐特别喜欢大牛，平时给他拍了很多照片，都发给我了。在我们手术后没几天，她买了磁力玩具送给大牛，并且很精心地教他怎么玩。后来他们出院的时候，把拐杖也送给我们了。

转战朝阳，开启新一段历程。

第三章 生生不息

生在世间，所有那些遇见的欢喜或不幸，都编织进了过往的生命中，成就了此刻的我们。人生而受苦，却并非为苦而生。因着爱与被爱，恩义情长，我们在这条坎坷不平、荆棘丛生的人生路上，跋涉前行，不惧旅途辛苦，不畏艰险无常，在失望中守候希望，在苦难中寻求欢愉。因为，活着是一种人世宿命，好好活着则是一种人生选择。

温暖时光

　　术后转到朝阳是在 11 月底，北京已经清冷，早上的风很大，似乎分分钟就能把人吹倒。夜变得很长，天亮时已经差不多 6 点半，打扫卫生的阿姨一路吆喝着，推着大拖把进来。孩子们都还没醒，家属们就急匆匆地收拾铺盖，洗漱，准备早点。8 点钟左右，医生查房，家属就都被撵到病房外，去吃早饭，买菜，洗衣，打扫卫生，准备午餐。

　　10 点半左右，医生查房结束，病人家属就可以进去了，所以很多家属就留在病区门口等。那边有两排椅子，但是依然不够坐，很多妈妈自备小板凳。大家在一起久了，互相都很熟悉，聊天拉呱，说着病区里的各种新闻，交流看病经验，什么人快结疗了，什么人因为白细胞掉得厉害，刚歇疗出院又住回来了，什么人肺转了，什么人做了基因检测，什么人转院了，什么人开始吃靶向药，什么人治疗效果好，刚打了一次化疗，肿瘤就神奇地消失了，什么人因为在病房做饭跟护士吵架了，什么护士把病人的液给输错了，什么医生跟病人起了奇怪的纷争，哪个中医更好，用什么方法升白细胞比较快，哪里的蔬菜更便宜，哪边的骨头比较新鲜，哪里有市场，可以买物美价廉的衣服。还有一阵子，病区里流行十字绣，妈妈们从网上买来鞋垫、钱包那些，配好了图像和针线的，照着绣就好，所以病区门口又是一番女红繁忙的景象。

因为化疗会影响伤口愈合，术后伤口没长好是不能打化疗的。所以有那么一阵子，大牛只是在医院养着，吃吃喝喝，看看电视，读读书，日子过得相当规律而自在。我跟大牛约定好，医生查房的时候，他先玩半小时游戏，然后读书。书读完了，也差不多到了午饭时间。吃完饭，我睡午觉，他就玩游戏，看电影。睡醒了，我去准备晚餐，他就继续读书。晚饭后，我们就追电视剧《幸福一家人》，每天晚上7点35分，大牛准时放下手里的事情。

刚转过来没几天，一位广安门医院的肿瘤科专家被邀请到病区，给孩子们把脉看病，开中药。这是一位矮小精瘦的医生，年纪应该很大了，满脸的褶子，但是看起来精神矍铄，很有名老中医的派头。他带着助手，每个病房走过去，预约看病的孩子，就在后面排队，他的助手则带着手机，将大家都拉到微信群里，有什么事就在群里说。他不太跟人说话，只讲必须的，比如"把手伸出来""把舌头伸出来"这些。有时候病人家属就七嘴八舌地讲孩子的情况，他也不搭理，只是按照自己的节奏，一个个病人看过去。他诊断很快，有时候只是把手搭在孩子的腕上几秒钟，便开始埋头写药方。医生诊费 100 元，开好药方，从这边医院的药房抓。药可以拿回家自己煎，也可以由医院代煎，护士每天送到病房。病人家属们每每千恩万谢，总觉得喝上中药，治病的胜算又多了几分。

成妈说，自己煎的药比机器煎熬效果好，并且一包药可以喝两天。我听了她的意见，也打算自己煎。她又说，煎药最重要的是不能接触铁器，所以一定不要用金属的容器，喝药也不能用。所以，她骑着小电瓶，带我到超市买了砂锅，还买了专门喝药的玻璃杯。

抓药时，药剂师把煎药流程讲得很仔细，先把药泡上半个小时，其中一味药提前约半小时煮，一味药等到出锅前 20 分钟左右下。我按照她的方法，在泡药的时候，把先煮的药煮上。半小时后，把药一起再放进去。20 分钟后加入最后一味砂仁，10 分钟后倒出第一拨，加水再煮上 20 分钟，第二拨药出锅。一大瓶，差不多 1000 毫升，够喝 2 天了。我尝了下，药并不苦，只是味道挺怪的。

我把药端给大牛，信誓旦旦地说："来，喝可乐了！"

他看了我一眼，接过杯子，苦笑着说："是中药吧！"

我说："可不就是嘛！妈妈花大价钱买来，又花大力气亲自煎的，你尝尝看怎样。"

本来以为，他喝药会比较费劲，没想到他竟很爽快地把药喝了。

我说："你看，如果不喝中药，说不定还有30％的复发率，喝了这个药，复发率又降低很多。"他说："那是多少？"我说："大概可以忽略不计吧，就像地震车祸一样的比例。"我们俩哈哈大笑起来。

我有件毛衣，因为领子高，扎脖子，就打算把它拆了，另作他用。于是我把毛衣拿到病房，请大牛帮我拉，我自己往线团上绕。一个下午，我们就拉着线，有一搭没一搭地聊着天，我恍惚着回到了小时候，妈妈让我帮她绕毛线，一圈一圈的，毛线上的小毛毛，跑到我的脸上、身上，痒痒的，这岁月静好得简直不真实。天都快黑了，大牛也不愿意让我离开，跟我说："妈妈陪着我，不要去做饭，我不吃了。"

为了哄大牛多喝些水，我买了套小茶具，一壶两杯，黑色的陶瓷感杯身，很复古。大牛迫不及待地用起来，说一定要泡茶，泡茶才有感觉。刚喝了没几天，我忽然想到个问题，就赶紧问度娘：打化疗的时候能不能喝茶？果不其然，大部分的回答都是：喝茶容易导致贫血，打化疗的时候不喝为妙。后来，我喝茶，他喝水。

"感情深，一口闷！来，喝！"每每这样碰着杯子，他就咯咯地笑起来。

术后第一个化疗快要打完的时候，成妈说，医生让他们出院。她说："我以为，医生不会让我们出院。没想到，

今天就来找我们了，要求我们下周一或者周二出院，回家
歇疗。"他们跟我们一前一后手术，一前一后化疗，比我们
早两天打完第一个化疗。

病友老张说："人家医院是要挣钱的。不打化疗，一天
能挣你几个钱？人家一个化疗的进来，那得挣多少钱？"此
言不虚。术前住进来的时候，病房比较空，我们想出院，
医生说可能出现各种意外，不建议出院。现在床位紧张，
就用各种理由让我们出院。昨天查白细胞8000，医生说要
连着打升白针两星期。今天过来说白细胞挺正常的，过两
天可以出院。其实，我们也挺希望出院的，尤其是大牛，
从9月初开始住院，到12月份，一直在医院住着，实在也
该出院了。

也就是在这个时候，老同学小路寄了满满一箱子的文
具，水笔、蜡笔、铅笔、钢笔、圆规、橡皮泥等等。收到
东西，大牛迫不及待地摆弄起来。我隆重向他推荐那个钢
笔，以前我们在南大读书的时候，她送过我两支，我一直
用到现在。大牛就像模像样地练起字来，而我则用彩铅很
像样地画了几张铅笔画。

我们最喜欢的还是橡皮泥，从网上找来好的创意，模
仿着做。大牛边做边表扬我说："妈妈，你做得还真不错！"
而当我做了一个坐着的小雪人，憨厚的圆脑袋，四只小小
的脚，戴着漂亮的发卡之后，大牛更是激动地不停说："妈
妈，你太厉害了！我都没有你做的好看！"我还做了一只小
笨牛，棕色的身体，黑色的脚，乖乖地坐在地上。而他则

做了毛毛虫、坦克、盘起来的蛇，还有茄子、盆栽小花、葡萄、胡萝卜那些，每件也都像模像样的。

"其实，就算是做手工，也是很需要技术的，也是有知识、智慧在里面的。"大牛说，"你看，这种橡皮泥看起来已经干了，但是里面没有完全干，只要把它揪下来，用力挤一挤，拧巴拧巴，就又变软了。"

他边说边示范着，又告诉我说："不同颜色的橡皮泥混在一起，会产生新的奇怪的颜色。纯色的泥弄脏了，要不就给它揪下来，要不就给它揉到一起，变成新的颜色。"

大牛忽然跟我说："妈妈，你知道吗？有些妈妈可过分了，当孩子丢了学生证之类的东西时，她就会说，怎么总是丢东西！但是如果她自己丢了东西，孩子帮她找到了，她也不道谢。妈妈，幸好我妈妈是你。"

我很意外他为什么会想到这句话，大笑着说："哈哈，你是不是觉得自己很幸运？"

大牛没有任何迟疑地说："那当然了！"

由于我俩忙着做手工，连晚饭的点儿都误了，好在病友帅妈做晚饭，准备了我们的份，老张媳妇李姐也给我们留了饭。

第二天上午，我正煮着中药，电话忽然响起。大牛十万火急地跟我说："妈妈，我要大便！"我赶紧跑到病房，幸好赶得上！大牛是截肢术，很早就可以下床上厕所，但是每次我都要把他从床上移到轮椅上，用轮椅推过去，再把他移到马桶上。尤其是打化疗的时候，他自己更是没办法。因为还要拎着药包，把药挂到马桶边上的挂钩上。若非查房时候，病房里总会有病人家属在，大家经常互相帮着解决这种小问题。但是查房时候，病人家属都出去了。只有我来解决了。

很快，我们就出院了。医院床位紧张，满足出院条件的，医生都撵着出院了。大牛是术后第一个化疗，经过前段时间的休整，身体条件好，恢复快，血常规、肝功能等各项指标都不会有什么大问题，伤口也没有太大风险，正适合出院。

出院之前，我们先到一楼查血。大牛很不喜欢抽指尖血，说是扎指头的那一下很痛，他还是觉得从胳膊抽血比较舒服。当然抽指尖血伤害小得多，所以尽管他每次都提反对意见，每次都是一样抽指尖血。半个小时结果就出来了，打了3天升白针，白细胞12000。

出院前医生叮嘱，每3天查1次血常规。如果白细胞下来了，要到门诊打升白针。这中间如果发现血常规明显异常，就及时回医院处理。具体什么叫异常，医生也没具体说。大牛可能是身体素质比较好，或者是年纪小，新陈代谢快，红细胞没有低过，白细胞最低的时候也没有低过1000，一般都在2000以上，只有1次到了1200，我们很紧张，后来等了两天，一直打升白针，就又升回去了。所以，我们确实是没有因为血常规明显异常返回医院的情况。

这次出院很费周折，住院20多天，有好多东西，我用轮椅运了好几趟，最后回去运大牛。外面很冷，我给大牛套上羽绒服和加绒裤，戴上口罩，系上厚厚的大围巾，又用毯子盖在他腿上，塞到屁股下面。

我们俩走出医院，在刺眼的阳光下，望着蓝天白云，一起哈哈大笑起来！经过一家体育彩票店，我坏坏地跟大牛说："不如，我们去买张彩票吧？"大牛一听，果然两眼放光，大呼："好啊，好啊！"我买了两张 5 元钱的刮刮乐，果然，啥也没中！我不过瘾，又去买了两张同款！哈哈，他居然中了 10 元钱！

大牛问我说："妈妈，怎么办？"

我说："哈哈，有本钱了，再去买两张吧。"

他说："好！"

我换了个品种，又买了两张。嘿，又中了 5 元钱！

于是，我们又买了一张，好吧，果然没中，我们就嘻嘻哈哈地回去了。

回到家，他一下跳到新铺的床上，钻进了被窝里，只剩下两只眼睛滴溜溜地看着我。过了一会，他问我说："妈妈，有没有吃的？"大牛只要是身体能将就，就一定胃口好。我拿本书给他读着，就去做饭。

本来我是很不擅长做饭的，但是到了北京之后，我就开始琢磨着怎样让孩子吃得好一点。尤其是看着身边的妈妈们都能做出几样拿手菜，很是羡慕，就开始向病友们讨教，向网络上学习，也认真地开始将饭做得细致。

我先做了西兰花炒虾。拿出已经化冻的虾，小心地把虾头去掉，用剪刀把后背剪开，剥了皮，取出虾线，放在碗里；把西兰花洗好了，切成一小朵一小朵的，放在盘子里，还切了几片胡萝卜，放到开水里氽了下，不忘放点盐，据说这样可以保持西蓝花的翠绿。又把盐、生抽、糖、蚝油那些调料倒在碗里，防止做饭时忘了啥调料。锅里放上油，加上葱姜辣椒，炒香了，把虾放进去，虾的尾巴就自然卷起来，然后把西兰花和胡萝卜片都放进去，调料一股脑倒进去，简单炒一下，完美出锅。

我又做了个糖醋排骨。这个我真不太行，唯恐做不熟，就先把排骨煮熟了，盛出来搁着，然后用油、盐、糖、生抽、老抽、醋那些东西，熬出卤子，把排骨放进去狠狠炒几分钟，等到所有的排骨都裹上卤子，就出锅。

觉得两个菜有点不够，我又用丸子烧了个汤。

尽管我对自己做菜很没有信心，但是大牛却很给面子，不仅对我竖起大拇指，还认真地点评每个菜好在哪里，不好在哪里。他说："妈妈，这个虾做得可以啊！味道很足，辣乎乎的，比较开胃，西兰花也入味了，也不怎么硬。排骨的卤子酸酸甜甜，肉里面不太有味，但是也挺好吃的。"至于丸子，他一口也没吃，说是忽然就不喜欢吃了。

不仅丸子，很多以前爱吃的东西，他后来都开始不爱吃。我吃了其中一碗丸子，剩下一碗，带给小帅了。放在平日是不好意思送人的，因为是自己吃剩下的，我也害怕不好吃，反而增加人家的负担。但是，一来大家都是病人家属，大家都是惯常互相交换吃的，都能明白彼此的好意；二来，确实是一口没吃，丢掉怪可惜的。

一日无话，出租屋互相陪伴着，他读他的书，我织我的帽子，相安无事，美好安详。

第二天早上，大牛醒来已经 10 点多。不用住院，不用抽血，不用打针，不用被打扫卫生的阿姨大喊着叫醒，不用担心在洗手间换衣服时间太长，被敲门，我们呼啦啦一觉睡到自然醒！他信誓旦旦地跟我说："妈妈，今天早上不要做饭了，我不想吃！"我说："好啊，那咱们就吃点零食吧！"

不记得为什么，多半是为了玩手机的缘故吧，突然我们吵架了，他狠狠地把我织帽子的线扯断了！我只记得很着急地跟他说："不要扯！不要扯！"他仍旧一意孤行，非扯不可。最后我罚他不能玩手机，他知道自己错在先，勉强同意了，但是却不甘心受罚，就想着法子找事，后来搞到号啕大哭！

我没有理他，自己出去准备午饭，任他哭！等到我做好饭，他已经在读书，还把自己逗得咯咯笑。果然是出了医院，就连忧伤的时间也变短了。

午饭以后，我到医院去接饮用水，顺便去超市买吃的。当我回到家时，大牛正在上厕所。他说："妈妈，我想上厕所，没有手机，找不到你，我就自己过来了！刚刚拐杖倒了，但是我没倒！"我一阵心酸，也有些许欣慰。大牛第一次自己上厕所，又进步啦！

晚饭包饺子。大牛不爱吃蔬菜，我就把很多蔬菜包进饺子里，这样吃起来就不会太为难！我选择了胡萝卜、木耳、香菇和肉拌馅，饺子皮从超市买的，有点厚，我就擀得更薄些，那样能装进更多馅，也更好吃。

　　第三天早上，我醒来时，大牛已经醒来有一会了。大牛说："妈妈，憋死我了！我都醒来半天了，怕吵醒你，就没动！"我在他额头上亲了一下，赶紧让他去上厕所。

　　饺子馅还剩一些，我就拿一小块豆腐抓碎了，拌进去，打两个鸡蛋，包裹在一起下锅炒。这种黑暗料理，没想到味道绝了，大牛竖起大拇指，大叫不错！饭后，我们一起研究怎样吃蔬菜。我从网上找到菜谱，列出来 20 个，让大牛选，喜欢的留下，不喜欢的删掉。他精挑细选了 8 个菜，我们决定以后就从这些菜里做。

　　出院第四天，到查血时间了！吃过早饭 10 点钟出发，我们挂了骨肿瘤科的门诊，开单子、抽血，半小时结果出来了，白细胞 4500，跟预想的差不多。医生看了报告，说要继续打升白针。最初的几次出院，我们都是这样，挂号，开单子，开药。后来病友说，可以一次多开几次查血单，出院的时候，把升白针也开了，这样就省去每次 50 元钱的挂号费，也更方便，还能报销。如果单子用不完，还能退。后来我们就一次开了 10 次的化验单，一直用到结疗的时候。

　　这次，医生给我们开了 3 天的升白针，我们打了 1 针，剩下 2 针寄存在护士那里。护士说，升白针要由护士妥善存放。如果需要带走，一定要及时放到冰箱里。春节时我们回老家，带了 3 针升白针，我放在保温杯里，里面放上冰水，回到家，再放到冰箱里，跟保存在冰箱也差不多吧。

在医院碰到李姐，她说老张表兄来了，中午要在病房吃饭。我最近于做饭上似乎大有长进，便自告奋勇做个瓦块鱼让她带去。

天气很好，有风却不大，阳光暖暖的，照在身上很舒服。我把大牛放在超市门口晒太阳，自己进去买鱼。回到出租屋，腌制，裹面，油炸，多多地放上佐料，咕嘟咕嘟地烧，最后撒上香菜，香喷喷的瓦块鱼好了！李姐带了大部分去医院，我们留下小部分吃。

晚上他们一家，包括老张都回出租屋吃饭，我又煎了个带鱼。他们七嘴八舌地告诉我说，中午我做的瓦块鱼味道相当不错，这个带鱼也煎得相当好，让我很有些飘飘然。

老张的表哥是邳州人，跟我外婆家在一起，也算是半个老乡。他有个优秀的儿子，只有19岁，过了年2月份就要到澳大利亚留学。这种别人家的孩子总是不经意地触动我的某根神经。是啦是啦，倘若我的大牛也会如此，该有多好！后来又听说，孩子的母亲去年因乳腺癌去世了，又不禁感慨，看起来完美的人生，也可能有我们看不到的缺憾。

这个晚上，我们喝了一点小酒，聊了一大筐的话。人生无常，太无常了！过往那些美好生活的场景明明就在眼前，似乎还是昨天的事，此刻却全变了。我们大家伙，本来以为早已经布置好了自己的人生，在熟悉的圈子里，和挚爱的亲人朋友们一起生活，从未想过会认识彼此。这些曾经的陌生人今日却因为同样的厄运，结伴在生死边缘，互相鼓励，互相温暖，报团取暖。命运用大挫折来让我们痛不欲生，受尽磨难，又以人间温情，让我们看到希望，得到慰藉，背负着苦痛，艰难前行。

出院第七天查血，各项指标都很好，医生说第二天可以住院，开始下个疗程的化疗。

从医院出来，上午 10 点钟左右。

"要不去看个电影？"我提议。大牛欣然附议！

医院斜对过有个明泽广场，五楼有家电影院。上午 10 点 20 分，有场电影《龙猫》，我们刚好赶得上。电影院人很少，连着我们，一共 5 个。我们买了最后排的座位，但是显然对大牛的移动能力过于乐观了，他根本无法从最前排移动到最后排，后来在影院小姐姐的帮助下，我们艰难地坐在了第四排。

电影很好看，我一直都忘不掉那种开怀大笑，似乎两个小姑娘面孔上啥也没有，只有大笑的嘴而已，从头笑到尾，未曾合拢。我也爱上了龙猫，肥硕的身躯，慵懒的神情，傻瓜一样地咧着大嘴。大牛说，龙猫是冥界的使者，它乘坐着自己的专属大巴，穿梭在人世与冥世之间，让人们无论何时，都不会感到恐惧。

大牛喜欢把读的书跟我分享。他最喜欢的是《装在口袋里的爸爸》系列，在北京我们买了两次，20 本总是有的。梁实秋的《雅舍谈吃》他也喜欢，主要因为他实在是太喜欢吃了。他看到那些好吃的东西，一面流着口水，一面央求我按着方子做。我努力满足他的要求，不会做，就到网上找方法，每每总能完成他的任务，即便是做成了黑暗料理，他也会对我竖起大拇指，认真点评一番。

小帅带了《笑傲江湖》，正好遭遇书荒，我和大牛便借来读。

"你最喜欢那个角色？"我问他。

"你呢？"他反问我。

"令狐冲吧！"我说。

"为什么？"他问。

"因为他是主角啊，长得帅气，武功最高，被最厉害的女子喜欢，一整个江湖都要看他的脸色，巴结他，向他献好。他又是个一往情深的男子，对喜欢的人很执着，甘愿付出一切。又很善良，温暖，善解人意。最关键的，他特别幸运，命硬，咋也死不了，关键时刻总有办法活命，而且是越活越厉害。谁不喜欢这样的人？"我看了他一眼，又反问："你喜欢谁？"

"我啊……桃谷六仙吧。对，我最喜欢桃谷六仙！他们天真，烂漫，搞笑，还很厉害，话又总是讲得乱七八糟，让人完全没办法。"说着，他嘿嘿笑起来。

我们还一起读了《天龙八部》。

他就跟我说："妈妈，为什么他们要打来打去呢？"

我想了下，就问他说："你觉得呢？"

他说："我不知道。我觉得他们太幼稚了，一言不合就打打杀杀。也不知道他们为什么打来打去，也没见他们争到什么，也没觉得他们得到了什么满足，反而到最后都死光了。"

我说："大概是因为他们都有点贪心吧，想要武林秘籍，想变成最厉害的人。"

大牛说："那也太搞笑了，变成最厉害的人又能怎样？你看，东方不败是最厉害的吧，可是被别人一攻，死了；任我行也算厉害的，可是大笑一声，死了；乔峰也很厉害吧，可是傻不愣登的，被别人要来要去，也没见他有多好啊！"

我哈哈大笑起来，说："大概，还是天下第一这个名号比较吸引人，没有当过天下第一的人以为那个好，所以就争着抢着要当天下第一。真正当了天下第一的人，到了那个位置，无论好不好，也就由不得自己了。"

大牛还特别喜欢读希腊神话，他说："妈妈，等到我们有钱了，就到希腊去看看。"

我笑着说："好呀！不过你要更多点耐心，妈妈还要想法子挣更多的钱才行。"

大牛说："妈妈，你要做适合你的事情，做你喜欢做的事情，不要太勉强。不挣很多钱，也没事的。"看他说得一本正经，我们俩又都笑了。

人　间　世

2019 年元旦那天，邻居小哥哥帮我寄了厚厚软软的被子过来，顺道还给我们寄来了老家那些小吃：米线、擀面皮、牛肉辣各丝、小豆饼、煎饼。各种料包，他都给我装好了，写上了名字和用法。他妈妈还专门给我们烧了一大盆小鸡，说是老家人送的大公鸡，有营养，给大牛补补。新年的第一天中午，我们内心温暖地吃上了这些故乡美味。

也就是这个晚上，整个病区哀鸿一片，好多妈妈和孩子哭红了眼睛，因为一个叫《人间世》的纪录片在东方卫视播出了第一集，取名叫《烟花》。很快，这个视频在病友圈里流传开来。

我是第二天下午收到这个视频的。成妈过来找我，淌眼抹泪的，大发了一通牢骚，告诉我说，孩子们都吓哭了。他们都在批评这个纪录片到底在放什么，一塌糊涂。然后把链接发给我，叮嘱我一定要看。

本来我并不想看，治病的这些日子，我已经养成了什么问题也不多想，什么事情也不过问，什么纷争也不参与的习惯，就是一门心思守着孩子，静静地过日子，活在我们俩的小世界里。但是看她说得隆重，也有点好奇，晚上孩子睡下了，我就开始看起来。

这个节目讲述了上海一家医院骨肉瘤患者治疗的情况。不得不说，节目组还是有心的，病程很长，拍下来还是要花些工夫的。从第一眼看到视频里的那个安仔，我就开始哭，一直哭到最后。这些病人和家属，跟我们的情况和经历大致差不多，不停地抽血，拍片，打化疗，做刻骨铭心而又万劫不复的手术决定，明明眼含泪水，却又要把泪水收干了，面带笑容。节目中两个主要人物，都是肺转移了的骨肉瘤患者。安仔的肿瘤长在胳膊上，已经截肢，显然是化疗不起作用，在吃靶向药，而小姑娘王思蓉却死也不肯截肢，做了保肢手术，特别强调要用美容针缝合。很快，他们俩都死了。安仔的结局，放在了节目的最后一个画面，而王思蓉的结局，放在了最后带了框的演职人员目录里。

作为一个煽情的纪录片，确实拍得挺好的，真实，有心，有泪点。节目组很用心地给孩子们安排了元旦演出，让孩子们用 COSPLAY 的形式去完成自己的梦想，给王思蓉一家安排了厦门旅行。在生的快乐与张力，和死的忧伤与无情的强大对比中，更加凸显了患者从绝望中生发出来的向死而生的艰难与不易。

可是，对于我们这些久病成医的骨肉瘤患者家属，和正在接受治疗，经受着常人难以想象的苦痛，在希望和绝望中摇摆难定的患者，这个片子又太过无情而残酷，也有些离谱，漏洞百出。

"那个女孩的肿瘤已经转移，先是肺转移，又是骨转移，边打化疗边转移，怎么可能选择保肢的方案？选择这样的方案，就是要将孩子推向死神那一边！倘若病人家属有这种要求很正常，他不懂嘛！而医生还能够做出这种安排，就太不专业了！"

"从这一点来看，我们选择到积水潭就太对了。在积水潭，医生要的是保命，不是那些花里胡哨的东西。你看那个电视里不停地强调要做美容缝针，有什么用？于治病一点帮助都没有，就是在煽情，还不如把这些时间花在想个更好的治疗方案上。"

"在元旦的北风里，在露台上给打化疗的小孩子安排文艺活动，真的合适吗？还让大家上台表演，就不怕感冒感染吗？生病了怎么办？太荒唐了！"

"明明有60%以上的治愈率，拍摄组为什么一定要选择两个这么危重的病人？很明显，这两个本来就是病入膏肓的病人，存活希望很渺茫！重点就拍两个病人，两个都去世了。孩子们看到了，会怎样想？完全不顾我们这些病人和家属可能会有的反应。"

"那个小姑娘，刚刚做过手术，正在打化疗，怎么能跑到海边去玩？刚刚做完手术，又怎能坐着长途火车回家？这些都是安全隐患，换作我们，肯定是不会做的。"

几个病友跑到我们病房，七嘴八舌地讨论着。我知道，大家最根本的怨怼在于，这个节目把结局写得太糟糕，我们不愿看到这个。大家在日复一日的治疗中，不断积累起对生的信心和信念，对死亡威胁逐渐失去警醒和警惕，而这个节目，忽然一天以这样的方式告诉大家，无论怎样挣扎，死亡依然近在咫尺。生了病的孩子已然很可悲，还要拿这些残酷的故事引人关注，我们很难忍受。

不过，其实我能理解王思蓉的决定。大概他们，无论是医生还是病人、家属，应该都已经确信，病是好不了了，即便截肢，结果也差不多，所以倒不如保守一点，给孩子留下完整的身体，在她人生最后的时刻，还可以自己出门，自己行走，保持较高的生活质量和生命尊严。

术后转院朝阳，骨肿瘤科没有床位，连加床都加不上，我们被安排在了六楼——肿瘤科病房。我们所谓的"朝阳"是一家似乎并不太会看病的医院，但是却跟其他很多家医院合作，整个二楼3个病区是跟积水潭医院合作的骨肿瘤病区，其他的楼层，好像还有跟朝阳医院合作的呼吸科病区、老年科病区，跟北京妇产医院合作的妇科病区。

听说要借住肿瘤科，我就有点不舒服。想象中，肿瘤科应该都是垂危的病人，应该会很压抑吧，还是不去比较好。可是，骨肿瘤科坚决不接收，说是实在装不下了。孩子刚手术一周，还不能坐起来，伤口还没长好，我们担心会感染，就硬着头皮上去了。

可是现场气氛比我们想象的还要糟糕 100 倍。整个病区一点声息也没有，出奇的安静。我们入住的病房里已经有 3 个骨瘦如柴的病人：最靠边的床上是一个女的，45 岁，浑身一点肉没有，眼睛圆圆地瞪着，突出在眼眶之外，肚子高高地鼓起来，尽管瘦，但是精神倒好，轻轻地跟旁边的人说话，声音低得我几乎听不到；中间床上，一个男的，54 岁，看起来倒像是七八十岁的样子，戴着眼镜，斯斯文文的，佝偻着身体，躺在床上，一句话也不说。还有一个在最里面，66 岁，看起来也是很老的样子，半张着嘴巴，大声地喘着气，听说已经失去知觉大半天了。

进到里面，我眼泪哗一下就出来了，一种被死亡包裹着的压抑感扑面而来。大牛只顾着玩游戏，完全没有在意。我跟他爸商量着，想办法换个病区。还没等我们去找医生，孩子忽然大叫两声"啊！我腿疼！"那声音在死寂的病房里极具穿透力，整个屋顶似乎都要被掀起。其实，这时候孩子伤口已经不痛了，主要是幻肢痛，而这种痛苦直到术后 4 年多的今天，依然偶有发生。如果说我偶尔会后悔，当时给孩子选择截肢术，原因绝不是他成了残疾人，走起路来比一般人更吃力、辛苦，而是因为他如影随形、挥之不去的幻肢痛。

过了一会，两个瘦弱的病人就被护士转移到了其他的病房。护士说，这两个病人是由同一个护工照顾的。因为孩子的声音太大，病人身体太虚弱，没有办法承受这种刺激，所以都搬走了。病房里就只剩下我们和那个已经失去知觉的老人。

老人由儿媳妇陪护。那个女子拿着刮痧板，不停地在脸上刮着。晚上 8 点多，她不停给家人打电话，让大家提前安排，把老人接回家。

这一夜，大牛睡在一张病床上，他爸睡在一张病床上，那个老人的儿媳妇睡在一张病床上，我睡在了简易床上，但是几乎一夜未曾合眼。我很害怕那个老人一口气上不了，就去世了。我还未曾与去世的人同处一室过。我又想到，这个房间里的每一张病床上，应该都曾躺过死去的人们吧。在生命的最后一刻，他们是想结束那无穷无尽的痛苦，还是希望出现奇迹，再活下去？这个房间，那些人最后出现的地方，会不会留下他们忧伤或者悔恨的叹息？如果早知道自己的选择会将这里作为他们生命最后停留的地方，那么他们会不会重新规划一下人生最后的时光？我恍惚着，在最接近死亡的地方，内心的恐惧让我忍不住地胡思乱想，思绪万千。

第二天一大早，护士给老人输营养液。儿媳妇问护士："还热乎着吗？"护士愣了一下，问道："什么？"儿媳妇又说了一遍："他的手还热乎不？"护士没有回答她的问题，径自走了。

4 点多钟，天还黑着，老人的女儿和儿子来了。老人依然大声地呼吸着。他们在病房说话，商量着是让殡仪馆的车子过来，还是请这边的救护车送回家。女儿不停地抹着眼泪，又给妈妈打电话，告诉她情况。最后他们决定，趁着老人还有一口气，请救护车给送回家。晚了，救护车就不送了。

我们术后第二个化疗去住院的时候，依然没有床位，但是可以给我们加床。住进去第二天，我们就被调到了正床，整个病区的1床。本来跟我们一起调过去的还有另外一个病友，住2床，但是很快他们搬到了别的房间。后来我才知道，他们之所以搬走，是因为我们病房的3床是一位30来岁的年轻人，之前得了肝癌，经过治疗，已经大好。前两天去滑雪，发生骨折，到积水潭一检查，才发现癌细胞已经转移到了肺部和骨头，就被安排住到朝阳这边，等待手术。

成妈听到这个情况，吓得不敢进我们屋，让我赶紧想办法搬到其他房间，防止肝上的毛病传染。听她这样说，我挺担心，就去征询医生意见。医生说，不用担心，那个病人已经过了传染期，不会传染的。我听了，放心了些。但是病友们还是劝我换个病房。纠结了一会儿，最终我们决定还是在这里妥妥地住下吧。其实，在此之前，我们还曾经跟一个丙肝患者住在一个病房。最初我们并不知道，连那个病人自己也不知道。后来查血，医生告诉他，我们才知道。当时我也很担心，但是医生说不会传染，我们也就住下了。我想，这也算是一种善意吧，一种不费吹灰之力便可以做到的功德。在那些艰难的时光中，我一直告诉自己要持善念，行善事，积功德，对所有的人事宽容豁达，对所有的生命痛苦给予同情悲悯，并真挚地感恩所有那些让我可以给予别人善意与帮助的机会。

他们两口子人很和气。我们刚进去，妻子就向我们自我介绍，然后把他们的气球分给我们——癌细胞肺转移，医生为了让病人保持较好的肺活量，建议他做吹气训练，所以买了好多气球。大牛很是羡慕，就跟我说，让我明天也帮他买一些。那位妻子细心地听到了，就主动给了他一包。

妻子胖胖的，一双稍显忧郁的眼睛。他们夫妻俩经常轻轻地坐在一起说话，又常常是妻子一个人坐在病房门口，或者蹲在门脚边想着心事。他们有个孩子，刚刚 1 岁，在家里由老人带着。他们在北京做着一些小生意，还算红火，偶尔会送我们一些小礼物，比如彩笔、笔袋什么的。平时妻子自己照顾病人，手术那天，来了五个年轻人帮忙。

有了气球，我们想出一个运动——打气球。大牛坐在床上，打给我，我再打给他。因为是气球，这样打起来要用很大的力气才能跑得远，但是砸到了不疼，也不会砸坏其他的东西，正适合病床上的孩子。一个晚上下来，我打得大汗淋漓，右边的胳膊也酸痛起来。后来，我不在病房的时候，那个妻子也会陪他打，房间里充斥着生机勃勃的景象。

我们病房里到处是气球，都是 3 床吹的。那几天正好是圣诞节前后，又是我生日，还要到新年了，我们就决定用气球把房间布置起来。我把几股毛线放在一起，搓成粗而结实的绳子，又买了几个挂钩。大牛在气球上涂鸦，写上"圣诞节快乐""新年快乐""生日快乐"的字样，然后把气球扎扎实实地系在一起，做成拱门的造型，挂在他的床头。我们房间的节日气氛浓重起来，很多病友跑过来参观。

一周以后，这个化疗疗程结束，我们就把气球取下来丢掉了。其实护士长从我将气球挂上去的第一天开始，就让我们摘下来，说是影响医生看病。因为我的厚脸皮，才将这份热闹保持到了最后时刻。

1月份，我和大牛没有满堂红，而是沟沟坎坎，走得颇为艰难。元旦当天一大早，成妈打电话提醒我去住院，说是很多人排着队住院。一看刚好7点钟，我赶紧爬起来，往医院跑。那些天，病房变得紧俏，晚一晚就住不上了，即使住上，可能也是在加床。

一路小跑，总算是在早上8点左右办好了住院手续，护士说，这一早上已经办了6个入院，我们占了最后一个正床的床位。

安排好了，我告诉医生孩子感冒了。医生随即说，孩子感冒的话，就不要住院了，感冒也不能打化疗。我当即心凉了半截。出院还是继续住院？这个问题难倒了我，也让我一下子抑郁起来。后来我想着，感冒应该很快就好了吧，好不容易抢到的床位可不能丢了。更何况，病房里的环境更稳定，更适合养病吧。

可是这一次大牛感冒咳嗽的情况似乎特别顽固，整整耽误了 10 天才打上化疗。这 10 天，我们去了儿科门诊 4 次，拍了 2 次胸片，吃了 5 天抗生素，3 天中成药，6 天中药汤剂。住在病房，占着床位，打不上化疗，那些天我心急如焚，孩子痛苦不堪，医生也颇有微词。第 11 天，尽管儿科医生说咳嗽的问题还未解决，但是骨肿瘤科的医生已是忍无可忍，下了医嘱，开始打化疗。

也是这天，我病倒了。咳嗽，喷嚏，发高烧，浑身酸痛，有气无力，我总觉得自己是得了甲流、乙流、丙流、N 流，似乎分分钟就要进 ICU 的节奏。那几天，朋友圈流传着的一篇文章，大概是说一个人的岳父因为得了流感，很快肺部感染，住进了 ICU，用上了人工肺，差不多半个月人就走了。这个故事在我脑海里转来转去，紧跟着我就觉得呼吸困难，更加疲倦乏力。而我更痛苦的是心焦如焚，怕传染给孩子，戴着两层口罩也不敢进病房，又担心万一真病倒了，谁来照顾孩子才好？我会不会就此死去？我开始胡思乱想，眼泪哗啦哗啦就下来了，不求生但求死。一想到死，我自己又被自己吓了一跳。孩子的病都还没好，我哪能死？要你死也不敢死呀！得赶紧想办法好起来才是正经。

在烧得稀里糊涂的时候，我还是很快理出当前最重要的事：一是要先安顿好孩子，万一我病到奄奄一息，得有个人照顾他才好；二是去门诊看医生，查查清楚是什么病，对症治疗。我跟他爸说了情况，他爸说安排爷爷过来帮忙，但是最早也要第二天早上才能到。于是我又向老同学邵先生求救，他说正好有空，可以帮我照看孩子。然后到门诊，查血查鼻涕，最终确认，不是甲流乙流，只是普通流感，肺衰竭的危险不大，但是具有很强的传染性，要与化疗中的孩子保持距离。总算是，同学帮上忙，大牛爷爷也及时赶到，问题圆满解决，我也获得了一个星期相对轻松的小日子。

术后的化疗都挺顺利，歇疗正好赶上春节，我带大牛回老家过节。这些天，他很快乐，我也轻松很多，日子过得平静安详，我甚至都已经很认真地考虑下一步工作上的事情和孩子的学习安排。然而，生命之跌宕起伏是一刻也不肯停。

节后2月13日，我们坐高铁回北京。晚上，大牛高烧39度。我们看病的那家医院有急诊，但是看不了儿科。9点多钟，我带着大牛打车去朝阳医院。后来医生给开了些药，完了已经是夜里11点多。恰逢北京初雪，打车很难。滴滴打车上显示，在我前面排了78个，要等大约1个小时。把孩子安顿在医院门卫室里暖和着，我到路边等车。差不多半个小时等来辆高价车，回到家已经快凌晨1点钟。

第二天，情人节，北京小雪纷飞，很有些浪漫气息，我们约了积水潭术后3个月复查。我用轮椅推着他，从朝阳坐地铁到积水潭。很多店铺都还没有开门营业，我和大牛在路边小店吃了盖浇饭。检查很顺利，2个小时3个项目都好了。

　　3 天后的周一，李姐帮忙照顾大牛，我去取 CT 报告。肺片报告说，左肺上有个微结节。那一刻，我吓傻了！哭都哭不出来，只觉得心痛，从心口到脑仁一路地酸过去，却流不出眼泪，也说不出话，只觉得直接死去才好。我拿去看医生。医生说，有肺转移的可能性，要我周四把之前所有的肺片都带过去给她看。

　　走出医生的诊室，我的眼泪哗哗流着，上地铁，下地铁，失魂落魄地奔走在北京隆冬的路上。可是回到住处，却又像什么事都没有发生一样，继续做饭给孩子吃，陪他读书，聊天，大笑。

　　大牛感冒还没大好，第二天一大早我又带他去朝阳医院复诊。医生说，3 天左右，应该可以打化疗。去时打车，回来坐地铁，路上顺道去超市买了些零食、汤圆、年糕。元宵节了，该吃汤圆了。晚饭后，他看电视，我追剧，依然大笑。

　　等到他睡着，生无可恋、痛不欲生的感觉就找到了我。若是肺转，我要怎样才好？哭死了，也不顶事。是不是因为我没有照顾好他？没有给他吃点保健品什么的？这次发烧，给他烧坏了？打疗的时候喝水太多，血药浓度达不到治疗效果？我怎么想，都是一脑门的自责悔恨。倘若没有了大牛，这个世界我留下还有什么意义？不活了吧，一个人这样硬撑，真是活不下去了！我就这样边想边哭，边哭边想，直到半夜才稀里糊涂地睡去。

　　周三，我把看医生需要带的东西和一些问题列出单子来：

1. 带着化疗本，各种片子。问一下，感冒会不会增加肺转的风险？发高烧会不会导致肺转？

2. 之前化疗脱疗 10 天，这次甲氨蝶呤应该是在周一就打，但是感冒还没好，是不是考虑不歇疗，接着打？

3. 有结节，是否意味着转移？

4. 咳嗽有痰会不会是肺转的一个症状？有什么症状？

5. 辅助药有没有作用？康莱特之前是两瓶，现在只用了一瓶，有没有影响？有没有必要吃一些其他的保健食品？有没有什么推荐？

6. 每次打化疗，喝多少水比较合适？

7. 打化疗能不能打掉那个结节？

周四，我带上东西和问题，往积水潭去，一遍遍在心里默祷：上天，请一定保佑我，保佑我的孩子！在去医院的地铁上，我又哭得死去活来。我多担心，这次幸运不再眷顾我们。

最终，医生看了所有的肺片，确认有惊无险，这个结节在最初检查的时候就已经存在，因为太小，当时没有报告。现在半年过去了没有任何变化，应该只是一个普通结节，没有大碍。她说："看到这片子，我就放心了，你也放心吧。"那 3 天是怎样的痛苦难熬，怕是只有经历过的人才知道，现在每次想来，依然忍不住掉泪。那一种死里逃生的快乐，怕是也只有经历过的人才能体会。只是这一番大悲大喜，已经把我折腾得筋疲力尽，好些时日才缓过来。

然而，混迹在病区里，平静总是相对的，暗潮汹涌才是常态。

小成是病区里最帅的男孩，超过 1.8 米的个子，瘦长的身形，唇红齿白，相当抢眼。因为都是江苏人，我们便多了一份老乡的亲近。第一次见到他们，是在积水潭，正当大牛准备手术的时候，他们也等着手术。确诊时，小成刚刚结束小升初的考试，品学兼优，毕业仪式上妈妈给他拍了很多照片。生病后，北京、上海能治疗这个病的医院他们都去看过了，国内这个领域知名的专家也都求访过了，最终他们选择到积水潭医院。

他化疗效果不好，肿瘤无法控制，做了髋离断手术。成妈是漂亮而细致的女子，为了照顾孩子，不仅在北京租了套一居室，还买了辆电动自行车，在病房、医院、超市、菜场间出入。所以医院附近的商业区，她都摸得很清楚。

在病区，我们一般是见不到很厉害的医生的。为了了解孩子情况，也为了让医生更关注他们，成妈从网上预约医生的远程问诊，10 分钟 700 元钱，最后成功说服他们那个医疗团队的领头人亲自给孩子做手术。她从各种途径打听到防治癌症的食物，想着法子弄给孩子吃，每天给孩子喝蛋白粉，提高免疫力。有次，她给我一串紫黑的葡萄，说是富硒葡萄，有助于治疗癌症。

在大牛准备打术后第二个化疗的时候，成妈跟我说，医生要给他们加剂量："打疗效果不好，医生觉得增量说不定可以好一点。"一般打化疗的剂量都是按照孩子的年龄、身高、体重核算的。髋离断手术，摘掉一条腿，少说也有10公斤吧，不减量反增量，这个似乎不太合理。可是，治疗这个病的一线方案就是这些化疗，医生也没有更好的办法，只好尝试加量。

而在我们准备打术后第五个化疗的时候，成妈告诉我，术后6周检查，孩子确定肺转，肺上的结节已经长到10多个，最大的直径1.9厘米，已经停止打疗，医生建议孩子入组治疗。所谓的入组治疗，就是医院实验一些新型治疗方法和药物，选择一些符合条件的病例，免费治疗。但是治疗的效果，医院无法确定。

她已经哭成泪人，叨叨着说："打化疗怎么会一点用也没有？这个东西怎么长得这么快的啦？"我听了，心如刀绞。上次大牛的虚惊一场，让我对她的心情很能体会。我不知道怎样安慰她，也不知道说什么。我知道什么安慰都是隔靴搔痒，任何话都苍白无力，我只能陪着她默默流泪。当天晚上，他们就出院了，转到了更擅长肺部肿瘤的医院。

因为这件事，我又哭了好多个晚上，在夜深人静的时候，一想到那个帅气的大男生，我就忍不住哭。我多希望他还能好起来，站起来，跑起来。李姐说："既是如此，也是上天的安排，只能听天由命了！你顾不了别人家的孩子，先把自己的孩子顾好吧，只要小胖好好的就好了。"可是，我们正如共同被网罗在骨肿瘤大网内的困兽，一起挣扎在生死边缘，我们会因为自己幸免于难而心怀感恩，却不能不为同伴遭遇不幸而心痛不已。

3月份，小蒙在该化疗的时候，没有住进来。有一天我看到他妈妈满脸焦虑地拿着片子来到病区，下午就办理了出院。过几天，蒙妈在群里发布信息，说是已经结疗，要把自己租住的屋子转租出去。

小蒙是一个活泼懂事的孩子，他经常会很有礼貌地跟我们说话，跟病区里很多孩子都是朋友。他截肢的位置比大牛稍高一些，做了跟大牛一样的假肢。在大牛因为练习走路的事，每天跟我磨叽个没完的时候，他已经乖乖地跟其他病友一起，在走廊里练习走路了，并且走得很好。

第一次遇到小蒙，大牛还在做术前化疗。那时他已经做过截肢手术，伤口也已经长好，在打术后化疗，我们住在同一病房。那天蒙妈做了豆角焖面，分给我们吃。蒙妈没什么文化，但是特别仔细。她用个小本子，把孩子每次打化疗的情形，比如打什么化疗有什么反应，哪一天反应最大，哪一天白细胞开始降，什么时候降到最低，什么时候开始回升，都记录下来。

蒙妈说，结婚很多年，家里都很穷，直到最近一两年，在城里开了个小饭店，蒙爸也开始学着做生意，生活才开始好起来，没想到孩子又生病了。家里还有个弟弟，还不满1岁，奶奶带着。妈妈在北京照顾小蒙，爸爸在家里挣钱，很少过来。后来听说海参有治疗癌症的效果，爸爸的朋友就从舟山那边给他们发过来一大箱新鲜海参。

小蒙每次打化疗，反应都很大，白细胞掉得厉害，轻易又上不去。有次，不知道白细胞掉成了怎样，为了防止感染，医生给他们安排了单间。在他们出院后没多久，我就在蒙妈的朋友圈看到了他们到青海旅游的照片。小蒙拄着拐杖，站在冰雪纷飞的山顶，笑容灿烂。听病区里的小朋友说，他在家里很自在，正计划着要去上学，因为已经开始想念同学们了。

8月份，李姐告诉我，小蒙没了。我清晰地记得那天蒙妈那张急匆匆的焦虑的脸，其实当时我已经有了不好的预感，但是后来看到他的情况，以为是我想多了。没想到，这个消息还是来了，并且来得这样快。

在我们打术后第九个化疗的时候，小西出事了。正在歇疗的小西往自家沙发上坐的时候，咔嚓一声，他腿上的假体折断了。

他们打了120，找了救护车，迅速回到积水潭医院，给医生看过了，又住到了朝阳。积水潭医生让朝阳这边先给小西做上牵引，把折断的骨头拉归位，他们研究手术方案。过了几天，积水潭的医生过来查房，发现牵引方式不对，又将CT的机器拉到病房里，拍了片，发现骨头还是错开的。积水潭的医生狠狠地批评了朝阳的医生，但是于事无补。

一周后，医生说小西的腿不能满足重新做保肢手术的条件，建议做截肢手术。于是在还没有结疗的时候，小西又做了一次截肢手术，保险公司赔了7万元钱。

手术后，西妈跟我说，孩子截肢后，并没有觉得更困扰，反而觉得轻松很多。在有腿的时候，因为假体不是自己的东西，所以也并不是太好适应，走路的时候总是小心翼翼，唯恐一个不小心，磕着碰着出问题。现在穿上假肢，反而更轻松。

后来，他们写了申请，从民政部门获得一支免费假肢，他很快就走得很好。再后来，出院差不多半年之后，小西就去上学了，住校，自己照顾自己，心情大好，吃住无忧。

病区里还有个孩子小乐，也发生了类似的情况。乐爸前些年得了骨肉瘤，后来做了右腿髋离断手术，术后恢复很好。他也做了假肢，但是觉得不好用，宁愿用双拐。妻子离开了，便只有他跟儿子相依为命。没承想，6年后，孩子又生了骨肉瘤。他自己在医院照顾孩子。我曾经看着他将右侧的裤腿塞到口袋里，挂着双侧肘拐，拎着饭桶，迅捷地走在医院里。后来，孩子做了保肢手术，化疗效果也很好，可是还没适应走路，假体也断了。可能因为个体情况不同，积水潭医院的专家经过讨论，给孩子重新做了保肢手术。

大牛后来也做了二次手术，是为了清创。术后6个月，他的伤口依然在渗液。后来每次做B超，都报告有积液，医生建议做清创手术。这是个小手术，从推走到回病房，一共不到两小时。后来，大牛说，这个手术跟之前的手术比起来，就像毛毛雨一样，不值一提。

在朝阳做B超的时候，医生说伤口边缘有不确定的固态物质，似乎有些危险。这句话吓坏了我。积水潭的B超检查单上从来没有报告过。难道又长了什么东西？我顾不上伤心，就去找医生。医生看了报告，也说不出个所以然，就说等手术打开看看就知道了。

术后，医生说 B 超上报告的那个不确定的固态物质，其实就是结痂，很正常，我也就放心了。然而，就在两天后，我们发现孩子创口的引流管不是处于负压状态，里面的东西根本抽不出来。我再次愕然，找到医生，他们才发现问题。不同医院，相差真的太大，也是让人欲哭无泪。

孩子二次手术时，妈妈过来了。她很快就在病区里结识了新的朋友，一个老妈妈，生病的是他的外孙。妈妈说，那个孩子的爸爸妈妈前些年离婚了，孩子跟妈妈生活。可是后来，孩子妈妈又生病去世了，这个孩子就跟着年迈的姥姥一起生活。谁知道，现在又生了这个病。生病后，舅舅就去找了孩子爸爸，希望他能出些医药费，但是那个爸爸看都没来看一眼，更是坚决不出钱，只说："病就病了，放弃治疗。"外婆辛辛苦苦带大的孩子，怎舍得不治？她就一个人在这边带孩子治病，舅舅想办法筹钱，也在想办法给他办个低保，好多报点钱。

他们已经没什么钱了，打了上个化疗，还不知道下个化疗的钱在哪里。所以这个外婆总是很节俭，一个馒头、一个饼或者两个包子就打发了一顿饭。后来我们做饭时，妈妈就给他们也送一些。

我们快出院的时候，在医院门口遇到了泰爸。当时一起在积水潭排着做手术的时候，小泰情况就不好，他已经开始吃靶向药有一段时间了。但是小泰的病情一直在恶化，肺转很严重，出现了腹水的情况，在胸腔产生大量积液。

他们这段时间一直奔波在不同的医院之间，解决各种新发的问题。泰爸摸着头说："哎，这个事要把人给拖死了，到底怎样，也没有个痛快话！"他在病房里给孩子喂饭，擦洗身体的情景又出现在我眼前。我匆匆告别了他，泪眼模糊地走开了。

在打最后那个化疗的时候，我们遇到了两个新住进来的病友。

一个是陕西娃，高中生，住进医院之后，他还在做题，学霸无疑了。他不爱说话，问他什么，他就是笑笑。他妈妈很爱说话，说孩子学习很努力，成绩也很好。他们家有个乒乓球桌，孩子经常跟爸爸一起运动。他爸一直忙工作，平时顾不上孩子，很少关心他，从来没有给孩子买过零食、衣服，啥也没买过。自从孩子生病后，就不停买买买，只要孩子有要求，就买。东西不厌其贵，要求不厌其烦，只要有，就务必满足。

这些孩子的求生欲都很强，对死亡充满恐惧，表面上看不出来，实际上，心里都在盘算着。有次，积水潭医生过来查房，这个孩子忽然带着哭腔问医生："我的病能治好吗？"说着，眼泪哗的就出来了。

医生看了他一眼，没有任何迟疑地说："能治好，当然能治好！好好配合治疗，就能治好！"孩子哭出声来，我们也跟着掉眼泪。

发现孩子生病后，春节期间他们就在当地做了手术，以为是普通骨折，打了钢钉，回家养着。可是养了很久，不见好，又做了一次手术，还是不见好。6 月份，他们到西安的一家医院做穿刺，说是结果不好，才花了 3000 元钱，搭了救护车转院到北京。"嗨，钱都不重要了，能让孩子好起来，啥钱都不怕花了。"这个妈妈说。

刚见上面，大牛就跟他们说："你们有什么要求，尽管提，爸爸妈妈们，都会满足你们的。"大人小孩一起大笑起来。

"你看，大牛弟弟多乐观！儿子，我们要跟弟弟学习，要积极乐观地面对我们的病情，好好配合治疗。"这个妈妈说，"以前孩子在家，不吃烧烤，不吃垃圾食品，那些看起来不健康的食品，啥也不吃。现在，我也要改变，想吃啥吃啥。我们啥也没吃，还不是生病了？孩子还委屈得很。我们也要都给他吃。"

另外一个孩子，刚刚考上大学，应该是军训的时候，发现得了这个病。孩子的姥爷是老中医，年纪大了，家人没敢告诉他孩子得病这个事。由于受到姥爷的影响，这个孩子也笃信中医，他爸则从不相信中医，他们俩经常因为这个事情争吵。

住院后，可能是考虑孩子大了，男人照顾比较方便，妈妈上班，爸爸留下来照顾。爸爸人很好，对我们都很热情，因为他们家离北京比较近，人缘也好，经常有人来看望他们，总有很多水果零食，分给我们吃。他很焦虑，每天都在跟孩子讲道理，提要求，吃饭，让孩子多吃素，多吃米饭；空闲时间不让孩子玩游戏，要继续学习，为此他们经常拌嘴。

　　爸爸试图让这个孩子在治疗期间继续保持饱满的学习热情，制订了严密的学习计划，什么时间读书，什么时间学习英文，要达到什么目标。打甲氨蝶呤的时候，他爸还逼着他读书，在我们看来，那是件很困难的事情，甚至可以说是不能完成的任务。但是，他爸最初的固执我们也是能够理解的。初来乍到的病人，总是要经历这个阶段，从最初的要死要活，觉得分分钟世界就要崩塌，日子实在难以为继，到后面，医生不断地强调说，可以治好，他们就以为胜券在握，又回到了正常的生活状态，开始强调学习和提升。而很快，他们就会发现，其实，治病的日子，最好的方式是玩玩手机，看看电视，转移注意力，让病人能够在比较轻松舒适的环境下，熬过这最煎熬的阶段。

　　这个爸爸经常被孩子，或者说一定意义上是被他自己的执念气得跑出去，我们就做孩子的工作。我们告诉他，爸爸心里着急，所以才会对他有过多的要求，应该要体谅他。孩子就跟我们抱怨："他自己没有什么大的成就，就希望从孩子身上找补回来，就总是给我那么多压力！"当然在父子俩不断的交锋中，两个人也在慢慢地互相理解，更加宽容地对待彼此。

　　我们出院的时候，他们送了我们袋装的烤鸡、牛肉干什么的，让我们路上吃。后来我们又联系过，孩子治疗效果很好，做了保肢手术，已经返回校园读大学，一切都好。

北 京 的 家

第一次租房子，是我们来北京的第 68 天，转院积水潭，准备手术。尽管我总是不停地告诉自己，出门在外，居无定所，一定要精简行李，少带东西，可是行李还是越来越多，越来越重，病房定然是没地方装了。

苇坑胡同的一个小房间，成了我们在北京的第一个家。一条窄窄的胡同进去，一个小院，北面是两大一小三间房，在东边西边又各自加盖了两间小楼板房，我就住在东边其中一间里。

房间很小，6 平方米左右，靠墙放着一张 1.5 米宽的床，边上还有一条约 30 厘米的小走道，走道尽头有个袖珍洗手间，里面一个一言难尽的马桶。床头离门还有 1 米左右的距离，靠墙放一张极小的桌子，刚好能放得下一个笔记本电脑。因为有个小洗手间，这间房120元一天，也因为这个小洗手间墙后面就是外面的公用洗手间，我的小房间常常充斥着阴湿的味道。

院子上方用一些不知名的半透明材料搭起来，形成一个可以做饭、活动的区域。起风时，那些板材就发出咣当咣当的声音，颇有些茅屋被秋风所破的感觉。下面放着两个八仙桌，一个上面放着电磁炉、电饭煲、电水壶等炊具，另外一个放着菜板，几个塑料盆——上面印着"轻松筹"的字样。八仙桌下面一个盆里倒扣着几个炒菜锅，边上摞着几个锅盖。八仙桌的边上，放着一个小冰箱，里面满满当当地塞着各种食物。院子里还有两个古董级别的五斗橱，上面的油漆早已掉光，抽动很费力，总是发出吱吱嘎嘎的声音，好在收拾得干净，可以放点油盐酱醋啥的。

转院到积水潭的第一天晚上，安顿好孩子，回到出租屋已经8点多，我正在整理东西，"啪"的一声，跳闸停电了。其他屋里的人都出来了，试图把跳闸的地方推上去。可是显然哪里短路了，推不上去。既然没电，大家就在院子里聊天。我摸着黑洗脸洗脚，收拾清爽，就躺到床上休息。将整个身体平放在床上，那种满足感让我差点掉下泪来。直到晚上10点多，来电了，大家伙吵吵着各自回屋，我也没力气起来关灯，就这么亮着灯睡去了。

我隔壁房间住的是一位盐城大姐。因为都是江苏人，很快我们就熟络了。大姐人很好，和老公都退休了，孩子也已经成家立业，有一个孙子一个孙女，大的 3 岁，小的 1 岁。本来正是该享受晚年幸福的时候，然而一场飞来车祸，怕是要摧毁他们的后半生。

她老公闲来无事，就跟着老乡到河北施划交通标志。前些天工作时，一辆车子突然失控，撞翻了熬着滚烫油漆的大锅，又撞到了她老公身上。在这场车祸中，她老公体表 85% 烧伤，多处骨折。我见到她的时候，他们刚刚转到积水潭医院 5 天，已经花了快 60 万。她老公在重症监护室，每周做一次手术，栽皮。而车祸中的骨折等伤情都还放着，要等皮肤长差不多了才能处理。大姐每周三、周六下午可以去探视病人，其他的时间就在家里等。每次去之前，她都很耐心地熬粥，买些排骨、鱼，花一整个下午的时间熬出两碗汤，轻轻地把油撇干净，加上面条、米，熬成烂烂的一碗，送到医院去。但是，经常护工又原封不动地给带出来，说他太疼了，吃不下。

后来，大姐因为医药费的问题很挠头。那时医药费已经花了近 80 万，但是因为是工伤，没法走医保报销，可是老板只给了 35 万，便再不给钱了。而肇事人的车子保险只买了交强险，所以只给 2 万，也就避而不见了。所以，有两天，大姐回老家跟老板要钱。但是回来时，并没有要到钱。大姐说，他们与老板是亲戚，老板身体也不太好，他们也不能逼得太急。

后来，孩子和亲戚到北京跟她汇合，准备开车去河北，找交警部门开事故认定书，再想办法找肇事人要钱。他们是下午 3 点多到的，说是凌晨 3 点出发，开了 13 个小时的车子才到北京。大姐把我的房间钥匙拿去了，让孩子休息下。她的房间实在太小，无法安置这么多人。晚上回到出租屋，大姐家的亲人们已经起来了，站在院子里聊天。他们晚上 9 点钟出发去河北，找肇事人谈。他们回来时也并没从肇事人那里要到钱。大姐说，准备请律师，打官司。

后来，我从那个院搬走了。临走时，大姐说他们打算转院到南通去，那里有家医院似乎于烧伤也很擅长，离家又近，生活比较方便，成本也会小一些。

院子里还住着一位 30 岁左右的青年，6 年前 95％烧伤，后来奇迹般地活下来了，他的老父亲一直在北京陪着他照顾他。他只能吃很细小的食物，父亲会很认真地搭配食材，荤的素的做一些，搅碎了，给他吃，有时候也会煮一些胡萝卜、红薯，切成细细的条，让他自己拿着吃。

他们上午一般不出门，下午父亲用轮椅推着他去附近的北海公园遛弯，在那儿，孩子可以自己站起来，扶着轮椅走一段。因为身上没有毛孔，无法排汗，所以天热的时候会很不舒服，甚至生病，所以他一直住在积水潭边上，随时准备去医院。好在是工伤，医药费都由单位出，据说现在已经花了 600 多万。

我是在住下几天后看到那对父子的。尽管已经做好了思想准备，我还是被年轻人的样子震撼到了。臃肿的身体，佝偻着腰背，胸口直接连着下巴，没有脖子，有点像电影里的卡西莫多。他五官不是太清晰，眼睛可以微微看到一些，嘴巴能够打开一条缝，发出一些混沌的声音，满足他跟父亲简单交流的功能。他手指头粘连在一起，但是大拇指和其他的指头之间有一点空隙，可以拿一些简单的小东西。

我可以想象却无法感受那个年轻人曾经承受了怎样的巨大痛苦，然而呈现在我面前的依然是一个快乐阳光的人，他的笑容几不可见，但是依然能够被外人感知，并且带着憨厚的声音。我眼里含着泪，却给他以笑容。没有矫饰，完全自发，我真真切切地感受到了那种微小生命的韧性与力量，和我自己的某些时刻，如出一辙。也许在往日，看到此番情景，我会同情心泛滥，感慨说，他怎能活得下去？他的父母，怎能活得下去？此刻，我明白，在外人看起来是要活不下去的情形，个中人遇着了也就撑下来了，也许他们还可以应付得很好，做得很优秀。他们没有怨天尤人，没有痛不欲生，反而更多的是对命运眷顾的感恩和对生命本身的敬仰，经历过生死才更明白，只是因着活着这件事，就该心怀感恩。

还有两个东北大姐，她们各自的孩子都在住院准备手术。她们一起在这里住了很久，老熟人了，所以经常搭伙做饭，一起吃饭。她们喜欢乱炖，用排骨先煮出一锅汤，然后把土豆、豆角、山药、大白菜、酸菜、粉条等等很多食材放进去煮。他们还喜欢包饺子，用一些我从未见过的馅儿，比如青椒猪肉馅儿，把青椒在水里煮一下，切成小丁，把汁儿挤出来，跟猪肉、胡萝卜搅拌成馅儿，还有豆腐肉馅儿，把豆腐放冰箱，做成冻豆腐，剁碎了，跟肉一起拌。

院里还住着祖孙三口，年迈的爷爷奶奶来自承德，而孩子的父母在新疆工作，那个极可爱的小姑娘，7岁了，胖乎乎的，梳着两根长长的大辫子，讲起话来，软绵绵的，像猫儿一样。她去年在后腰上烧伤了一块，父母担心会给她留下心理阴影，决定趁着孩子小，让爷爷奶奶陪着在积水潭进行为期一年的除疤治疗。

有天我在做饭，爷爷买了条鱼回来，准备杀。小姑娘在旁边，不停地摇着爷爷的肩膀说："爷爷，让它多活一会儿吧！让它多活一会儿吧！"爷爷没工夫搭腔。我看着不忍，就骗她说："宝贝，这条鱼已经生病了，活不下去了，但是它很难受。爷爷把它杀了，其实是让它减少一点痛苦。"她信以为真。过一会儿，发现被爷爷杀了的鱼尾巴依然在动，又很着急地说："爷爷，爷爷，它还没死，它还没死！你快想想办法！想想办法！"那声音如同百灵鸟般悦耳动听，让人又怜又爱又欢喜又忧愁，真是要感谢上苍赐予我们这天使般的姑娘。

在院里，大家相处和睦，谦让有礼，但是因为人多，做饭的时候难免要排队，所以空气中又总弥漫着一种难以化解的焦灼。为了避免这种窘境，我就避开饭点，早上10点左右，下午4点左右过来做饭。

最初几天，走进房间我很有负担，常常夜半时分还亮着灯，开着门，通着风，屋子里的味道常常很大。不过，很快我就适应了，并且开始喜欢上这里。香香送我一个小小的猫王收音机，绿色的，很扎实，像个小钢豆一样。回到房间，把收音机打开，我整个人就浸润在音乐的轻盈中，似乎一下子到了另外一个世界。我窝在床上翻翻书，发发呆，刷刷微信，这些东西，尽管只是晚上的两个小时，却是我在北京少有的安详时光。

这里我租住了11天，睡了6个夜晚。那些日子，我整天在人声嘈杂的病房里，处理吃喝拉撒那些鸡毛蒜皮的些微小事，每天似乎什么事都没做，却又一刻不得闲，极累，极困，极疲惫，常常渴望能有张床，让我一倒下就睡着。这间房，粗陋如斯，却在那样的日子中，给我提供了休憩的自由空间，那一种舒适自在，实在难能可贵。

后来，我搬到了罗儿胡同的一间房，那里离医院稍微远了点，我们租住的房间没有单独洗手间，但是房里清爽卫生，有3个1.2米的床位，一张破旧但是整洁的小桌子，一个用来取暖的油汀，一个单独的洗漱台。在孩子手术的时候，他爸住病房，我就跟妈妈住在出租屋。

房东马大姐是干净利索的小老太太，有好几个房间在出租，都已经住满了，大都是在这边看病的。院子里有两棵石榴树，我们搬到那里的时候是11月初，刚好深秋落叶时，满院子黄的红的叶。

搬到这里时，孩子就要做手术了，我们大部分时间都在医院里，即便病房不给进，即便病房挤不下这许多人，我们也不离开医院，就找个地方等着。出租屋主要就是做

饭、睡觉，所以一直到我们搬离开这里，我都不记得这里
有什么人，只记得那满院子的石榴叶，纷乱一地。

术后回到朝阳，我们就跟病友合租了房子。

病友小帅比我们先到朝阳，他们过去后就张罗找房子，
等我们转院去朝阳的时候，他们已经租好了房子，问我们
要不要合租。我们商量了下，他们是术前化疗，一个半月
的时间不能出院。化疗结束，到积水潭那边做手术，差不
多又是一个月的时间，他们还是不回出租屋。等到他们从
积水潭做了手术回来，又是一个多月的恢复期，他们还是
不能出院，帅爸回去上班，帅妈病房照顾，4个多月的时
间，房子都是空着，他们只要到出租屋做饭就好了。大牛
是术后恢复、化疗，其实住在出租屋的时间也是相当少，
主要是搁行李，做饭。后来一拍即合，我们就合租在了医
院边上的小区里。第二天，老张他们也住到了我们的那套
房子里。

这个小区跟医院只有一墙之隔，很多病友都租住在这
里。后来有些人，租了这个小区的整套房子，打扫出来，
放上几张床，像旅馆一样经营，独立的房间，一个晚上120
到150元钱，有的房间放两三张床，或者上下铺，一个床
位大约60～80元钱。还有的房子只提供做饭服务，做一次
饭，20元钱，油盐酱醋什么的自己带，火灶都是公用的。
所以在电梯里，经常会遇到拎着饭盒的病友。有次在电梯
里，听到了家乡口音，我赶紧搭讪。果然是老乡，孩子刚
刚住进来，开始化疗。那个时候，我们已经治疗很久，对

于治病这件事已颇具经验，因为是老乡，就很想多跟他们聊一聊。但是从他们躲闪的眼神，我知道他们还没有完全接受这件事，后来就再没有遇到过。

帅妈是小学语文教师，不仅教书，还带着学生小记者团，孩子生病的时候，她正在乡下支教。帅爸则是公务员，一副谦谦君子的样子，总是微笑着。

和所有人一样，帅妈刚到北京的时候，就一直哭，帅爸则一直沉默。刚住到出租屋，帅妈就一直播放药师菩萨的经文，做饭的时候播，休息的时候播，希望通过这种方式给孩子祈福。

帅妈特别爱做面，也特别会做面。最关键的是，她做得很认真——做面比烧菜还要花工夫。她做窝窝面，要先把土豆、倭瓜、茄子切成丁，用油炸过了，捞出来，葱姜蒜切得细细的，炒香了，把上面那些一起放进锅里炒，加上水煮开了，把猫耳朵面下进去煮熟，再加调料，杂混一锅面才完美出炉。

帅妈还会用冬瓜、豆腐、土豆粉煮面条，还能用茄子、豆角煮面条，还会做蒸面，还做过炒担担面，就是先把面蒸了，然后用葱、姜、蒜、生抽、醋、花椒、十三香做出卤子，最后上锅炒。她给我们装了一碗，到病房只是一转眼的工夫，就被大牛风卷残云吃光了。

她还喜欢做各种拌菜。茄子、土豆丝、倭瓜、海带、豆腐、腐竹、金针菇、木耳、香菇，还有其他的什么，她在水里淖熟了，浇上生抽、醋，加点十三香，把葱姜蒜切得细细的，放在最上面，然后用炸过花椒的热油一浇，清爽美味又健康的拌菜就成了。

帅妈说，他们那边的男人特别大男子主义，她老公在家从来不做饭，婆婆也不会让他做。有时，她觉得一起做做饭说说话什么的可以沟通感情，就叫老公一起，可是婆婆会立刻阻止，所以她老公什么饭也不会做。

后来在医院待久了，帅爸就发生改变了。他说，在积水潭住院等待手术的时候，病房里有个朝鲜族的病友，他们每天吃饭，要摆一桌子的盘子碗，生活得相当精致。再后来，他到了出租屋，就尝试着做饭。一天早上，我们吃到了他做的鸡蛋饼，多多地放上油，加入葱、姜，把鸡蛋打散了，倒进去，就扑啦啦地成了一大碗饱满而香喷喷的鸡蛋饼。

老张是山东临沂的，他媳妇李姐老家是四川宜宾的。大约30年前，他们才20岁左右，老张在宜宾的一家酒厂当驾驶员，李姐则在一家药房给人抓药，不知什么样的机缘巧合，他们认识了，就谈起了恋爱。

老张说，当时很穷，挣点钱都不够用的，破衣烂衫的，吃穿都很不像样子。谁知道，李姐就看上了他，还住进了他们的小破屋子。好家伙，她来了之后，就把自己的金戒指卖了，买了精致的碗筷回家，还像样地做了几个菜。后来，他们回到临沂，包线路跑公交，李姐的记忆力很好，总能在拥挤不堪的车厢里，清楚地找出来，什么人没有买票。后来他们在全市最好的位置，开了很大的酒店。再后来，又买了块地，置办了很多门面房。李姐说："当时那些房子都没有人要，很便宜，你张哥不愿意买，是我硬要买的。交房以后，边上的学校也开业了，现在那些房子可值钱了，还特别好租，光房租一年都有 40 万收入。"

李姐本来长得就美，又喜欢把自己收拾得干干净净、漂漂亮亮的，做事又很讲究，所以病房很多人都觉得她难以接近。她以前很不会做饭，所以刚住院的时候，他们带了个师傅，老张的徒弟，过来帮忙做饭。他很擅长做川菜，我还跟着学了水煮鱼、酸菜鱼、回锅肉、小酥肉、麻婆豆腐那些菜的做法，所以那一阵子，我们的厨房中总是洋溢着专业厨师的味道。

后来，师傅家里的饭店需要人照顾，他就回去了，老张的妹妹又来北京帮忙做饭。她在卖一种保健品，刚一听说哥哥生病，就带了 2 万多元钱的东西给他，叮嘱他每天服用，还专门带哥哥去公司北京总部，请公司的高层出主意。因为我们老家距离不远，很多生活习性都差不多，便把我当作了老乡，她煮小米稀饭、煲鱼汤、排骨汤，总会给我们留一些。她还带了板栗，先把栗子煮熟了，用刀在上面切个十字口，再炒出来，那味道也还不错。她还带来了腌制尖辣椒，用煎饼一卷，很有我们家乡的味道！

后来，老张的妹妹要照顾家庭，也回去了，李姐就开始自己学着做饭。她很认真，做饭之前会认真地打电话问清楚该怎么做，记下来，然后一个步骤不拉地做下来，所以老张就表扬她，没想到她从来不会做饭的人，竟把饭做得像模像样。她刚到出租屋，就去采购了四个盘子四个碗，一套筷子。送饭时，她拎着饭桶过去，到了病房就倒入她喜欢的碗和盘子里。

经常有人来看望他们，差不多每周都有，而且一来就好几天，陪吃，陪住，都是老张的把兄弟、发小、亲戚什么的。刚住到朝阳没多久，有次我在给孩子准备晚餐，李姐走进来了，眼睛红肿着。李姐是特别乐观、真性情而又快乐的女子，从见到她起，就没见她哭过，所以这次我不知道发生了什么，不过大致也知道为了什么。

我放下手里的东西，轻轻拍着她的肩膀。过了一会儿，她抽抽噎噎地跟我说："刚刚跟你张哥的把兄弟一起吃饭，喝了点酒，一个把兄弟说：'嫂子，你跟哥感情这么好，我们这些兄弟都羡慕呢！谁知道哥又得了这个病！'"说着，她哭得更凶了。我静静地听她说，等她慢慢收干泪水。

记得有次老同学来看我们，她进病房没多久，就开始哭，完全止不住。我不敢看她的眼，因为我担心自己也会忍不住哭出来。我多么理解她的伤心，又是多么感激她的眼泪啊！可是在病房里，真的不想再听到那些体谅和同情。我们小心地回避着这些话题，不是不伤心难过，而是不想将那有限的一点力气再分出来去思考、去抱怨"我们怎么这么倒霉""我的孩子为什么这样受苦"这种没有意义的问题。我们要做的只有一件事，就是鼓着一股劲往前冲。

老张手术后回到朝阳，李姐就计划着重新租房子。他们又带回来更多的锅碗瓢勺，还有各种吃的喝的用的。她还带来了古琴，学了两年多，已经可以弹得很好。她觉得老公以后可能要常常歇疗了，住在这种小房子里，太不舒服。我们是因为经济条件不允许，才这样凑合。他们家经济条件很好，完全可以租住个更好的房子。

过几天，她又专门来找我，说："我发现他们这个病不好，恐怕不好治。"李姐是心思缜密而又单纯的女子，她经常把问题想得很全面，但是又经常听不懂别人的话外之音。医生知道我跟李姐关系好，有次就跟我说："有些话，我不好直接跟她说，就说得隐晦点，但是她完全听不明白。你若是有机会的话，可以跟她说说情况。"那是老张化疗效果不明显，已经肺转，开始吃靶向药时候的事。那时，李姐总是很高兴地跟我说，靶向药效果很好，吃了之后肺上的肿瘤就没有了。后来，我什么也没跟她说，也不用跟她说。所有的情况就是那样，说了或者不说，都是一样，反正他们每天都过得很好，这不正是我们想要的状态吗？

老张有个好朋友在印度尼西亚，给他寄来了上好的燕窝、鱼肚和竹荪，所以后来，她陪着老张在病房的时候，就择捡燕窝，还从网上买了个专门炖燕窝的盅，每天炖。后来病区里流行吃海参，他们又拜托在医药公司工作的朋友买了很多海参，也帮我们带了些。我也是那个时候学会发海参的，大致就是把海参在开水里煮上半个小时，然后放在冰的纯净水里泡上两天，每天换水。因为海参特别怕油，所以要戴上手套，防止手上的油沾到海参上。发好之后，轻轻地剖开海参的肚子，把里面的内脏取出来，然后放点生抽拌一下就能吃了。所以，那个时候老张每天都要吃一盅燕窝，两只海参。

老张妹妹从老家带来了包山楂，后来放了很久，没有人吃。我洗净了，用筷子把蒂和籽小心地挑出来，加上冰糖熬半个小时，妥妥的一锅老北京炒红果，酸酸甜甜，带到病房分给大家，被他们狠狠地表扬了一番。

其实，我也有几个烂熟的"拿手菜"，比如糖醋排骨和可乐鸡翅。常吃这些东西的人，一张嘴便品出高下，定然是要对我的手艺嗤之以鼻的。但是我身边的病友大多是北方人，不常吃甜食。我做出来，他们一吃，竟收到了很惊艳的效果，尤其是小朋友们，吃得很开心！

我还很偶然地学会了做王集瓦块鱼，这是家乡的名菜。一日，大牛想吃鱼，还要吃我们单位食堂里做的一样的味道。我使劲想了想，可不就是瓦块鱼吗？本来，这确实是极为难的事。我有生以来，似乎只做过一次鱼，但是因为实在太难吃，我和大牛一人吃一口，便全丢掉了，自此之后，再也没动过烧鱼的念头。

既然孩子说了，我就到网上搜了搜，没想到竟搜到了正宗的王集瓦块鱼！买鱼的时候，我选了条最小的，想着万一不成功，丢掉也不可惜。边上超市卖鱼是不用刀杀的，只有剪刀，把鱼肚子剖开，取出里面的内脏，就完事了。我求着杀鱼的小伙子帮我把鱼从后背剪了开来，再剪成小块，比画了半天，才最终完成。

我把鱼块用生抽和胡椒腌了10分钟，裹上面，在油锅里炸到金黄了，捞出来。葱、姜、蒜、花椒、八角准备了一大碗，在油里炒香了，加上生抽、老抽、料酒、醋、少许糖和水，把鱼放进去烧。差不多 20 分钟，香气已然弥漫着整个厨房！出锅前，再撒上香菜！尝了一口，味道真心不错，我被自己的手艺惊艳到了！我分给他们吃，大牛赞不绝口，帅妈赞不绝口，就连老张都说"嗯，鱼烧得不错！"要知道，他是开了 10 多年饭店的！

我还学着做了五红汤。打化疗的孩子不免出现贫血、转氨酶高等情况，所以五红汤在病区里很流行，据说有利于生血，就是将红豆、红皮花生、枸杞、大枣、红糖等五种红色原料放在一起煮汤喝。因为大牛不爱吃枸杞，并且绿豆又是保肝护肝的良药，我便稍微改了下配方，变成红豆、绿豆、紫米、红枣、红皮花生五样东西，早晚熬成粥来喝。其实我跟大牛吃的很有限，大部分都分给大家了。

最先搬离出租屋的，是老张他们。打化疗完全控制不了老张的肺转，并且他腿上的肿瘤也开始复发。医生建议做髋离断手术，但是术后的情况也很难说。后来，他们决定保守治疗，转到了北大人医，更擅长肺转的医院，开始吃靶向药。大约 8 月份的时候，他们的房间，转租给了别人。

我们是第二个离开的，在孩子结疗的时候。9 月份，赶着中秋节前夕，我也带着孩子离开了这个住了差不多 10 个月的地方。

站 起 来

　　到北京的第 110 天，术后第 18 天，转院到朝阳的第 12 天，积水潭的床位医生金博士来查房。他呵呵地笑着说："小胖该减肥了！"每次见面，他都这样说，但是孩子的体重依然在不动声色地增加。他教给孩子一些基本的练习方法，特别强调，孩子可以尝试着下床站立，强化力量，为后面装假肢做准备。

　　晚上，输完液，我就鼓励大牛扶着床站起来。他磨叽了半天，很是焦虑。最终，看着我期待的眼神，他还是站到了地上，双手扶着床边，残肢在旁边支棱着。有两分钟吧，他站着的腿变成了深紫色。我轻轻地扶他坐下，兴奋地跟他说："儿子，你能站起来了哎！"他微微地笑了下，说："妈妈，其实站起来也挺简单的。"

第二天下午，隔壁病房的小蒙溜达着过来。他已经能够拄着双拐，行走如飞。我就叫住他，请他给大牛介绍经验。

小蒙笑嘻嘻地说："其实也没什么，他拿到拐杖自然就会走的。先得站好了，腿能站稳，再用拐杖，就这样用胳肢窝，夹着拐杖，上身稍微向前倾斜，眼睛看向前方的路面，就能走起来了。"

大牛看人家走得好，不免生了争强好胜的心，拿过拐杖就想走。一开始，他还真的走起来了，慢慢地，一小步一小步地向前挪。很快，病房里的人们都围过来看。可能是因为人多吵吵，他有点着急分心，"啪"的一声摔倒在地，号啕大哭起来。

护士站就在边上，一个小护士赶紧进来，问怎么回事。看到孩子倒在地上，又把医生叫过来。医生看了之后，说没有什么大碍。我被他又惊又吓，半天才缓过来。

我把他安顿在床上，握着他的手，看着他的眼睛，轻轻地说："儿子，手术完了，我们就要想着怎样慢慢走起来了！这个过程会很艰难，妈妈也没有做过。所以我也不知道什么方法最好，怎样才能做到。我常常在想，换作是我，我能不能做好呢？其实，我也没有信心。可是，后来我想明白了，现在，我们谁都不知道该怎样去做，能够达到什么样的效果，但是我们要给自己定个基本的目标，摸索着去完成。只要你想要变得更好，妈妈就会陪着你去实现。"

第三天中午，他爸来了。小西请了理疗师傅帮忙按摩，据说多做按摩，帮助血液循环，有利于腿部肌肉强健。我们顺便请他教大牛走路。师傅告诉大牛，上身挺直，微微前倾，眼睛往前看，不要看脚底下，手和手臂用力，不要用胳肢窝用力。他又教他爸虚握着孩子胸前的衣服，一旦孩子要摔倒，就迅速抓住。有了专业的指导，他爸也很有威信，一个下午大牛就慢慢学会了拄着双拐走路，因为腿上没有力量，只能走几步，也着实让我高兴极了。

过几天，我们出院到出租屋。一天下午，我正忙着，大牛就在房间里大叫："妈妈，妈妈，快来一下！"我以为有什么要紧事，赶紧跑过去。

"好，妈妈，你别动，看我！"他说着，单脚站立在地面上，伸手从床上拿起毛衣，整理一下，套到头上，稳稳地穿好了，还不忘把褶皱的地方拉了拉，然后咣当一下坐到床上。

"妈妈，我都练习好几天了，已经能稳稳地站着超过一分钟。"我很惊喜，亲了下他的额头，坐在他边上，拉着他的手说："你还记得小时候，第一次自己穿鞋子的情形吗？"

他急忙说："我知道！我看过那个视频！我没穿衣服，但是把鞋子穿上了。"

"是啊！妈妈那个时候好惊喜啊，就在想，这个小东西，还不到3岁，怎么就学会穿鞋子了呢？后来，我跟很多人讲过这个事情，妈妈高兴啊，为你感到自豪。今天，妈妈比那次还高兴！你怎么一下子就有了这么大的进步，不仅能站起来，还能站得那样稳，那样持久，还能把衣服都穿得好好的！妈妈平时都太小瞧你了！我从现在起要对你刮目相看了！"

我们俩大笑起来！

我第一次接触假肢厂的人，是在积水潭等待手术的时候。晚上7点多，一个背着包的年轻人到了我们病房。当时我不知道他是做什么的，西妈隐晦地跟我说是假肢厂的。

看病久了，大家大致都知道，治疗效果差不多的病人都会选择保肢治疗，哪怕是肺转了，只要化疗效果可以，都会选择保肢。截肢的都是情况很不好的，所以大家都避而不谈。假肢厂的推销员会挨着房间串门，打听截肢的孩子。听说大牛准备做截肢手术，推销员就找到了我。

他中等个头，身材瘦小，眼睛眯缝着，走起路来稍微有点跛，讲话声音不大，但是感觉很诚实，张口闭口"姐！姐！"地叫着，让人觉得很亲切。他拿出产品的宣传彩页，向我解说各种产品。由于那时我还没顾得上做假肢的事情，也没有做过功课，所以他说了些什么我也不太懂，只知道有几个价位的产品。他推荐给我们一款，价格在3万多元，说已经完全够用。最后，他留下了名片和宣传彩页，也留了我的电话，说等转到了朝阳那边再联系。

隔了两天，又有一个假肢厂的小伙子来找我。他也是差不多的身高，差不多的行头，差不多的背包，里面装着宣传彩页，戴着眼镜，显得儒雅斯文，但是讲起话来又激昂嘹亮，很有感染力，也更加讨喜。他们好像约好了一样，向我们推荐的都是大致差不多价位的东西，最后，他也给我留了名片，要了我的联系方式，约好了到朝阳再联系。

那段时间，每天都在处理手术相关的事情，没有心思，也没有必要考虑假肢的事情，所以就搁置了，但是他们给的关于假肢的材料，我都保留了下来。

到了朝阳之后，没有打我电话，他们就在病房找到了我。他们每周都要到病区转，每个病房都要过，每个截肢的孩子他们都能打听到。

那个戴着眼镜的小伙子叫小张，是恩德莱假肢厂的销售员。他说："姐，我也是穿假肢的，用的就是我们家的假肢。没事，一点都不影响生活！你看我，走了 1.5 万步，跟正常人一样。你再看我走路，姐，要是不知道，你能看出来我是穿假肢的吗？"他说着又大步流星地走起来。他截肢的位置跟大牛差不多，但是若没有事先知道，我真看不出他穿了假肢，不仅走得稳当，步态也是相当好。

"姐，你看看我的假肢就知道怎么回事了！"解释了半天之后，为了更直观地告诉我假肢的原理，他就撩起裤子，把自己的假肢展示给我看。那个时候我才知道，原来大腿假肢由接受腔、关节、脚板组成，而其中至关重要的是关节，直接决定了能不能走得起来、走得好。

"我们建议你给孩子配个气压关节就好了。机械的太差，一点缓冲都没有，走起路来咔嚓咔嚓响；气压的走起来就好多了，有缓冲，走的步态明显不一样，另外价格也比较适中。咱们给孩子看病花了很多钱，孩子小，现在没必要买那种太贵的，这种气压的基本就够用了。更好的，就是液压的，贵一些，但是孩子小，比较顽皮好动，液压关节保护不好，容易漏油出故障，所以我们也不是太建议你们用。"

后来，更多假肢厂的人找到我，推荐的产品差不多，价位差不多，连说辞都差不多。我也了解到，我在积水潭见到的第一位业务员，也是残疾人，截肢的位置更高一点，走起路来，稍微有点跛，但是也并不影响他奔波在各种医院里，做推销员的工作。那个时候，大牛的伤口还没有拆线，离做假肢还有一段时间，但是这样慢慢接触，我对假肢的了解越来越多。

假肢厂的业务员态度都很好，大都年轻，见了面，都是"姐！姐！"地叫着，我们很快建立起友谊。唯有一次，我有了被冒犯到的感觉。

那是个高大帅气的业务员，就是那么寻常地来一次，随便聊聊天，增进友谊。我讲到前面来的业务员是残疾人，但是走起路来，还不错，跟正常人一样。

小伙子可能觉得我说话倾向性太强，当即说："姐，有些厂家用残疾人做业务员，我们公司是不会用残疾人做业务员的，会影响公司形象。"听到这句话，我内心愕然，半天没缓过来。

他挣残疾人的钱，眼里却没有残疾人，也不曾真正理解、认真对待残疾人，我挺失望的，同时也对孩子的未来有些许担忧。在医院里，孩子们都是一样的，我们没有谁觉得残疾会是问题，我们只觉得所有的生命都是这样珍贵，活着本身就无比幸运。然而，走出医院这个避难所，社会也许比我们想象的要复杂得多，未来我们面对的困难可能远超我们的想象。

很快，小蒙的假肢做好了。他身材不胖不瘦，人又灵活、爱锻炼，很快就走得很好。他是在恩德莱做的，用的是气压关节配普通脚板，一共是 3 万元钱。

关于做假肢，我和老乡成妈、生妈，开了个小会。小成是髋离断，小生是小腿截肢。对于假肢，她们都做了很多功课，哪家的关节好，哪家的脚板好，哪家适合做髋离断，哪家适合大腿，哪家适合小腿，她们都说得头头是道。并且，她们家孩子伤口长得比较快，都已经在各个假肢厂做了腔，试过了，所以也更有说服力。她们一致认为，接受腔最重要，只有接受腔舒服，孩子才愿意穿，才能走得起来。小生先做的，他们试了几个腔之后，觉得恩德莱的腔最舒服，就在那里做了。小成那个时候还没做，不过也打算去那里试试。我琢磨着，抽空去看看。

新年第一次住院，大牛因为感冒打不了化疗。住院的第四天，天气晴好，风很大，因而北京零下十几度也不显得很冷。一早跟医生请了假，我就带着大牛去假肢厂做接受腔。

9 点钟，恩德莱的业务员老周开车来接我们。我拿着行李，他帮我把大牛推出去，扶着大牛上车，又把轮椅塞到了车子的后备厢。聊天中我才知道，老周也是残疾人，左侧小腿截肢，带上假肢，走起路来，完全看不出异常，而且他做着这些很费力气的事情，完全没有障碍。后来我们发现，他们公司大部分工作人员都是穿假肢的，包括技术人员和理疗人员。他们走得都很好，完全不影响工作和生活。身边这些活生生的例子，让我对未来充满希望。

老周很健谈。从医院到假肢厂大约 30 分钟的路程，他一直跟我们聊天。他说，医院里很多孩子都在他们那儿做的假肢，数说的名字有我知道的，也有我不知道的。他说，现在的假肢技术越来越好，截肢的孩子生活质量比保肢的孩子生活质量不差什么，保肢的孩子假体在身体里，其实也不安全，磕着碰着都很麻烦，所以他们平时都要谨小慎微，不敢随便运动。但是假肢不一样，穿在外面，随便你怎么活动，都没有大的妨碍。你看那些人，穿着假肢跳舞跳绳跑步爬山的，多了去了，最坏的结果就是坏了，重新做，那有啥影响？没啥影响。他说，天天在医院里跑，他见过太多因为保肢手术出了问题，又做二次三次手术的，也给很多后来又截肢的孩子做了假肢。他说，穿了假肢的人，只要训练得好，跟正常人没什么差别，基本不影响功能，但是一定要有信心，大人要相信孩子，孩子要相信自己。

到了假肢厂，老周带我们参观了他们的展览室，向我们介绍了假肢厂各种资质、各种产品，然后把我们带到了训练室，那里有两个年轻的医师在现场指导，几个人穿着假肢练习走路。他推荐给我们的是气压关节，外加万向踝脚板，说是比较适合大牛，费用是 4 万多元，优惠之后是 3 万多。如果觉得可以，现场交 3000 元定金。如果最后不想买，定金还能退。我们现场签了合同，取了接受腔的模。

和我们一起现场取模的还有个内蒙古的孩子，已经 17 岁，肿瘤长在脚踝处，小腿截肢。这种情况也是我所羡慕的。大牛跟我说："妈妈，如果我的肿瘤长在脚掌上多好。"过一会又说："妈妈，如果我的肿瘤长在脚趾头上多好。"是啊，膝盖下面截肢，装上假肢，基本不影响正常的生活运动，啥也不影响，多好！

我们见过一个肿瘤长在小腿腓骨上的，就是小腿后面支撑的那根骨头上。他们的手术方案就是把那根骨头取下来，据说也会对走路有一点点影响，但是影响微乎其微，基本可以忽略不计。

节后回到北京，腔做好了，老周又开车把我们带到假肢厂试穿。那是个板材的腔，两层，里层比较软，保证舒适度，外层比较硬，起支撑作用。因为是两层，比只有一层的树脂腔要更重些。

感觉自己马上要走起来了，尽管刚打过化疗没多久，身体还虚弱得很，大牛依然很有些兴奋，迫不及待地要把假肢穿起来。然而现实情况是，第一次穿假肢，他有诸多不适应，哪哪都不合适。打化疗的日子，每日躺在床上不运动，又用了很多激素类药物，胃口还一直好，大牛变成了真正的胖子，再加上他平时没怎么锻炼残肢，也没有包裹塑形，腿上肉多且散，拉布裹上腿，就会绞缠在肉里，拉起来很费力，痛得很；好不容易穿进去了，腔体与腿部接触的地方又开始磨起来，一会就破皮出血。走路就更难了，左腿残肢缺乏力量，想要稳稳地站在地上都难。

一天下来，大牛很疲倦，也很沮丧。

"妈妈，我大腿那里好痛。"回去的路上，他跟我叨叨着。

"嗯，妈妈知道，你一定痛死了。"我摸着他的头，轻轻地跟他说。

"妈妈，如果可以不截肢就好了。"他惆怅地说。

"嗯，是啊，如果不截肢，就不用这么费力地锻炼了。"

"妈妈，我看旁边那个人走得超好，一点不费力，好像也不疼。"

"嗯，我也看到了。你下次过去，跟他请教下经验，看看为什么可以走得那么好，还不疼，好不好？"

"嗯，也许他有什么妙招。"

"嗯，我觉得他一定有妙招。"

叨叨着，他的眼皮慢慢地沉下来，睡着了。

老周开着车，飞快地穿过一片别墅区，夕阳照在小区的外墙上，金光闪闪，一片辉煌。

2月底，我们又去另外一家假肢厂取了模，做了腔。很快，腔做好了，业务员接我们去练习。可是，腔似乎很不舒服，孩子练习得很痛苦。刚一穿上，多处挤压得痛，跟技师说了改，却总也调不好。再后来就是腔一穿上就往下掉，总是穿不好。整个下午，大牛不停地穿腔脱腔，后来气急败坏地跟我说："妈妈，我真想把这个腔给烧了。"

"儿子，你觉得上次的腔怎么样？"我问他。

"那个也很疼，但是比这个好多了。"他说。

后来，又有一家假肢厂邀请我们去试。大牛已经对此万分憎恶，坚决不去。最后，我们就在这里做了。

3月下旬，第六疗结束歇疗的时候，我们到假肢厂住了4天3晚。大牛白天练习站立，尝试着走路，晚上我们就住在假肢厂的公寓里，每天80元钱，也算是很优惠了。那个时候，医生要求每天打升白针。所以，我就把针带着，放在假肢厂的冰箱里，自己给他打。我跟病区的护士确认了好多遍，并且当着她们的面操作过了，得到了肯定，才开始自己下针。打针之前，我先让自己认真思考两分钟，确认每个环节，再开始动手。把需要用的东西准备好，放在干净的桌面上，再把大牛的胳膊准备好，然后取出三支棉签，两支沾好了碘伏，在打针的部位消毒，一支夹在左手食指和中指之间，留着止血。针扎在大臂偏上的位置，倾斜45度，轻轻地把药水推进去。最初，大牛很担心我打针会比较疼，在我准备打针时很焦虑。后来发现，我打针的技术竟然还不赖。他就很开心地说："妈妈，你真厉害！比那些护士还会打针！"

在假肢厂练习走路的人有好几个，大部分都是事故导致截肢的。了解了大牛的情况，他们都开始同情我们，又觉得自己没有那么倒霉了。大家很喜欢互相交流经验，尤其是喜欢给新来的介绍经验。一位30来岁的男子，也是左侧大腿截肢，已经练习两周了，跟我们说："刚开始的一周，我不走，就在那里站着，练腿部力量和重心转移，要习惯将身体的重心平均分配在双腿上，而不是单单用好腿用力。第二周开始练习走路，我就注意调整姿势。一开始把步态控制好了，走起路来，跟正常人一样，一开始没练好，后面就很难纠正了。"

另外一位男子说："走路的时候要绷着点劲儿，身体微微前倾，防止跌倒；要控制好节奏，好腿和假肢要统一步调，好腿等着点假肢，假肢要跟上趟，慢慢来，从最慢的开始，这样步调一致，就能走得又稳又好看了。"

3月下旬，我们带着假肢，回到了医院。晚上，我怂恿大牛穿上假肢，出去走走。他穿着大短裤，假肢没有包边，下面露出金属支撑杆，在病房的走廊里转悠了一圈，引得病友们围观。其实倒不是因为他的假肢样子奇怪，而是看到孩子这样走起来，病友们都会不自觉地聚在一起小小地庆祝一下。然而，尽管大家都在鼓励他，他还是被激怒了，气呼呼地回到病房，狠狠地将拐杖摔在地上，把假肢脱下来，用力丢在一边，脸朝里，躺到床上生闷气。

我觉得有点抱歉，没有给孩子做任何心理建设，就迫不及待地把他推到众人面前，似乎有些不妥。尽管在病区，大家对于走得乱七八糟的孩子都是满满的祝福和欣慰，可是孩子自己可能还需要一个适应的过程。

我坐在床边，轻轻地抚摸他的后背。一会儿，我感觉到他因为哭泣抽搐而微微抖动的身体。

"对不起，妈妈错了。"我低低地在他耳边说。

他转过脸来，把头埋在我的臂弯里。

过了一会，他轻轻地说："妈妈，走路太难了！我很想走好，可是就是走不好。我想走快一点，可是我不敢，我的腿也跟不上，我觉得我会挡着别人的路。"

我用力地点头，告诉他："嗯嗯，妈妈知道。我的孩子，你能走起来就已经很了不起了！我都对你佩服得不行不行的！这个时候，你走得多么慢，别人都不会怪你的，他们还会主动给你让路，也会像妈妈一样觉得你很了不起！"

他又说："妈妈，大腿那里太疼了，我一点都不想碰到它。一碰，就火辣辣地疼，就好像肌肉要撕开了一样疼。"

"嗯嗯嗯，妈妈知道，最开始的时候，一定会很疼的。刚刚妈妈在想，如果是我经受这样的疼痛，一定会哭出来的！"我安慰着他。

"嗯，妈妈，哭出来，可能会好一点。"

"嗯，是吧……我想，我在面对疼痛的时候，绝对没有你厉害！"

"妈妈，我这个要疼多久，才能不疼了呢？"

"这个啊，我也说不好。也许习惯了，或者磨出老茧来了，就不疼了吧。"

"妈妈，那要多久呢？"

"这个啊，我不敢乱说，有空，我问问老周叔叔，好不好？"

"嗯，你帮我问问，看我还要忍多久。"他说着，擦了擦眼泪，不吱声了。

第二天带大牛去做心电图，我征求他意见，是想我推着他下去，还是他自己走下去。他想了一会，说："我自己走吧。"他穿上假肢，一手拄着拐杖，一手扶着我的手，慢慢往外走，走得很平稳。做完心电图，我们又溜到楼下的超市里，买了些吃的。他买了个脏脏包，说是昨天在广告里面看到了，好像很好吃。回到病房，他就大嚼起来，很快变成了大花猫，我们俩哈哈大笑起来。

接下来，看病的日子，大牛就经常跟我一起走着出去。但是，大部分时候，我们还是推着轮椅，他想走，就下来溜达，累了我就推着他。就是这么着，小日子比以前又更加美妙些。

结疗回家后，有差不多一个月的时间，大牛自在快乐而又无聊透顶地窝在我们小小的家里，在那张宽敞的床上，读书，追剧，看小视频，打游戏。

一天晚上，我约上闺蜜和她儿子一起聚餐。听说有小伙伴一起，大牛似乎很感兴趣。他穿上假肢，拄着双拐出发了。我们吃饭的地方在商场四楼，我把车子停在商场地下一层的停车场，一起乘着扶手电梯上去。大牛只是走了一点路，已经怨声载道，痛不欲生。他不停地跟我说："妈妈，我的大腿痛！""妈妈，我的脚脖子痛！""妈妈，我的屁股痛！""妈妈，我的腰痛！"最后变成了，我帮他扛着假肢，他拄着拐。

　　回家后我想，这样的情况，不是我们要的。我必须要让孩子走起来！于是，出院一个月以后，我送他去上学了。那天中午，他拄着双拐，穿着校服，自己走进了学校。两周以后，他跟我说："妈妈，我不要带拐杖了，我不用拐杖也可以走了。"

　　"要不只带一根吧？防止摔倒了，还能帮你省点力气。一点一点适应，会更好呢。"

　　"没事，放心吧，我在学校里一根都不用的。"他信心满满地去了，自此之后，穿着假肢的他，再也不用拄拐了。

　　2021年暑假，我们给他重新做了液压假肢，又把他送到康复医院做康复训练。一个暑假下来，他路走得更稳了，步态也更好了，不过跟那些真正走得好的人比起来，还是有很大的差距，还得要慢慢训练才好。

　　现在，大牛已经是1.80米的大小伙子，我偶尔会惆怅地跟他说："儿子，如果你的腿脚好好的，就能帮妈妈做很多事情了。"大牛说："妈妈，其实我现在也能做。"所以从超市回来，他总是会帮我拎东西，我也不客气。未来的路那么长，比这个难上千倍万倍的事情还在等着他呢，今天，就让一个不那么强壮的妈妈来锻炼他吧。

新　　生

2019 年 9 月 13 日，赶在中秋前夕，我带着大牛从北京回家了。

在此之前，我们做了非常艰难的抉择。就在 3 天前，我带大牛又住进了医院，准备打术后的第 15 个化疗。孩子前面化疗打得比较顺利，身体条件也好，医生建议，以孩子的情况，术后再多打几个化疗，可能会更保险。我们已经多打了两个化疗。然而第三个化疗是联合，也就是阿霉素和顺铂的联合用药。我跟他爸讨论了很多次到底打还是不打，因为我们知道阿霉素用药量过大会给孩子造成不可以逆转的损害。

我们去找医生对接过很多次，希望把联合用药改成甲氨蝶呤，或者是跳过联合，直接打甲氨蝶呤，但是医生不同意，说治疗必须按照规范化用药方案走，她没有权利给我们改变治疗方案。尽管我们苦苦哀求，但是无济于事。那个早晨，办了住院手续之后，我和孩子坐在医院一楼的大厅，看着人来人往，孩子在我身边不停地叨叨："妈妈，我不要打化疗！妈妈，我绝对不要再打化疗！妈妈，我不要打化疗！"

中午，我做出决定，带他回家。其实对于治疗骨肉瘤，多一个化疗或者少一个化疗，到底会产生什么样的效果，医生也说不太清楚。不过，多打化疗总该是更加保险吧。于我们而言，在那个情境之下，听从医生的安排，可能是我们所有选择中，最明智、最轻松、最不会后悔的。医生帮我们做决定，即便是错的，我们也不会怨恨自己，未来的我们也不用承担任何的心理风险。而我这样决定带他回家，那么以后孩子出现任何风险，我都会自责一辈子。我和他爸就是深刻地认识到了这点，所有的抉择都是慎之又慎。

但是这次，我还是这样决定了。我给他爸打了电话，他爸没有反对。之前的决定，都是他爸拿主导意见，我默许，因为我害怕做决定，害怕承担责任。这回，我担当了。当天，我就给大牛做了拔管手术，取出人工血管，住了一天院，第二天就出院了。

我抽空又去了趟雍和宫，拜了拜曾经给了我极大精神支撑的各路佛祖菩萨，算是为他们护着我们俩一路走来，还个愿。带着大牛去吃了烤羊排。那家店就在医院边上，良心店家，只是一个烤羊排，就好大一盆！感觉吃不完，就先打包了一盒，带给病友，我们才开动，这也是住院之后掌握的生活技巧。

吃完饭，我们溜达着回出租屋，顺便买了 20 元的刮刮乐，没承想竟刮到了 50 元钱。这回，大牛当机立断，携款离开，把那 50 元钱放到了他的手机壳里。回到出租屋，整理下东西，主要的东西，之前已经陆陆续续带回去了，剩下的都是衣服、锅碗瓢勺那些，该扔的扔，该送人的送人，该寄回家的寄回家，很快收拾停当。隔天我们就坐上高铁回家了。

刚回到家的那些天，大牛过上了非常惬意、平静而又快乐的日子。白天我上班，他在家，不下楼，不出屋，每天窝在他的床上读书，追剧，玩游戏。差不多三周，他每天笑得很大声，愉快地分享他所看到听到想到的那些东西，但是我却感觉不到他生命的张力。在一定程度上，我感受到了因为圈在屋子里而产生的腐朽气。我认真思考了几天，决定送他上学。

他爸对此坚决不同意。他觉得孩子刚刚出院没多久，身体还很虚弱，应该要好好休养一阵子。具体多长时间，他的想法是一年，也就是说到 2020 年 9 月份开学的时候再送他去上学。

我不能同意他的意见。不上学则意味着，他大部分的时间会待在屋子里，躺在床上，不走路，不跟别人接触，依然是个病人，和其他孩子不一样的孩子。我不能任由这种情况持续。我要让大牛跟其他孩子一样，走在校园里，坐在宽敞明亮的教室里，跟同学们交流，聊天，辩论，回答老师的提问，参加考试，因为获得好的成绩开怀大笑，因为考不好惴惴不安。我要让他跟所有的孩子一样，正常生活。

我不再跟他爸商量，直接找到学校。大牛生病是在他三年级结束四年级尚未开始的那个暑假。我们打算返校的时间，刚好是四年级第一学期期中考试刚刚结束。我担心孩子一年多没上学，现在半个学期的课程拉下来，他跟不上进度，所以想让他跟着三年级走。但是，老师们提出了反对意见。他们认为，大牛本来就比同龄的孩子高，现在跟着四年级上学，已经又大了一岁，在班级里已经是过分高了，而跟着三年级走，这种情况将更加严重。况且，问题不仅在于身高，还有孩子的心理悬殊，跟小两岁的孩子相处，孩子很难适应，最好的办法是跟着四年级走。

关于学习，老师们对大牛很有信心。他们说，三年级之前的知识点很少，他成绩也还不错，所以基本不用担心那些。四年级已经学习的知识点也很少，如果实在不放心，可以给他稍微补补，需要补的主要是数学和英语，至于语文，孩子阅读了大量的书籍，学习上没有任何问题。

就这样，我们敲定了让孩子进四年级的班级，下周一就去上课。考虑到大牛身体的不方便，学校给他安排在一楼最靠近洗手间的教室，班主任是个男老师，发生一些特殊情况，也更方便处理。

办好了复学手续，我才告诉大牛。他已经习惯了不用上学的日子，也不愿意面对上学这件事。当知道要重返校园时，他当即大哭起来，咆哮着跟我说："我不要去上学！我不要去上学！"。

我不吱声，就看着他。等他累了，停下来，我问他："为什么不想去上学？"

他说："我什么都还没有准备好！"

我问他："你要准备什么？"

他沉默了半天，跟我说："你看我路还走不好，怎么去学校？我很久都没有去上学了，我什么都忘光了，我什么都不会，怎么去上学？我一个人都不认识，一个朋友都没有，怎么去上学？"他说着，越发大声地哭了起来。

我坐在他的床边，轻轻地抚摸着他的手，看着他的眼睛，对他说："儿子，这些都不是问题，有妈妈呢，妈妈会帮助你的。你还记得我们生病住院之前的那个月吗？那个暑假，你每天都在认真学习，从早上到晚上，做那么多试卷，读那么多书。最后，你数学可以轻易考到100分，英语也能考到100分，语文考不到100分也能考95分！想一想，那时候你多厉害啊！这些都是你努力得来的成果，现在还在你的身体里。你只是生病了，脑子又没有变坏！儿子啊，我都问过老师了。语文呢，你读了那么多书，甚至读了很多妈妈到高中、大学时候才读的书，所以文学素养已经足够了，即便你很长时间内什么都不学，也会很优秀；

英语呢，妈妈就能帮你补，你知道妈妈英语一直都很厉害。况且，你一直都很有语言天赋，那一点知识量，于你都是小儿科，放心吧，一点问题都没有。数学吧，我觉得需要给你补一补，主要是梳理一下知识点。我已经跟一个非常好的老师联系过了，让他来给你补补。他非常善良，和蔼可亲，又很喜欢自己的学生。让他来试试，你要是喜欢，我们就让他给你多补，如果不喜欢他，妈妈再给你找老师，怎么样？咱们先试试，试完之后再做决定，好不好？"

他看着我，没有吱声。

我说："好，妈妈就当你是同意了，周六的时候我请老师过来给你上课试试。"

周五中午，我就带大牛去了学校。我想在正式上学之前，带他去熟悉下环境。其实，我本来打算早上就带他去的，但是他一会儿哭一会儿闹，忸怩着不起床，不去学校。后来，我就握着他的手，跟他说："妈妈知道你现在心情很复杂。这样吧，给你整个上午的时间调整心情，咱们下午去，怎样？"

他尽管有万分不愿意，最终还是沉重地点了点头。

下午去学校的路上，他嘴里不停地叨叨："妈妈，我不想上学！妈妈，我不想上学！"我只当没听见，径直把他带到了学校。他下了车子，挂着双拐，艰难地挪着步子，一脸的怒气和恐惧。我走在他身旁，静静地陪着他往教室的方向走，一言不发。

当我们走到教室门口的时候，大牛故意将脸转过来看着我，不敢转向教室。这个时候，教室里忽然响起了雷鸣般的掌声，同学们齐声说："欢迎欢迎，热烈欢迎！欢迎欢迎，热烈欢迎！"大牛被这阵仗惊了，脸上立刻绽开了笑容。他轻轻地在我耳边说："妈妈，这个班级挺好的！"

此时，一个男孩已经迅速跑到办公室，把他们班主任李老师叫了下来。这是一个高高帅帅的年轻小伙子，他一路小跑地来到我们面前，微笑着说："欢迎你来到我们的班级！"

大牛腼腆地笑了下，点了点头，看向地面。老师带着大牛参观了教室，给他安排在了第一排靠近门边的座位上，又告诉他洗手间在哪里。

看完这些，我们俩回去了。路上，我问他："你对这个班级还满意吗？"他简直有点兴奋地跟我说："妈妈，我挺喜欢这里的！"

周六下午两点，给他补习数学的单老师来到我们家。那是闺蜜的亲戚，很快乐、很灵活的老师。他会讲很多好玩的事情，课上得非常有趣。不到两个小时，他就把三年级之前小学数学的知识点都讲完了。上完课，孩子兴奋地跟我说："妈妈，这个老师特别搞笑，很喜欢说笑话。他知识面很广，告诉很多我不知道的东西。"

我问他："你还想不想这个老师再来给你补习？"

他说："我觉得挺好，可以的。"

于是周日，单老师又来了，这次他把四年级上学期期中考试之前的数学部分又给孩子梳理了下。上课结束的时候，单老师说："大牛是个聪明的孩子，基础知识很扎实，所以一点都不用担心，放心去上学吧！"

周一早上，我把他送到学校。学校食堂在四楼，需要通过很宽而没有扶手的楼梯，孩子上不去，中午我给他送饭。后来，我又买了保温饭盒，早上给他做好了便当带着。我并不太擅长做饭，所以常常剑走偏锋，除了荤的素的菜带一点，也做点寿司、蛋炒饭之类的，都是孩子们比较喜欢吃的。大牛有次笑着跟我说："妈妈，我同学都觉得太不公平了！他们吃的和我吃的，相差也太远了！"大概学校食堂的饭，很是一言难尽吧。后来，大牛的爷爷从老家来了，每天中午做好饭给他送去。他是一个很会做饭的老人，每天换着花样做好吃的给他。

孩子回归校园，我对他的成绩要求并不高。有次，我跟他说："我不要求你学习多好，只要你自己满意就好。"他反而认真地跟我说："妈妈，你知道吗？家长对学生的要求是优秀，那么孩子只能做到良好；家长对学生的要求是良好，那么孩子只能做到一般；家长对学生要求一般，那学生就只能做到差了。"

"那你的意思……还希望我对你要求更高一点吗？"我笑着问他。

"嗯，妈妈！你应该对我要求更高一点，那我才能做得更好！"他一本正经地跟我说。

"哈哈！原来你还这么有志气！"我不禁大笑起来，"学习是你自己的事情啊，你自己决定，我做好保障就是了！"

期末考试，他不但没有跟不上，还拿回来"学习之星"的荣誉，这又让我们大大地高兴一番。

因为每天上学，大牛走路也越来越好。最初走进校园，他是挂着双拐的。为了安全，老师让我每天给他送到教室里面，晚上到教室接他。有次晚上放学，我去得稍晚了点，他正站在教室外面的走廊里，挥舞着拐杖，跟我说："妈妈，你看，我练出来一套耍棒的功夫！"他站得很稳，拐杖在他的手里，上上下下，虎虎生风。

最初在学校，他总是很慢，很小心，唯恐摔着了，也没有摔倒过。直到两个月后，我侄子小宝的生日，大家一起出去吃饭。我和妈妈在前面，他跟舅舅在后面走，一不小心，"啪"就仰面摔到了地上。我吓坏了，赶紧跑过来。我妈气得怪他舅舅没有照看好他。大牛在舅舅和大表哥的帮助下站起来，摆着手说："没事！没事！"其实，确实也没有什么大问题，他爬起来就走。

因为担心磕着碰着，大牛最初不出操、不上体育课。后来，他越来越大胆，老师们对他也越来越放心，操也出，体育课也上。他跑不起来，走路比较慢，就跟着大部队后面走。他跟我说："妈妈，每次大家跑步时，我一开始跟着后面走，然后就抄近道，跑到他们前面去。"大牛也会拍球，甚至踢球。我们俩经常配合着到门口的过道上运动。当然，他为此没少摔跟头。而正是在摔摔打打中，他开始变得越来越勇敢，越来越坚强，也更加学会了控制自己的假肢，让自己走得更好。

在学校，大牛没有变成内向、自闭的孩子，反而异常开朗、外向。"这孩子太活跃了！每天举手最多的就是他。有时候，我就跟他说，你少说点，也给其他的孩子留点机会。"他五年级的班主任田老师有次跟我说，"不过，对于一些艰深的问题，其他的孩子回答不了，我就让他来回答。他思想上确实比其他的孩子成熟，回答问题也总能一语中的，答到点子上。"

有次科学公开课上，老师安排了关于中西医治疗哪个更好的辩论赛。当时，参加辩论的孩子都到讲台边，他不方便过去，就在下面听。后来，实在忍不住了，他就在座位上，表达自己的观点。他站在西医这边，跟对方三个孩子辩论，说得头头是道，稳占上风。

大牛出院时已经是个不折不扣的小胖子，圆不溜丢的，让人着急。很快，减肥成了我们最重要的话题之一。

五年级以后，他就开始正常在食堂吃午饭，早饭和晚饭我来安排。我们很少吃主食，主要就是蔬菜、水果、瘦肉、蛋、牛奶、蘑菇一类。我学着做拌菜，把各种菜煮熟了，加上零卡的油醋汁，拌着吃。肉一类的，也是先煮熟了，再加工。所以，我们经常吃到拌西兰花、紫甘蓝、菠菜、蘑菇小青菜这些，我还学着做了干锅包菜、千刀肉，放很多包菜、蒜薹，少放一点肉粒，大牛可以吃一整盘，也就算一顿饭了。偶尔也烧个咖喱牛肉饭，因为咖喱酱的热量比较高，我们就少放一些，只是有点咖喱的味道。我很会做饺子，薄薄的皮，里面包上各种蔬菜调出来的馅儿，有时候煮，有时候蒸，似乎热量也比较低。

对于这样清淡的饮食，大牛吃得没有怨言。他不仅不觉得自己受了委屈，反而常常因为我也要陪着他吃这样的东西觉得抱歉。他希望可以减肥，因为他已经到了爱美的年纪，他总觉得胖胖的他，不那么好看。

后来，我们给他换了假肢，比原来的关节更灵活，走起来更容易摔，爷爷带他在假肢厂练了三天。回家后，我们给他送到附近的康复医院做康复训练。正好赶着疫情，医院不接受门诊，只能住院做训练。差不多两周时间，都是他自己在医院住着，爷爷负责送饭。他的康复老师是位年轻可爱的小姑娘，讲起话来干脆利索，铿锵有力。她告诉我说，孩子训练很努力，每天上午一次，下午一次，都能够按照标准、根据要求，完成各项训练任务。入院的时候，他的腰围是 102 厘米，出院的时候变成了 95 厘米，他在训练中消耗了能量，肌肉也变得更加紧实，路也走得更稳了。

运动方面，考虑到孩子的现实情况，他爸给他找了游泳教练，办了游泳卡。2020 年那个暑假开始，差不多每天都去。后来开学了，一周就两三次。到了冬天，受疫情影响，他就停了一阵。后来，他爸又给他办了一张卡。因为到了六年级，学习任务重，作业多，他经常游完泳回来，已经很累了，还要写作业。看着他这样辛苦，我也心有不忍，就跟他说："如果很累，咱们就不要去了，等到考试以后再去。"反而是他自己不同意，跟我说："妈妈，没事的，我能坚持！也没有多辛苦！"

就这样，出院之后的三年时间，大牛体重一直保持在80公斤左右，而他的身高已经从1.65米长到了1.80米。随之而来的好消息是，大牛从术后第一次CT检查就开始报告的脂肪肝，后来CT报告中也不再提及。这是振奋人心的好消息，大牛感受到了前所未有的成功喜悦，也更增加了他坚持运动的动力！

而出院后，我们最最不可回避的问题还是复查。术后两年以内，每三个月复查一次，之后半年复查一次。最初，我们到北京复查。后来受到疫情影响，进京出京比较麻烦，我们就在本地的医院复查。孩子主要需要做的检查是肺部CT，可能骨肉瘤术后的孩子，最大的风险是肺转移。一年做一次骨扫描。每到复查前的1～2周，我就开始焦虑，心情忐忑。那个时候，我就频繁地跟病友联系，问他们有没有给孩子喝中药，有没有吃什么特殊的保健食品之类。

关于孩子喝中药的问题，我也很纠结。他爸完全不相信中医中药，坚决反对给孩子喝中药，他觉得只要跟着医生的节奏，安排好孩子的各项治疗事宜就好了，吃中药还会增加孩子的肝脏负担。本来，我觉得孩子还是应该要喝中药，现在大问题已经解决了，喝点中药补补身体，提高免疫力，总是好的吧。但是，我因为肠胃不好的问题，曾经喝了几个月的中药，太知道喝中药的苦楚，所以也是摇摆不定。

朋友给我介绍了位老中医，是南京中医药大学的教授，在肺癌治疗方面很有些造诣。他听了孩子的情况，建议说，可以喝点中药，坚持喝两年。就给孩子开了些不那么难喝的中药。但是，孩子坚持喝了一年不到，便不愿再喝了，我也不想强迫他。所以，每次到了复查的时候，我就很自责，没有让他坚持喝中药，不知道会不会对他产生什么不好的影响。

每次检查结果都很好，直到 2022 年 3 月份，检查报告赫然写着："肺部多发性实性结节。"妈呀，吓得我一身冷汗，眼泪刷就出来了。要知道，所有那些肺转的病友，肺部多发性结节都是最重要的评价标准。我把结果拍给他爸。他爸打电话过来，问是什么情况。我就忍不住地哭出声来。

后来，医生看过了，笑着说："没什么要紧的，很小的结节，在医学上没有评价意义。"我反复跟他强调孩子的情况。医生说："我说没事就没事！你看，这个最大的结节，还不到 3 毫米，很久以前就存在了，现在一点变化都没有！如果是转移灶，早就不得了了！"

后来，我又去找那个中医专家。他也说了类似的观点。他又补充说："一般癌症复发，90％以上都是在术后两年以内。两年以内没有复发，复发的可能性就比较低了。孩子都已经术后两年多了，不用太担心，定期做复查就行了。"这才让我悬着的心好过了点。

后来听说，因为现在的 CT 精度太高，很细小的结节都能拍到，按照这样的标准，应该是很多人都有肺部结节，而且不止一个。读片写报告，每个医生有不同的理解和习惯，同样的情况，不同人会用不同的表述，"多发性结节"就是一种表述习惯而已。

2019 年的 5 月底，孩子的治疗接近尾声，看着孩子一天天好起来，我的内心充满快乐，那个时候我开始思考，下一步我该做什么？这一整年大部分的时间都在陪孩子看病，生活大多在柴米油盐中过去，我真切地感觉到身体在时光中的腐朽，思想在油盐酱醋中变得迟钝，我感恩上天对我的眷顾，但是没有学习，没有进步，我又感到了前所未有的恐慌。我担心当我去盘点这些时光时，无话可说。于是我决定考法考，5 月 30 日决定，从网上买书，6 月 1 日正式开始复习。我报了补习班，陪孩子看病的间隙就在学习，每天戴着耳机听课，从早上一睁眼到晚上临睡前，一刻不停，最多的时候，一天学习 14 个小时。

8 月 31 日客观题考试，10 月 13 日主观题考试，全都顺利通过。我告诉了大牛这个消息，并且添油加醋地说了一通这个考试多么难，大牛对我竖起了大拇指，认真地跟我说："妈妈，你真厉害！"当我再盘点 2019 年时，我就不仅是把孩子带回家而已，因为我的脑袋没有因为这一年的琐碎时光而变得不灵光，反而因为有知识的加持越发充盈！

后来的日子，工作顺利，孩子听话，我们过上了前所未有的宁静祥和的生活。

在医院里，大家的友谊都建立在孩子身上，我们不知道每个妈妈叫什么，我们称呼的只有谁谁谁的妈妈。

大牛出院后，我们还是会跟一些病友联系。我们最常联系的是老张和李姐。他们做上外公外婆了，大女儿已经结婚，生了可爱的宝宝，李姐偶尔晒在朋友圈。老张还是在吃靶向药，换着吃，效果还可以。他们依然经常出去旅行，和朋友们一起，开上车。他们老邀请我和大牛去他们那里，我们也天天说要去，但是分别都3年多了，也都还没成行。

西妈也是我经常联系的病友。西爸出去挣钱养家，她就照顾家庭，家里还开着个小店，弄着个快递点，已经给大儿子在县城买了房子，等着娶儿媳妇，也算是小康了。小西已经九年级，平时在学校里寄宿，成绩越来越好，她完全不用操心。她会在朋友圈发她蒸的热气腾腾的大馒头，邀请大家伙去吃。他们村好像还经常有大舞台的演出，她也会把那种盛况发到朋友圈。他们家后面开发了旅游区，她没事就往那边去溜达。她还会自己做柿子饼，紧实、香甜，满是霜，连着给我寄了两年。

她告诉我说，那个做了保肢手术后突发骨折的小乐，最近走了。他一直没有出院，因为治疗效果不好，直到生命的最后。我们为此很是感叹，却也见怪不怪。一起看病的孩子，这应该是另外一种常态吧。

西妈说，蒙妈在快手上直播卖衣服，她刷到了。蒙妈看起来老练健谈，充满朝气，她家的老二已经5岁了吧，经常在她的视频上出镜，可爱极了。

小帅我们也经常联系。这个孩子现在比在医院里胖了些，越发高大帅气了。帅妈说，这个孩子现在学习可自觉了，也不用妈妈催着赶着，自己就认真学。他晚自习什么的都不上，怕伤着了，就这样，人家中考的时候考了600多分，考上了当地的重点高中。

我们还有一个病友小单，离我们家很近，只有40公里吧，我一直想去看她，但是每每又因为一些事情耽误了，至今没有成行，但是我一直关注他们的状况。去年，孩子因为肺转，到上海去治疗。妈妈常常会在朋友圈透露出一些疲倦和辛酸，但是却又马不停蹄地为孩子辗转奔波。好在现在病情稳定，生活慢慢走上正轨。

再有就是老乡小生，刚生病的时候他是一个高中生了，高大帅气。因为肿瘤长在脚踝，所以做了截肢手术。但是生妈说，现在他已经非常娴熟地控制自己的脚步，走路跟正常人一样一样的。他们在北京一个很有名的中医那里开中药，出院后一直坚持喝，坚持健康饮食，每天早上喝一大杯抗癌抗氧化的饮品，坚持游泳，孩子本来就是校游泳队的，所以游得相当好。

二进宫的小闻恢复得也很好，因为连着休学四年多，孩子已经错过了最佳读书年龄，他也不想再读书了，所以闻妈决定送孩子去学个技术，总归有个养活自己的手艺。小闻的妹妹是在他快结疗的时候出生的，现在已经4岁多。闻妈把那个小姑娘的照片发给我，头发梳得很漂亮，穿着粉色的裙子，可爱极了。

还有一些很牵挂的病友，我经常很想联系，但是有的联系不上，有的不敢联系。其实，不知道彼此的境况，随便联系，也是一种无情。

在大千世界里，在时间的长河中，我们每个人的生生死死实在不值一提。而在每个人的人生轨迹上，所有那些无常又成了惊天动地的大事。正常的人生应该是到达差不多的年龄，经历差不多的事情，而有些人却将时间错位了，经历了不该在那个年龄经历的生离死别。然而，人生还是自己的人生，只要这口气还在，我们无论经历怎样的苦难，都只能撑下去，走下去，并且还要撑得住，走得好。

恩 义 情 长

孩子病了。当我把这个消息发在朋友圈时，好朋友姜先生第一时间联系上我。他开口就说："把你银行卡发给我，我给你转点钱，先用着，后面不够，咱们再想办法。"我直接泪奔。

宣班也很快联系到我，他说了很多鼓励的话，说："我们几个班委商量了下，想帮你筹措一点医疗费。我不是跟你商量，而是告诉你，我们已经做了这个决定。我们大家境况都差不多，孩子生病了，要花大量的医疗费，我们也明白，所以就尽一点同学的微薄之力，钱不多，不能解决主要问题，就是一点心意。如果后期还需要更多钱，咱们再想办法。比如那些众筹平台，需要的话，咱们也弄。"这一番话，让我泪流不止。

同学冯先生也打来电话，告诉我他有一个老乡就在积水潭医院当护士，有什么事情可以找她。我们打第一个化疗的时候，他又专程来医院看我们，说了很多安慰的话："先治着，遇到什么事，咱们就解决什么问题。不用担心钱的问题，同学们都在背后支持你。"过一阵，又来医院看我们，给大牛带了书包，上面印着清华大学的标志，还给我们带了老家的糕点，还有钱。在我试图推辞时，他说："我是你同学，能帮助你一下，也愿意帮助你，如果是我出现这种情况，你也会这样做的。"他狠狠地鼓励了大牛一番。

孩子拿到书包，大呼："哇，妈妈，是清华大学哦！"后来我们俩背着这个书包在病区里来来往往，招摇过市。小闻外公有次问我说："大牛妈妈，你是清华大学毕业的啊？"

同学小扈也很快联系到我。她是细心的女子，经历过孩子住进 ICU 的痛楚，所以对我的处境有切肤之感。她没有打电话，只是在微信里留言。她说，她早已泣不成声，并且很能理解我的感受。她急切地想要安慰我，想要帮我解决问题，想要帮我筹钱。听到这里，我又是泪奔。

在孩子住院前，我们一直住在壮家。壮一家给予我们的支持和帮助，如雪中送炭，让我们在最艰难的日子中有所依靠！军维到壮家来看望我们。壮妈说，他们一起在北京 3 年多，这是第一次见面。壮妈还组织大学同学建了个群，中间各种鼓励。大牛手术前夕，壮妈、红梅、军维陪着我的大学班主任王老师一起来了，带着同学们的祝福和钱。那天，见到王老师的一刻，我不知道说什么才好。十几年未见，我多希望再见他的时候，我是干净利索、意气风发的呀，可是我却纠缠在一地鸡毛中，被劳碌忧愁摧残得狼狈不堪，没有人样。王老师已然一副学术大师的派头，谈吐间都是雍容豁达的气度。那天，跟他们在一起，我没有流泪，只是在笑，只一刻的超脱，似乎又成了那个傻不丢丢的大学生。

红梅是一个贴心而能干的妈妈，她给我们带来了自己做的肉丸子，还有海绵蛋糕。军维的父亲因为癌症，前不久刚刚去世；红梅的父亲，因为癌症，去世没多久；而壮妈的父亲，因为中风，也是刚去世不久。我们依然觉得自己是孩子一般，可实在是人到中年，已经开始面对人生的生离死别。

大学班长葛先生也到医院来看了我们。他还是意气风发的少年模样，但也已成为知名学者了。如同好些同学、朋友一样，他也是癌症患者家属，他妈妈这些年得了乳腺癌，为此一直在辗转奔波看病。临走时，他给我们留下了祝福，也留下了钱。

大学同学娟儿也专门来北京看我们。刚进病房，她就泣不成声。我不敢看她的脸，怕会跟她一起哭出来。过了好一会，她抱歉地说："对不起，我实在不应该这样，可是我实在忍不住。"傻瓜，我又怎么会怪你呢？这一份陪着落泪的情分，多么珍贵啊！

高中同学培和敏也在北京，她们也经常来看我们。她们第一次到积水潭，正值医生查房，我们便在休息区聊天。培自从高中毕业后，就再没见过，已经17年了。尽管许久不见，再见时，我们依然可以从彼此眼中找到那个熟悉的人儿。大家变了吗？当然，变了，17年的岁月和经历，让我们都在自己的路上越走越远，越来越有自己的样子。但是，完全变了吗？百变而不改当年，大家的品格、性情，当年的那个人儿，从说出第一句话时，我们就找到了彼此。

后来，敏和培就经常来看我们。她们每次来，我们都会获得一次改善伙食的机会。他们带来的水果、糕点，很多都是大牛喜欢吃的，还有些是我们从未吃过的。尤其是培，她似乎对北京各样好吃的都很有见地，哪家好吃，哪家有什么特色，哪家适合孩子，哪家什么菜做得最好，说得头头是道，点来的东西也是真心好吃。

单位的同事们，也没有忘记我。他们自发地给予我很多帮助，也在政策允许的范围内，尽量为我争取时间和资助。我在北京工作过半年，当时同办公室的同事和一起住在招待所的同事，都很快联系上我，到医院来看我们，给我们带来各种指导、帮助，还有钱。

最初的日子，我们除了为挂号、找医生、住院焦虑，也经常为医疗费焦虑。看病的第一天，我就跟他爸商量医药费的问题，我们初步预估，孩子看病要花到80万左右，也许能报销一部分，但是具体多少，说不好，我们至少也要准备个50万吧，也就是说我们各自要准备25万左右。

听说，孩子做手术，要用一些国外的材料，可能这些都是不能报销的。另外，吃饭住宿，1个月按照1万来算吧，我们每人再准备个10万左右。往多里准备吧，防止难以预见的支出。

当时，我刚好把房子卖了，还了按揭什么的，还剩下差不多30万。这些钱拿来给孩子治病，应该可以支撑一阵子。而后来同事、同学、朋友以及陌生人给予我们的资助，让我和孩子在北京的生活不那么紧紧巴巴，捉襟见肘，让我们在苦难中，不会因为担心没钱治疗、没钱吃饭而战战兢兢、精打细算，让我们走在看病之路上更加从容坚定。

还有其他很多同学、朋友，给我们寄书，寄玩具，寄吃的，太多了，不能一一历数。他们给我发来各种关心和鼓励的信息，常常在最后加上一句："不用回信，我就是鼓励你一下。"这种细腻与挚情，让我忍不住泪眼婆娑。还有一些接触并不多，也不是那么熟悉的人们，甚至有一些我从来没有见过的人们，他们在我的公众号文章下面打赏，还说了很多鼓励的话。

而在生活中，我们也受到了来自陌生人的很多帮助。我推着轮椅，会遭遇种种为难，坡上不去了，卡在犄角旮旯了，顾前不顾后了，总有好心人出现，帮忙把轮椅抬到台阶上，向前推一下，开个单元门什么的，让我们从窘境中脱身！

看病的那些日子，我的眼泪除了为苦命的孩子而流，也为所有这些可敬的人们而流。

这个世界多么美好啊！我身边的人们多么值得敬爱啊！生在这样的世界，多么幸福，多么好啊！所谓的感同身受，在有同样经历的人们身上是存在的，他们在考虑我的这种遭遇时，既不会觉得我活不下去，也能够充分体会我们的恐惧、担忧、烦恼、哀愁。所以，他们眼里和我一样含着泪，但是却不会说："遇到这种事，你该怎么活？"他们说的是："要有信心，要保持良好的心态和体力，去战胜困难，赢得新生！"

我把所有的爱心都记录在册。我知道，大家向我伸出援手的那刻，都不曾想过回报。但是，我却从未忘记过感恩图报。大恩不言谢！我感受到来自四面八方的爱，我感受到身后的力量。我把大家的爱心好好地储存，缓缓地释放，传达给我的孩子，传递给身边的人们，也在等待机会，加倍回报给曾经帮助过我们的人们。

第四章 碎 碎 念

在北京，祖国的腹地，置身全国治疗骨肉瘤技术最好的医院之一，我与孩子相伴行走在生死的边缘，看着身边那些人，听着那些故事，感受各种好的、坏的、善良的、自私的、温暖的、冷酷的世事人情，很庆幸安好在此世间！希望无论经过怎样的困顿磨难，我们依然可以勇敢、坚强、温暖、诚挚、善良、执着地生活下去。

致手术室里的大牛

亲爱的大牛：

　　昨天医生跟我们说，要给你安排在第一台手术，妈妈觉得心里踏实很多。毕竟，第一台手术，应该是医生精力最充沛的时候，手术误差也最小。不过，反过来也说明，尽管你的手术并不复杂，可能也还是蛮有难度的。

　　在病房见到你，妈妈真是好快乐！其实，每天每天的，都是一样快乐！这种快乐未曾因为你胖或者瘦，情绪好或者不好，生病或者不病，有过改变！即使有时候妈妈动怒了，发火了，那也是在快乐基础上的情绪波动，因为有你而必然存在的快乐，构成了妈妈日常所有生活的底色，从未改变过。

手术前的灌肠，你哭了。我知道，你自尊心极强，又稍有些洁癖，还特别有规则意识，所以在病床上上厕所于你是难以容忍的事情。然而，我亲爱的孩子，经过这件事，你应该会明白，这个世界本来就有它残酷的一面，很多时候我们必须让度自己的自由。自尊于我们而言，是一种常态，一种习惯，是文明社会给予我们的束缚和责任，也是我们保持体面生活的基本前提。可是，在非常态的情况下，我们也要能够适应与日常生活不同的情形，应对各种糟糕的状况，经历一些不堪的事情。当生命安全受到威胁，我们就只能剥离开所有那些文明社会的浮华藻饰，看清生命的本来面目，回归原始的生物本能。亲爱的孩子，我们真应该感谢聪明的先人们，在社会中构建了医院这样一个独立世界，让我们可以根据需要吃喝拉撒睡，而不用顾忌体面不体面，这是尊重了生命最本真的形态。

尽管从到积水潭的第一天起，我就在为你今天的手术做准备，可是当护工推你走的时候，我还是觉得如此猝不及防。我忽然开始慌张，也看到了你眼中的恐惧。大牛，你只有9岁，尽管你平时看起来很酷，其实我知道你常常很胆小，会担心。但是，你一定要牢牢记住，万事有我呢！遇到问题解决不了了，闯祸了，害怕了，犹豫不决了，忐忑不安了，还有什么什么了，你都要记得，妈妈在这里！你要相信，妈妈没有三头六臂，但是无所不能！所有的问题交给我，你只要大胆往前冲就好了！

手术室门口一位阿姨，哭得稀里哗啦。妈妈也在哭，但是妈妈只会让眼泪缓缓地安静地流下来。在经历痛苦时，我们都会难过，会哭泣，会流泪。这没有什么不好，也没有什么不对。或者说，这很对，正应该这样。哭泣是上天赋予我们最棒的本能，让我们的难过有所依托。但是，我亲爱的孩子，正所谓静水流深，我们不能让眼泪空流，也不能让罪白受，我们要让泪水流到内心深处，流入骨髓里，用心去感受，从中学会坚强，学会体谅，学会宽容，学会豁达，学会坦荡，学会爱。生活中处处皆可有收获，哪怕面对苦难，也不可淹没在痛苦的情绪里一味地唉声叹气，顾影自怜。所有这些都是经历，在时间轴线上的摆布，留下来的体验和收获，便是我们的人生。

当然，很不幸，我们遭遇这极困难、极痛苦、极哀伤、极残忍的事情。而幸运的是，我们生活在了最好的时代，有人可以帮助我们克服病痛！我有一个最勇敢、最坚强、最乐观、最豁达的孩子，他不畏痛苦，艰难地战胜病痛！亲爱的大牛，你真的是做得太好了，你比妈妈做得都要好上一百倍，妈妈真心为你感到骄傲！

我的孩子，很抱歉你还没有好好体会活着的快乐，就提前知道了活着的不易。但是，也许还有更加不容易的事情在后面等着我们。比如，以后也许会有人叫你小瘸子。亲爱的，这一定是件苦恼的事情，不过我想，你完全没有必要觉得受到了冒犯，因为他说的是事实。但是，请你不要给这个词汇加上感情色彩，身体不好不是羞耻的事情，你会跟其他的小朋友有些不同，但这丝毫不会影响你去变成优秀的人。你依然可以人格健全，生活幸福；依然可以做自己爱做的事情，成就自己的事业；依然可以游泳锻炼，跑马拉松；依然可以游山玩水，品尝美食；依然可以结交朋友，受人爱戴尊重。

再比如，以后你会有很多不方便的地方。想要用好义肢可不是件容易的事，所以，你要努力去锻炼，去强化它的功能。并且，义肢总归没有自己的腿好使，尤其是在跟人家打架啦，逃跑啦，上学要迟到啦等等那种紧急的时刻，可能越是想要加快速度，腿脚越是不听使唤。

也许还有一些其他的不方便，妈妈一下子也想不出来了。但是，妈妈想吧，兵来将挡，水来土掩，遇到什么困难，咱们就想办法解决什么问题，没有什么大不了！

亲爱的孩子，希望你明白，从此刻起，我们就要以全新的身体去面对这个世界啦！这是件忧伤的事情，因为你要永远的告别一些东西，和一种生活方式。但是也是件可喜可贺的事情，因为从此刻起，你将获得新生！你要从一个病人开始走向康复，学习新的生活技能，适应新的生活方式，成为新的人！

我的孩子，请相信，前途未知却高阔远大！希望你可以用不一样的眼睛去看，嘴巴去品尝，耳朵去聆听，双手去触摸，双脚去前进。妈妈会永远陪伴在你身边，和你一起克服所有的问题、困难，共同获得新生。

爱你的妈妈

2018 年 11 月 13 日

从别人的面孔看我的这一年

好朋友说，亲爱的，上帝已经给了你很多，不然，你已经失去大牛了。我明白这些，但是依然会有难过，有伤心，有忽然想要落泪的感觉。

年初的时候，我跟梅一起去买了转运珠，一本正经地戴在了手腕上，默祷着，今年一定要转运哦！果然，我的命运发生了转变，只是竟然变成了这般模样。我忘记了去年的这个时候，我有什么豪情壮志，也恍惚了这一岁的上半段，我都有什么辉煌战绩，只记得后面的这些日子，我做了件惊天动地的大事，变成了更加无所不能的妈妈，像个超人一样，飞檐走壁，绝处求生，把辛酸求医的日子过得坦然，饱满，昂扬向上而富有情趣。我见闻了这世间最悲哀的故事，也感受了这世间最温暖质朴的情意。我体验了最孤苦绝望的伤痛，也感受到了希望如阳光般从心底暖暖升起的快乐。我明明在心底流着泪，却又满心欢喜地跟大牛笑着，闹着，互相鼓励，互相宽慰，互相关心，互相斗气。

这一岁，我学会了害怕，忽然明了，生死之间的距离往往只是一个偶然；这一岁，我变得更加豁达，我真切地体验到，人世间除了生死，其他都是小事；这一岁，我笃信善念与慈悲的力量，接受别人善意的对待，心怀满满的慈悲，未来也变得更加光明；这一岁，我感激所有那些给予我们爱与帮助的人们，并且为此感到莫大的幸福！

回首这一岁，混沌一大片的时光中，浮现出一张张的面孔。这些面孔，有些只是瞬间的擦肩而过，至今却不能忘记。这些面孔曾经深深地触动过我的内心，也许正是我自己面孔的折射。或者也许，我们所有人，面对生死时的面孔也都大致差不多。

先是内蒙古老妈妈那张老泪纵横的脸。术前在朝阳住院，一个内蒙古的病友，30来岁的小伙子，在腰那里长了囊肿又感染了，压迫到神经，奇痛无比，他总是要求医生给他打止痛针。可是药劲儿一过，他又痛得不行，常常痛到面目狰狞，忍不住叫出声来。晚上，大家都睡了，我听到嘤嘤的啜泣声，就着灯光，看到他的老母亲那张老泪纵横的脸。

在积水潭等待手术的时候，一个贵州孩子排在我们前一周做手术。他们家在当地本来也算是小康了，父亲开旅游大巴，母亲在家照顾家庭，偶尔打打零工。可是因为孩子的病，现在已经很困顿。当孩子从手术室推到病房时，我看到了那个爸爸眼圈红红却又强忍着眼泪的脸。

还有个山东的孩子，同样做保肢手术。一般手术也就五六个小时，那天他在手术室里待了足足有 10 个小时才出来。这个孩子情况一直都不好，打完化疗白细胞上不来，调疗花了大量时间。为了防止感染，护士在病房里给他架起了屏风，把他跟其他病友隔离开来。下午 6 点多，孩子回来了。那是我见过的最没有血色的脸，嘴唇都是白的。孩子已经迷糊了，连嚷痛的力气都没有。病房里的人们都落泪了，我看到了那个爸爸哭肿了眼睛的脸。他后来坦承，那天，他在手术室外吓坏了，吓哭了。

再有就是帅妈那张爱哭的脸。她是我见过的最爱哭的妈妈。她的孩子多好啊，长得又帅，学习又好，又听话懂事，有上进心。她说，刚刚感觉生活好了些，工作顺利，家庭和睦，孩子也离手了，经济状况也好了，就碰上了这。她刚住进来的时候，总是哭。看着孩子哭，给家里打电话哭，常常她自己躲在病房外的楼梯口，抽噎着哭。家里的老人孩子，她都牵挂，他们也都牵挂着她，刚一搭上话，就开始哭。大家哭作一团，哭上几天。

与之形成鲜明对比的是李姐，她是我见过最不爱哭的病人家属。她老公老张也是骨肉瘤，求医的日子已经有一段了，我想她应该是把眼泪都洒在前面了。她保养得很好，很时髦，性格很好，阳光乐观，坚韧有活力，每天化着精致的妆，已经快 50 岁的人了，看起来很年轻。她说在此之前，她从来没有下过厨，也没有照顾过家里，都是老母亲和老公操持着这些。到了北京之后，她学着下厨做饭，起早贪黑。在老公打了第二个化疗之后做检查，医生说化疗效果不好，可能要截肢的时候，她惆怅了很久。她说，他们都商量好了，打算把现在所有的生意都结束了，房子转租给别人。病好了，什么也不干了，就出去玩，自驾游。她老公开车技术特别好，跟朋友们出去玩，都是他开车。有次，他们老家来了些人，中午一起去喝了点小酒，晚上我就看到了一张哭肿了眼睛的脸。刚一开口说话，眼泪哗哗就往下落，声音也都打了结。她抽噎着说："这个病可能真的不好。"那是我唯一一次看到她流泪。

这些都是前半段，在初见了死神的狰狞面目尚且惊魂未定的时候，在做着最痛苦的抉择、经历着最艰难治疗的时候，大家有多伤心，多恐惧，多愁苦，多烦闷，眼泪也许是最好的注解。可是，过了最初的阶段，在心底里慢慢接受了那些该接受的，铆足了劲开始抗争的时候，大家就不会再哭了。毕竟，哭泣也是很需要能量的，在这里花了太多力气，就没有力气做其他事情了。

走进医院，住进病房的人们，无论平时多固执，多不服管，也会很快适应医院的节奏，服从医生的安排，坦然接受病痛的事实，将所有精力都放在治病上。所以接下来，大部分人都很默契地停止了抱怨和质疑，只是服从，努力配合做好治疗。这个阶段，我们往往看到的都是坦然、无奈、惆怅，但是却没太有表情的脸。

到了后半段，尤其是做了手术，摆脱了肿瘤的包袱，病人们一天天好起来，我又看到了那些开怀的脸，笑容可掬的脸，轻松愉快的脸，有时候也会是怒气冲冲，拧巴着的脸，因为有力气闹别扭、吵架了，互相挤对，互相埋怨，互不理睬，互相找气生也就开始了。

最具代表性的是西妈的脸。术后到朝阳，我跟西妈同病房住了差不多三周。小西是高大却又腼腆的孩子，也许术后病痛尚未消停，也许正当叛逆年华，他们娘儿俩十日倒有七八日是绷着的。术后的小西最需要的是康复训练，但是对于小西而言，玩游戏看电影才最开心。所以，歇疗时，西妈就想方设法让孩子练起来，但是孩子就想方设法偷懒。所以，他俩就经常干仗，倘若哪一会病房里空气忽然凝重，定是他俩又呛上了。

即便如此，西妈发自内心的快乐还是难以掩饰。她总是忍不住地露出两排齐整的牙齿，开怀地笑。从孩子可以走下轮椅，拄着双拐站立，到孩子轻轻挪步，慢慢走起来，到孩子关节打弯，再到孩子可以放下双拐，轻轻走起来，每次进步，她都笑得快乐无比。并且，她总是不厌其烦地将孩子的进步跟我分享，跟遇到的每个病友分享。西妈喜欢跟人聊天，人缘也好，所以我们病房一度成为最热闹的病房。大家坐下来互相分享，交流经验，见证彼此孩子的进步，聊得热火朝天，经常笑得很大声。

术前，存在这样那样的不确定，术后基本上所有那些不确定都已经定下来了。术前是置之死地，术后是劫后余生。往后的日子里，尽管化疗依然万分痛苦，然而，看着孩子一天天往好里发展，一天天进步，一天天数着日子，就要结疗出院，多么好！自从孩子手术后，我也是得到了前所未有的放松。也许还有不确定，可是我们都已经形成默契，自然屏蔽那些让人不快的东西。因为明明的，长征已然顺利开局，走到最后指日可待。

2018 年 12 月 31 日

我只是这样做你的妈妈，可好？

　　母亲节到了。尽管我常常记不得节日，却也绝不会错过节日，因为即便与节日还隔着千山万水，朋友圈便早早地开始躁动。乘着全民过节的东风，浅浅地分一杯羹，倒也没什么不好。

　　于是，从了一般的套路，我问大牛："母亲节之际，想要送妈妈什么礼物？"

　　大牛稍一沉吟，问我说："妈妈，你想要什么？"

　　我说："送人家礼物，是要表达你的心意，可不是为了满足对方的需求。我想要什么，自己自然会买。你送我的礼物，当然是你想要给我的东西。"

　　"好吧。"他拿起手机，给我发了个红包，顺便给了个笑脸。

这一种实用主义，是随了我的。

今日，北京下起了雨，这样的天气正适合读书思考聊聊天。互相陪伴着，我感受到了孩子对我满满的爱和信任，并为之感到无比幸福。

身边很多好朋友都觉得，我这个妈妈做得还不赖，尤其是孩子生病以后，常常当着我的面，表扬我是了不起的妈妈。想来，做妈妈这件事情，是可以熟能生巧的技术活。10年前我是新手，请教书本、网络、身边人，心心念念着育儿经，可还是教不好孩子，印象中天天鸡飞蛋打，一地鸡毛。不知从哪天起，忽然我就升级成了熟练工。完全不用什么方法技巧斗智斗勇，只是从性情出发，我俩轻悄悄地就变成了兴味相投的好朋友，各种问题也便迎刃而解。

大家都说，我为孩子付出了很多。其实，我从来不觉得自己有什么付出。所有的那些，都是我最愿意做的事情。我们两个人互相作伴，一起读书，一起学习，一起成长，一起玩，一起经历生活中的惊涛骇浪，一起享受人世间的烟火人情，这件事是如此快乐，根本谈不上什么付出，在这里居功至伟，就不免太厚脸皮了。

我热爱大牛，也常常以一个尽心尽责的亲妈自居。然而当我见识过很多妈妈——那些夙兴夜寐、起早贪黑、掏心掏肺地围着孩子耗尽青春，头发瞬间斑白的人们以后，我再不敢妄自吹嘘了！这些年来，我的孩子都是放养的，我只是把握个大方向，用说教画出一个大框架，他便在框架内自由发挥着成长起来。

2016 年，我因为工作原因在北京待了半年。暑假时，大牛跟我来北京住了一阵。周末，我俩爬长城。北京的夏天超热，太阳像极了一个大火球，炙烤着一切。我们正好是 11 点多的时候开始爬。当我们到达北四楼的时候，大牛又热又累，变得焦躁不安，大声抱怨着爬长城的种种苦楚，忽然间就站在那里号啕大哭，把正在喝着的饮料也丢到了长城之下，大呼着："妈妈，无论如何我是不会再往前走了！你现在必须跟我回头走！"

我就静静地等在原地，待他发泄完了，拉着他继续向前。等到下了北十一楼，他兴致一下子就好了，高兴地跟我说："妈妈，原来成功的感觉这么好！"到了山脚下，我们买了一块小奖牌，刻上"不到长城非好汉"，注上他的名字，挂在他脖子上。晚上洗澡的时候，他都没舍得摘下来。隔天，他向所有遇到的人展示他的小牌牌。那种目空一切的自豪感，也是没谁了。

2017 年暑假，他刚过了 8 周岁生日，我俩结伴去迪士尼。我们拖个行李箱，装着换洗衣物、日常用品，背个大背包，装着吃的喝的随手用的，还拎个小包包，装着钱票证件手机什么的。

"大牛是小男子汉，有力气，能担当，所以就负责背大背包，拖行李箱。而妈妈是弱女子，需要戴帽子撑伞涂防晒霜拿防晒服这些琐碎的事情，自然是背着小包，负责钱票证件一类。"我们就这样愉快地分了工。那次，这个小伙子一路表现神勇，将妈妈照顾得很是周到。

大牛成绩一直都不太理想，这个当然与我有很大的关系。孩子性情太像我了，自在随性，无可无不可，大概很少有什么事情会让他觉得重要，所以就缺少了那么一点上进心。记得一年级第一次期中考试，大牛带回来张试卷，七十几分，一本正经地跟我说："妈妈，老师说了，七十几分也挺好的。"好吧，心态好也很重要。后来有那么几次，我冒昧地问道："大牛，这次咱们能不能考个满分？"他用讶异的眼光看着我，认真地说："怎么可能？"

我严肃地对我俩的情况进行了剖析，深刻地认识到，此娃非但没有上进心，竟是连自信心也没了，长此以往，不仅学霸梦要泡汤，怕是很快老师就要给我开小灶了。无论如何，孩子学习成绩还是对他进行评价的重要依据。

于是，2018年暑假，经过推心置腹的畅谈，我们敲定了"学霸养成计划"，除了明确了详尽的学习安排，还设置了完善的奖励机制，包括现金、旅游、玩游戏的指标等等。我把计划条款认真地给他解释清楚，并征求他的意见。可能奖励机制实在太有诱惑力，他没有任何犹豫，也没提任何异议，就爽快地签上了自己的大名。

从放假正式开始到 7 月 31 日，他学习甚是辛苦，每日比上学时候还要忙。刚开始的那几天，他还能将就应付，可是很快，就牢骚满腹，抱怨不断。每天都要说上几遍："早知道，我就不签字了。"对于这些话，我就当没听到，只是在他实在聒噪到人神共愤的时候，才把他签过字的计划单拿给他看，给他醒醒脑，然后按部就班地依课表继续。等到 7 月 31 日那天，我们期终考评，他数学英语都得了满分，语文也是九十几分。

那一会儿，他高兴极了！不停地问我说："妈妈，你觉得开学了，我能做学霸吗？"我自是开怀大笑："哈哈，那是自然！"

8 月份，本是该要旅行的日子。我们商量好了，要出趟远门，护照都办好了，就等着他从爷爷家回来。可是，他人还没到家，就直接去北京看病了。后来大牛跟我说："妈妈，我还以为爸爸带我去北京玩的呢，谁知道是来看病的；我以为就是个小病，看看就好了，谁知道还是这么个病。"

我说："乖儿子，可不是吗！这个世界上，无常也是一种常态。有些人会跟一般人不太一样，他们要多吃一些特别的苦头。你便是那些人中的一个！不过，倒霉的不是你一个，咱俩是一样的！你生了病，我的孩子也生了病，我们俩同命相怜，以后还请你多多关照哈！"

他爱读书。平时在家里，晚饭后，我开始洗涮，他就开始读书。我去跑步，他还在读书。我读书，他还在读书。我们俩生活简单规律，每天的安排都差不多。并且，我们早早就形成了默契，从不看电视，除了周末节假日，他也断不会想到玩手机，似乎除了读书这个娱乐方式以外，也没有什么打发时间的办法了。

到了北京，我是带了些书过来的。可是，很快就读完了。然后他就反复读之前读过的书。后来，我们开始从网上买书。他最喜欢的是《装在口袋里的爸爸》系列。那个书每本都很厚，但是字大行间距宽内容少，大牛一两小时就能读完一本。后来，同学过来看大牛，也给他带书。有的不能亲自过来，也会远远地寄书。很快我们的床头柜，病房的窗台上，床底下都装满了书。

再后来，为了方便起见，他爸给他买了个阅读器。可是，我和大牛都觉得，电子书总是没有纸质书读来畅快。于是，我们俩更加用心地寻找书源。我想着，这个书源要满足两个条件，一是他感兴趣，二来容量要大，体积要小，读得慢些。大牛是很有主见又很挑剔的人，单纯因为专家推荐、老师要求、多年经典就让他接受，是行不通的。很快，我们在病友那里发现了金庸系列。

刚好室友的孩子在读《笑傲江湖》，我们顺便借了来。刚开始，大牛说，有些读不懂。可是刚读了两章，便已是爱不释手。因为只有一套，我们俩经常俩脑袋挤在一起读。大牛说，他最喜欢桃谷六仙，天真烂漫，憨厚可爱，夹缠不清，脑洞大开。我说，我最喜欢令狐冲，风流倜傥，随心自在，置之死地而能后生，于残生之上还能轰轰烈烈肆意洒脱地大过一场人生。劫后余生不易，而能够在后面的人生中挥洒自如，那更是人生赢家。

比起读书，大牛更喜欢玩手机。他喜欢玩游戏、看视频，偶尔也看看电影。大牛特别喜欢沈腾，《西虹市首富》他看了十遍都不止，里面很多台词他都可以出口成章。他曾经借用里面的话，跟我说："妈妈，咱们就算是再倒霉，也该有个头吧。"哈哈，此话非常有理。我说，好些人其实正如王多鱼般，命如草芥，多他一个不多，少他一个不少，在命运中坎坎坷坷，但是却支撑着前进不放弃，有朝一日时来运转，也还可以做成人生赢家。

刚开始住院，病房的人们都在讨论医药费的问题，大牛为此很担心。一日，我正困得稀里糊涂，他问我说："妈妈，我看病要花多少钱？""大约 10 万吧。"我随口一说。他又问我："妈妈，咱家有 10 万元钱吗？"我说："当然有了！如果妈妈连给大牛看病的钱都没有，那我可就太不称职了。"

过了几日，他又跟我说："妈妈，如果我没有生病，咱们用那 10 万元钱就能去美国了，去欧洲也够了。"想来，他当是在心里盘算很久了。我说："嗯，一点不假。那你就先把这个钱记在这里，就算是你欠妈妈的，等你长大了，好好挣钱，把钱还给我。到时候，咱们再去美国、欧洲，也不迟。不过，如果、一旦、差不多你还没挣到这么多钱就想去美国、欧洲，也无妨，咱们想去就去，反正妈妈会挣钱。你什么都不用担心，因为有妈妈在呢，万事都好说。"

因为看病花钱很多，所以很多病友都要节衣缩食，日子过得紧紧巴巴。然而，我跟大牛还是保持着一贯的生活状态，吃我们喜欢的，买我们需要的，挑选最适合我们的。壮妈说："那是因为你们的经济状况还不算太坏。"其实也不尽然，我只是选择了一种相对体面的生活方式。我不希望他生病的这些日子，一回头都是血泪史，更不希望他在生病时，因为担心钱的问题，不敢向妈妈提要求。这些日子，是我们一生中少有的互相陪伴的时光，我希望，再回忆时，充斥的是温馨、优雅、富足、快乐。

大牛不喜欢跟陌生人讲话。关系不错的病友跟我说："你一来了，你儿子话就特别多，但是跟别人一句话也不说。"我明白，他就是这样的人，与我也是极像的。我们都是比较宅的那种人，无事时宁愿在家打扫卫生读读书。他内心温和，善意待人，但是又有着一股没来的冷漠傲慢。他有强烈的边界意识，不碍着自己的事情从不置喙，他自己的事情也不喜欢别人干涉。但是他尊重我，爱我，信任我，崇拜我，喜欢跟我聊天，找我征求意见，跟我讨论，让我点评，还喜欢向我展示他新学来的知识技能。我常常跟他说："放心吧，无论什么时候，妈妈都是最支持你的那个人！有任何问题、想法，你都可以告诉妈妈！你什么也不用想，什么也不用怕，只要相信妈妈就好了！"

不知道从什么时候开始，大牛就成了小暖男。冬天很冷的时候，我从外面回来，两只手冻得不要不要的，他便会张开双臂，对我说："妈妈，把你的手放到我的胳肢窝下面，这里是人体最暖和的地方。"他喜欢美食，却又把最好吃的部分留下，让我先尝一口，自己再吃。遇着我喜欢吃的东西，他更是主动省下来，等我到了一起吃。日头正大时，他想喝饮料，要我到外面的超市买。我回来后，拿着他的手摸摸我的脸，说："看看妈妈额头上的汗！今天30几度，太阳要把妈妈变成烤肉了！"他不好意思地说："妈妈，对不起啊，我对你要求是不是太严格了！今天中午这么个大太阳，还让你去帮我买饮料，给你晒成黑铁蛋可就麻烦了。早知道就不要了！可是现在你都去过了，后悔也来不及了。"他又补充说："妈妈，以后你不要太溺爱我了！有时候，我的想法也不一定全对，你要坚持你的意见。"

母亲节的这天，我这个妈妈，回望过去点点滴滴，心里洋溢着满满的甜，忍不住在想，我这是何德何能，便有了这个小东西做了我的儿子，能够体谅别人的辛苦，尊重别人的劳动，还学会了自查自省！

母亲节的这天，作为妈妈，我认真地思考，我这个普通而平凡的女子，常常稀里糊涂，笨手笨脚，当真配得上这个节日，和这个头衔？

母亲节的这天，我傻笑着想，只是这样做你的妈妈，可好？

2019 年 5 月 12 日

致 10 周岁的大牛

亲爱的大牛：

我的孩子，这一年来，你辛苦了！每日的治疗，个中痛楚，妈妈无法准确感知，只是觉得你好厉害！毋庸置疑，在这个世界上，我们算是比较倒霉的那一种。我不想用鸡汤文的套路跟你说，一切都是最好的安排，因为我觉得一点都不好。我也不想用那些很励志的故事告诉你，未来会多么辉煌，因为所有的都是个案，并不具有类推的必然性。此刻，我想说的是，亲爱的孩子，我们自是这个世界上的独立主体，尚没有被命运所遗弃，那么我们就应该在尚存的空间内，努力将生命的潜质展现出来，成就我们自己的个案。

　　对未来的不确定，往往让人丧气，不可遏制的悲观情绪常会找到我们。然而，我明白地知道，越是在这样的情境中，越是需要我们打起精神来。有那么一段时间，妈妈想，不要给你任何压力，随你由着性子，玩玩游戏，看看视频，以自己的方式快乐吧。可是，很快妈妈又觉得，这样不行。上帝给我们留了一线生机，绝不是让我们由着性子，漫无目的，荒废时光的。

　　这些日子以来，我们真实地遭遇了人生的不确定。可是回头一想，这一种不确定于所有人都是一样的。人活着，便承载了难以预见的偶然性。而正因其不确定，人生又显得越发珍贵，我们就越发不可随意浪费生命中的每一分钟。所以，妈妈决定投入到一段新的学习中。时间非常仓促，结果也不见得乐观，但是妈妈还是开始了，因为妈妈喜欢这样积极地去运用生命的感觉。儿子，妈妈希望你也是一样，越挫越勇，什么时候都能够保持生命的活力，和对未来无限的向往。

　　近些日子，妈妈有空的时候就在想，咱们要好好规划下，以全新的面目开启未来的人生。

　　儿子，你已是 10 岁的孩子。很久以前，我就在想，你到 10 岁的时候，跟你说些什么比较好？想来，这几件事情，尽管是老生常谈，10 周岁的你，是该对此有更加明确的认知了。

　　首先是自律。你若是问妈妈，我的座右铭是什么，那定是"人有多自律，就有多自由"。对自己的要求高了，才能把自己变得高级。这个世界上有很多的诱惑，很多糟糕的东西都以美好的伪装出现在我们的身边，比如慵懒，比如美食，比如花言巧语，比如小便宜，还有很多很多，不一而足，但是我们不见得都具有识别的能力。那么，我们就只有守住自己的立场和底线，不贪图安逸，我们才能够收获想要的生活；坚持锻炼身体，健康饮食，我们才能收获健康的身体；不贪图小恩小惠，我们才能够保持人格独立；不为花言巧语巧言令色所迷惑，我们才能够收获自由意志。所谓的作茧自缚，不过是不严谨的行为给自己挖了坑，再填坑。这样不是完全不行，人的一生总是要栽几回跟头才能长大，只是多一些自律，总归要少吃点苦头。

再就是良好的品行。一个人的良好品行，不仅是对外展示个人魅力的一张名片，更是保证我们生活轻松健康的有效手段，也是最可让人内心平静的力量。你自诚实，就没有为谎言操心的负担，生活中便可以坦荡从容，无所畏惧。你自善良，便会同情，会理解，会慈悲，便会与别人异位相处，谅解任何的事情，任何的人，便不会不平衡。你自豁达，便不畏生死，不拘小节，不会杞人忧天，惶惶不可终日，更不会因琐事介怀苦恼。

妈妈还想强调的是，我们生活在这个世界上，人与人的交往自有其规范。对于规范范围之内的各样人、事、物，从最有温度的立场出发，以最良善的用心和真挚诚切的方式对待，尽量让身边的每个人舒服，每件事妥当，每个结果圆满，并据之获得内心的美满富足，是我们所期待的。

但是，对于规范之外的侵犯，我们却没有纵容的义务。在这个世界上，能够保持最美好的本心，但是同时又能够识别并拒绝各种不怀好意的侵犯，或者是打着好意的名义，扰乱我们内心之自由平和的行为，更是异常珍贵的。在林林总总、变化复杂的生活中，保护自己的身体安全、精神独立，不谄媚、不虚伪、不敷衍，保持原则性和坚定性，这更是一项重要的能力。当前于你，这可能是个陌生的东西，却是你未来需要掌握的一项本领。

最后，妈妈想跟你谈谈勇气。从生病以来，你的勇气让妈妈刮目相看。你像一个勇士一样，接受各种治疗，并且毫无悬念地攻城略地，妈妈很受鼓舞。这一种勇气，尽管是被动的，但也需要些能耐才做得好，我很为你感到自豪。

但是，想来咱们可能还欠缺一点主动而为的勇气。记得有次吵架，你说："妈妈，其实我早就不生气了，但是因为面子，我没有勇气主动跟你说话。"嗯，当你主动跟妈妈说这种话的时候，你已经很有勇气了。想想看，这件事情一点都不难，但是确实需要一点勇气，一点打破常规的勇气。

其实，从根源上讲，勇气并不是一个问题。真正必须要做的事情，我们从来都不缺乏勇气，都是那些可以选择的事情，我们才会因为勇气盘桓。然而，在我们的人生中，很多事都不是必须要做的，但是也正是从那些可选择的事情中，找出真正重要的去做，才能让我们的人生变得不一样。这时，勇气就变得异常重要。认定了自己的方向，坚定地做出选择，勇敢地去尝试，我们才会得到不同于常人的收获。

亲爱的孩子，这些生活中看起来最简单、最耳熟能详的道理，往往又是我们最容易忽略的，却又是最实用的。很多道理我们听了很多遍，也都明白，但是却记不住；即便记住了，也不能很好地践行；即使践行了，也不一定做得好。这就是为什么，这个世界上几乎所有人自小都被这些大道理教育，但是命运却各自不同。所以我想，对于一个小小的你，首先要明白这些道理，然后再慢慢去做，从很小的事情开始，感受所有这些美好品质给你带来的变化和成果，很快你会发现在潜移默化中，你已经变得越来越好。

妈妈也是一样，告诉你这些，也是在反思自己，告诫自己，督促自己，与你共勉。

2019 年 7 月 20 日

不辜负这一年

去年今日，在北京的月光之下，我躺在最靠近暖气片的窗户边，深夜无眠，泪流满面。敞开的窗帘上面，月亮极大极亮，悄无声息地、温和地看着我，倾注着极大的宽容和耐心。我把病房打扮成了最漂亮的样子，大牛因此变得心情甚好。而夜深人静了，想着那百转千回的一年，再想想未知的未来，百感交集，只想不停地流泪。

而今年今日，我跟大牛在家，古黄河畔，一个小小的屋子里，内心充满快乐、满足、温暖、成就感。只是看着他，就觉得妙不可言。我们一起聊天，吃饭，看书，研究菜谱。每一刻都在微笑，每一分钟都觉得超有意义。

这一年，我把大牛妥妥地带回家，又把他变回了小学生的模样。大牛总是很快乐，当我们即将出院的时候，他还在眉飞色舞地给新病号介绍经验，而且不忘最经典的一句话："你们现在可以随便提要求，爸爸妈妈都会答应的。"

自从上学以后，他就变得更加快乐，更加努力。每天早上6点，我起来做饭，6点半他开始起床，穿衣服洗脸刷牙，坐下来吃饭。我不用再扯着嗓子对他大喊大叫，他就把自己所有的事情收拾得妥妥的！

这一年，我做了个傻里傻气的决定，决定花4个月的时间，考法考。对，从6月1日开始学习，准备考试。朋友们对这个问题，都很冷静。有的说，你就先学着，就当是给明年做准备的，说不定，过了呢。有的说，你又没有什么考试的必要性，随便准备下就好了，不用太辛苦，过就过，不过就算。有的说，这个考试，可不容易，我敢保证，你肯定过不了，时间太短了，不可能，我一个朋友考的，好几次也没考过。有的说，你考不过的，司法考试可没你想的这么简单，你要是能过，我也考。不过既然报了，就考考看，给明年考试探探路。

我自己呢，不知道哪里来的底气，似乎从一开始就觉得我一定会过。可是当成绩要出来了，我也超紧张。我跟香香说，不是因为这个考试多重要，才紧张，实在是准备得太辛苦，当然想要个好结果。后来的后来，当然是过了。不过，我依然记得那天下午考完最后一门的情景，我打电话给香香，我跟她说："妈呀，以后，我绝对不要再考试了！绝对不要了！"

香香说，她考法考的时候，因为准备太过辛苦，所以颈椎落下了毛病，经常痛到不行。我有一阵子脑袋都是晕乎乎的，想来也是用脑过度的结果。后来我跟香香痛定思痛，年纪大了，简单凭着一股热情去拼是有风险的，慢慢用力才好。

这一年，我们接受了太多的善意，感受到了太多的人间挚情，常常心内充满温暖。在孩子生病的时候，有那么多人给予我们爱与帮助，我从来也不曾忘记，也不会忘记。我经常暗自盘点，那些在困难时刻给予我们帮助的人们。困难是一块试金石，检验的是我们的性情和圈子。能够给予我们爱与帮助的人们，我们必将永远铭记于心，并竭尽所能予以回报，而能够得到朋友们的关心和帮助，则是另一种形式的肯定，我感到异常欣慰。

这一年，我们经受了太多的苦难。也正因为如此，我的内心得到了前所未有的沉淀与疗愈，又从心底更深处生发出一股欣欣向荣的力量。

前几天偶然看到一个综艺节目，一位女子的丈夫患了某种罕见的疾病，女儿得了难以治疗的血液疾病。她的工作是跟蟒蛇一起表演节目，并据之支撑起这个三口之家。这个女子小巧可爱，声音很好听。她轻轻地描述着她的家庭，她的经历，她的期待，她的梦想，最后，用一个女子的轻吟浅唱，演绎了一首《最浪漫的事》。整个过程中，她表现得如此快乐，如此从容，如此云淡风轻，如同所有幸福安康的女子一般模样。

从头至尾，我哭得稀里哗啦。她看起来是多么幸福的样子，可是我还是不停不停地流泪。我太能够体会她的艰难，她苦中作乐的无奈和坚强，她那种举重若轻的生命态度，以及脸上洋溢着的笑。

我是天生快乐的人。多半时候，我喜欢口中哼着小曲，一溜的小碎步，在单位的走廊里来来往往，在我小小的家里收拾洒扫，在我小小的厨房里，捣鼓着各种黑暗料理。很多身边朋友觉得说，因为我的天生乐观，才能在苦难中坚韧有力。其实，真不是我多厉害，而是生命自有其生发流转的规律，是那一种越挫越勇的韧性，让我们经历了，便经历了。

有一次，我带孩子在医院复查。在查血窗口等结果时，一个女孩，瘦瘦小小的，比大牛要小好几个尺码，拿着查血单子，大声对妈妈说："妈妈，白细胞又下来了！"这一句话，让我刹那间泪眼模糊。不曾罹患重病的人，是不会知道，这么小小的一个姑娘，能看得懂血常规的单子，该是经历了什么。

那个妈妈也是瘦瘦小小的样子，接过单子，轻轻地叹了口气，说："没事，去找医生看看怎么说。"不算大的手，牵着小小的手，留给我们模糊的背影。

我曾经见过很多经历着苦难的人们，秉持着对生命的敬畏，游走在生与死的临界线。我知道，他们内心充满恐惧，充满忧伤，但是所有的他们又都有着刚毅的性情和平和的脸。没有谁怨天尤人，唉声叹气，在命运之无常中，他们学会了顺从，学会了从容，开始相信冥冥中自有一种神秘的力量，主宰着这个世界。无论多么嚣张跋扈、自以为是的人，在宿命面前，都表现得异常懦弱而本分。也许，无论怎样愚笨或自作聪明的人，都能很快做出判断，什么时候该偃旗息鼓，放下无用的抵抗和一身本事，做回一个乖乖的孩子，将生命交给别人去主宰。

经历过苦难的人们，必然是曾经将那流不尽的眼泪，一直不停不停地流淌；必然是有无数次就此死去吧的念头，但是转过头来，又告诉自己，我还可以再坚持一下；必然是在最艰难的时刻，万念俱灰的时候，还在心里默念着，前面说不定还有转机呢？

希望，是多么珍贵的东西。因为充满希望，我们不会被生活打败。我们生在一个好的时代，有一万种方式让我们被爱与希望环绕。痛苦让我们的心阵阵发怵，让我们的胃不停地反呕，眼泪流成了河。然而，一想到希望、爱与阳光，哪怕只有最后一点力气，能够勉强站立在这天地之间，也愿意用它来回报这来之不易的生命，和所有的善意与温情。

经历过苦难，人们变得更加踏实，更加坚毅而纯净地忠实于生命体验之本身。因为日子过得太过艰难，才更明白，简单的平凡多么可贵。所以，他们更懂得如何做出取舍。生活中本来就少有东西需要较真，感受到了生命的紧迫和珍贵，就更不会再去苛求那些多余的东西，多半会怀着一颗劫后余生的心，感恩身边所有的事情。

经历过苦难，人们变得更加敬畏天道轮回，更加笃定这个世界终是善恶有报。北京雍和宫，很多拿着医院检查单的人们，虔诚地伏地祷告。大概罹患重病的人们，总会想到求助于某种未可知的力量，希冀增加一些胜算。一炷清香能否让我们与天上的佛祖、菩萨、神仙、道祖建立联系原不可期，然而俯首向下的姿态，表明我们已经在心底告诉自己，跟命运和解，用敬畏面对人生。

神祇能否给予我们想要的神秘力量，谁也不确定，但是能够给予我们内心安详的力量却切实存在。想一想神佛、菩萨的样貌，只是盯着那个面孔，那一种慈眉善目，温暖和煦、包容豁达的笑，我们也会情不自禁从内心里生发出力量。那是最善良的面孔，永远这样眯缝着眼睛，看着我们每一个人，暖暖地笑，是鼓励，是赞许，是永不疲倦的支持，是穿越时空的陪伴。

经历过苦难，我们再回头会发现，让人在绝望境地中，充满希望的，归根到底还是善意。正因为如此，经历过苦难的人们，更渴望善意，更能够体会善意的弥足珍贵，也更笃定要用更大的善意去回报这个世界。他们将善良变成一种信仰，一种行事模式，一种俯仰天地间的豁达和气量。他们笃信，善有善因，当结善果，并希望，此刻开始的善良，可以洗去曾经的暴戾无知，给自己一份脚踩大地的安心。

经历过苦难的人们，才更能够认识到生命的无常和珍贵，才更懂得只争朝夕，认真生活。在时间一路向前的线条上，人生充满了偶然性，不知道在哪个路口，什么人将会离场。正是这一种生命急迫感，告诉我们，趁年华正好，去做想做的事，完成自己的使命，实现自己生命中每一分钟的价值，不敷衍，不马虎。

2019 年 12 月 31 日

致 11 周岁的大牛

亲爱的大牛：

记得之前，你曾经问我说，人为什么要活在这个世界上。想来，人活着，大概自我价值实现、获得幸福快乐那一类的目标，总是毋庸置疑的首选答案。然而，经过了这么多事，我才明白，人无论为了什么生活在这个世界上，爱都是我们生命价值中最不可或缺的部分。

我们热爱这个世界，热爱那些山水流转，日出月落，花草树木，鸟兽虫鱼，以及每个可爱的地方，每件有意思的事儿。而最重要的是，我们热爱身边的人儿。那些让我们心心念念牵挂着的人们，陪伴在他们身边，是我们最朴实的愿望和义不容辞的责任。想想看，倘若没有爱，成就时，无人分享，还是落寞；苦难时，无人相对，倍感凄凉。倘若有爱，只要想一想，他们陪伴在我们身边，愿意接受我们所有的好与不好，无论成功失败，欢乐痛苦，都能够牵手并足，生死不弃，即使住着小小的房子，吃着最简单的餐食，平淡中自有真味，也是富足。

这一种爱，在很大意义上就变成了我们生命的动力和底气。我们积极向上，不停努力，希望把这个世界上最好的东西都给他们。我们想要变得更好，希望他们能够因为我们而感到骄傲。我们无所畏惧，用最坚韧的脊梁去迎接外面最艰难的挑战，将最疲惫的身体带到他们面前，将最难以启齿的尴尬、最无助的境遇告诉他们，在这里，最放心，最安全，最温暖。

妈妈对你的爱与包容，便是如此，一生不变，我想爸爸也是一样。这一点，你不需多想，只需要坚信并且铭记就好。

亲爱的大牛，爱并不是必然能够获得的。除了父母亲情的挚爱之外，其他的爱大都来自人们的善意和慈悲，也来自我们内心深处的感恩。基于爱的给予，我们产生感恩之心，那是容易的，也是理所当然的，也是我们一生都应秉持的品质。我们当要用心铭记那些曾经给予我们爱与温暖的人们，并尽我们所能去回报，为善不厌其小，务必刻骨铭心。

而更为珍贵的是，我们能够自然生发大爱之心，于万事万物中体验到温暖与善意，感恩于大千世界与芸芸众生的无私馈赠，哪怕只是一汪碧水，一阵清风，一滴眼泪，一声叹息。这样的胸襟与豁达，则是保证我们能够在各样生命形态中保持舒展与自在的能力和智慧，于我们内心的平衡与安定至关重要。

这些日子，我们俩生活得万分艰难。也正因如此，妈妈有了更多的时间去体会人世间的各样情感。无论是作为妈妈的角色，看着我的孩子吃尽苦头无能为力，还是作为一个旁观者，看着人们挣扎在生死边缘，各种痛苦、焦虑、迷茫，苦中作乐，我都更加深切地体验到了爱与温暖，也从心底里生发出了最为原始的感恩与慈悲。

亲爱的孩子，妈妈对你的爱，从来都不只是为了你，更多的是为了妈妈自己的心，是因为妈妈打心底里爱你，所以希望你能够好好地陪伴在我的身边，所以我愿意做出各种付出。这种付出，我在做出之初并没有希望你有负担，不希望你为此觉得抱歉，也没有要求你一定要同样地对待妈妈。但是，在此过程中，你与妈妈的交互，你对妈妈关心与爱的反馈，让妈妈获得了珍贵的快乐与满足。

同样的道理，你对爱的付出，只能是发自本心的，为了自己想要获得心灵的快乐与安详，而不能是为了别人同样的对待。记得你跟妈妈抱怨说，你明明给弟弟留下好吃的，可是他总是想不到给你留。倘若你只是因为喜欢弟弟，疼爱弟弟，所以给他留下吃的，而不是因为希望他同样对待你，是不是就不会抱怨了？而你不知道的是，经常你不在家的时候，弟弟也会说："哥哥什么时候回来？我还想跟他玩呢！"看看，其实你的付出是有回报的，只是有个延迟，你的付出被换个样子又回来了。

当然，因为这个世界自有其复杂性，我们所能控制的不过是我们付出的那一部分，后面的结果就不好说了。正如我们俩的关系，我对你有了爱的付出，于是你也给了妈妈同样的爱，这一种回报是可以预期的，符合我们俩的一般习惯。但是也有可能，我对你的付出，你没有体验到，或者体验到了，又觉得理所当然而没有任何反应，或者你以后会遇到更复杂的情况，比如好心办坏事，好心被嫌弃之类的。如果我们能在生活中保持行云流水的姿态，不贪心，不妄求、张弛有度、从容淡定、保持初心，便可以不变应万变，不骄不躁，静待花开。

被爱是幸运的，尤其是某天，用自己的人格魅力，在这个世界上获得了别人足够的尊重和爱戴，你会更加觉得满足和富有成就感。而能够产生爱、给予爱则更加难能可贵。每个生命之轨迹是不同的，我们的人生开场似乎残酷了些，但生活之苦难不应成为我们不爱生活的理由。妈妈希望你任何时候，都要保持对生命的热情和热爱，有付出爱的愿望和主动性，有爱的能力。

亲爱的孩子，未来我们还可能会遭遇更加不堪的困难、不幸，我们可以忧伤，难过，可以酣畅淋漓地哭泣，一哭再哭，哭而再哭。但是，擦干眼泪，我们还是要昂首阔步向前走，为天边月亮不动声色的陪伴满心喜悦，因空气里的芳草清香和泥土气息嘴角含春，为自己顶天立地于人世间心存感激。

爱你的妈妈
2020 年 7 月 20 日

穿越迷雾又一年

年初，有次回老家，大雾，高速上不了，我便硬着头皮上了省道，能见度不高，慢慢走着，倒也将就。谁知途中，我进入到一团迷雾当中，周遭一片灰蒙蒙的，什么也看不到，似乎整个世界瞬间消失。两三分钟以后，看到了前面车子的双闪，我才觉得重回人间。

还有次在高速上，到了一个路段，雨下得非常大，忽然就什么也看不到了，如同置身于一片汪洋当中，我想踩刹车，担心后面的车子撞上来，不减速，又担心撞上前面的车子。后来，模模糊糊地看到前面车子的双闪，我也打开双闪，不加速也不减速，就这样往前走。差不多 10 分钟之后，到了服务区，我停下车来，眼泪刷就出来了。

我感到前所未有的孤单、恐惧，很多无厘头的想法，比如也许此刻就会死去，可是我还如此年轻，老人、孩子没有人照顾怎么办，还有那么多想做还没做的事情怎么办，我是如此眷恋这个世界的美食、美景、美事，怎么办？10分钟的时间，大概可以有很多想法。此刻，我不知道这是我当时的真实想法，还是后来大脑再加工的，只是当时置身于一片汪洋之中的无助感，还有驶入服务区，停下车来，看着那一排被雨水新鲜打过还残留着水珠的绿植的幸运、幸福，还生动如初。

昨天，大牛启程去北京复查。每到这个节点，我就会提前很多天开始焦虑。平时的每个日子，我们都像所有人一样快乐、安宁，我甚至像很多母亲一样，操心他在学校的表现，对他不停地提高要求，希望他进步，成为一个优秀的孩子。他也像班级里所有的孩子一样，希望可以跨越到优等生的行列。我们彼此鼓励着，像所有的家庭一样。可是，到了他要去复查的时候，我忽然意识到，我们终究跟其他人不一样，我们的困难比其他人要多得多，我们在追求所有那些世人所希求的东西之外，还要用十二分的努力，去追求生命本身的稳妥安好。

孩子刚刚做完手术，从积水潭转到朝阳的时候，我们在肿瘤科病房住了两个晚上。刚住进去的时候，病房中已经有3个病人，都是肿瘤晚期，骨瘦如柴。孩子很痛，常常会不自觉地大叫一声："妈妈，疼！"很快，其中两个病人被安排到了其他病房。护士说，他们太虚弱，受不了这种惊吓。剩下的一位，已经完全没有意识。

　　跟我们同样做过手术，转院过来的病友，也被安排在了肿瘤科的病房。那是一个40多岁的男子，当他一进入病房，就决定离开。那个晚上，他们住在了附近的酒店。他说，太吓人了，他绝对不要在这里多待一刻。平时住院他跟我们在骨肿瘤科，大多数病人都是孩子，尽管也都是在痛苦的夹缝中寻求生机，却也是生机勃勃，充满朝气，那一种让人窒息的死气沉沉，他无法接受。

　　我们喜欢生命之如夏花骄阳的豪迈壮丽，却发现某些生命以一种幽深寂寥的方式存在于世界的某些角落。我们期望平安健康，美好富足，但是某些时候又不得不承受生命会有某些至暗时刻。人间本来如此，惊慌失措或坦然接受，他都在那里。

　　有次我问大牛，你相信这个世界上有上帝吗？大牛说，我相信这个世界上有某种神秘力量，以一种我们不能体察到的形式存在。我说，我也相信，上帝在某个地方保佑着我们，好好的。大牛说，我不这么想，我觉得上帝是在某个地方时刻准备着灭了我们。这个观点惊到了我。可是回头来想，又是何其有理。让其在或者不在，本就是一种行迹的正反两面，倘若这个世界真的有个东西主宰着一切，那么最终也是要将我们带离这个人世间，只是带去的时机，带到了哪里，是个可以商榷的问题。

　　我们习惯于生活在这个世界，所以对于未知世界充满抵触。而又因为知道最终将会离了这里去那里，便觉得这世间越发可爱，惹人流连。因而，我们害怕自己原地打转，一无长进，所以我们不停地让自己前进，哪怕只是一点点的进步，也心生喜悦。

曾有人说，人生很长，但是到底不过几个瞬间——几个顿悟的瞬间。每当我们近距离审视死亡的时候，所谓的顿悟便铺天盖地袭来，好好活着，痛快活着，活出自我，活出新生，便成了一时间的舆论焦点。

然而，顿悟于人生之功利性意义到底有多大，实在也说不好，因为人之健忘是有目共睹的，今日之雄心壮志，改天便成了明日黄花，对生活方式的指导作用很难说。但是，顿悟之余，人们对人生之理解终归是越来越通透，而对于一两个问题根源性的探究和了悟，可能真的会导致根本性生命理念的转变和确立，起码生命态度会更加豁达，从容。

我和孩子曾经如此近距离的凝视死亡，对于生命的敬畏已经深植于我们的生命中。孩子历练出了于无可奈何中坦然接受的心性，也学会了在现有场景中，努力向善向好的本领。我见证了这一切，也张开双臂，迎接这一切。

很多时候，我是如此快乐，每天发自内心地笑。而偶有的忧伤，却也是肝肠寸断。我经常觉得，自己这个妈妈做得不够好，跟那些事无巨细的妈妈比起来，实在是心太大了，饭做得不好，学习上不曾严格要求，也未曾找最好的中医给他调理，还有很多有的没的，都没做好。大牛给了我极大的包容和体谅。他总是说，妈妈，你还不错。他总是支持我、鼓励我做那些突发奇想的事情，他希望我进步，并且因为我的进步快乐无比，这些让我觉得很是欣慰满足。

此刻，大牛在北京，电话里说，检查都挺好的。好朋友说，我有直觉，大牛已经好了。熟悉的病友、朋友们也都说，放心吧，大牛已经好了。其实，我自己在心里也深深笃信，大牛已经好了，并且会越来越好。

2020 年 12 月 31 日

致 12 周岁的大牛

亲爱的大牛：

真好，你已经 12 岁了！妈妈是第一次做 12 岁孩子的妈妈，以后还请多多关照！在过去的岁月中，你用你的成长成就了妈妈的成长，你的包容、豁达，培养了这个越来越优秀的妈妈，多谢你啊！

今天，我决定跟你交流下关于快乐的话题。

亲爱的孩子，人生来辛苦，但却不是为辛苦而生。我们是为了快乐，才生活在这个世界上，也因为快乐，才自愿承担起生命中所有那些辛苦。所以，在串起我们生命的每个时间点上，我们所花费的精神、力气，都是为了快乐。因而，未来日子中，我们都应当围绕这个中心，在做决定前，想一想，这是我想要的吗？是让我们变得更好更快乐的吗？

孩子，在这个世界上，我比任何人都希望你快乐！但是，快乐不是凭空而来的，而是自有其生发成长的规律，这个过程需要我们具有明辨是非的眼睛，和笃定踏实的内心。

从表面上看，快乐的获取途径是多元的，有人喜欢买买买，有人喜欢吃吃吃，有人喜欢玩游戏，有人喜欢炫富攀比。但是，有些事，当我们沉浸其中，会获得百般满足，事后却又空虚悔恨，这种事算不上真正的快乐。因为，这种东西带给我们的快乐是本能，是瘾，是人性的弱点，在此过程中，我们并未做出自己的判断和选择，而是被外在的东西牵着鼻子走！人是理性的东西，对外在的把控和选择，是人之为人的乐趣。而被外物所控的挫败感最终还是会让我们失去快乐。

在你生病的那些日子，妈妈就在想，等到你好了，我对你啥要求也没有，就让你做你想做的事。但当你出院到家，无所事事玩游戏的时候，我看到你的眼中没有光芒。我决定让你去上学。刚返回学校，妈妈对你学习没有任何要求，想着只要你快乐就好。可是，当你拿着考得不那么理想的试卷回家的时候，我看到了你眼中的失落。我决定要和你一起努力，让学习好起来。于是，你慢慢地进步，从 200 名，到 100 名，直到有天，你拿着超级学霸的证书，兴奋地跟我说："妈妈，以前天天说学霸，没想到我真的可以实现这个梦想!"

亲爱的孩子,这是我们通过自己的努力获得的快乐!我们费尽心思去做的事,看似辛苦,但是所有这些最终都将通向我们内心最渴望的东西,那才是带给我们快乐的源头活水!

做自己想做的事,才能获得真正的快乐。亲爱的孩子,我们的视野限制了我们的想象力。妈妈的世界很小,所以很多时候并不能给你正确的指引和示范。我希望你能够找到自己真心喜欢的事情,形成自己的思维方式,做出自己的判断,过上自己想要的人生。想要做出这种判断,最要紧的是要多读书,长眼界,多了解,多发现。不要受制于妈妈或者爸爸或者其他什么人的影响,问问你的内心,去做决定。

做自己想做的事,最重要的是不给自己设限。我从来不觉得,因为身体的原因,你要早早地告诉自己,什么事你做不了。只要想做,办法总比困难多。只要下定决心,我们总会找到实现梦想的办法。你只有 12 岁,人生才刚刚萌芽,未来有无限可能。没有什么能够阻挡怀揣梦想的心,更何况你的身后还有我,还有爸爸!

还有一点,我想强调,快乐来自进步,而不是比较,尤其是不要跟其他人比较。年轻的心,总会有争强好胜的念头!是啊,有益身心的比赛,对于激发潜能,确实有着非同寻常的帮助。但是,亲爱的孩子,比赛是一种特殊形式的生活状态,绝不能成为生活常态。人生是一场马拉松,我们不能永远保持竞争者的紧张姿态，快乐的人生定然要回归平静而安详的生活本身。关注我们的每一次进步——你任何有益的学习、思考、探索、收获，都是生活最可期待的模样。

孩子，你最近在做康复训练，我知道很辛苦，医生们也都表扬你很能吃苦！你的坚持也让妈妈对你刮目相看！请你一定相信，所有的付出，后面都有回报。当你走过这一段，回过头来，再看过往的时候，你会感谢你自己，如此努力，如此坚强！而当你变得越来越好，你会从内心自然生发出快乐，而这种快乐才是最持久最笃定的快乐。

2021 年 7 月 20 日

看病的那些事

从去北京到结疗回家，我们治病整个过程花了 396 天，回头看，有苦有乐，有辛酸有庆幸，吃了很多苦，受了很多罪，走了很多弯路，也收获了很多经验，记在这里，希望对有需要的人有帮助。

1. 孩子经常说哪里不舒服，不要不当回事，更不要私下里听信什么偏方，给孩子胡乱治疗。正确的做法是要去医院检查，排除大的问题，解决小的毛病。治疗中发现，很多肺转移的骨肉瘤孩子，都是因为家长不重视孩子的话，或者自作主张胡乱治疗耽误的。

2. 看疑难杂症，还是要到最好的医院。哪家医院的什么科最好，网上都能查到排名。因为疑难杂症往往发病少，在地方医院可能都未曾收治过，一般都集中在大城市几家最好的医院，他们有最好的医疗团队、信息资源、技术经验，可以确保病人得到最及时高效的救治。

3. 看病一定要及时，不要浪费时间。在地方医院检查，初步怀疑是恶性肿瘤的，不要轻易动刀子，我建议立刻到最好的医院，也就是希望接受治疗的医院重新检查，确诊，再根据情况采取措施。因为有些病人就是在地方医院误诊，做了手术，导致病情恶化。而即便是在地方医院做了各种检查，到了目标医院也还要重新做，最终浪费时间多受罪。

4. 在北京挂号难，尤其是知名专家的号，特别难。但是，现在北京很多医院挂号都是在网上进行，掌握医院挂号的平台、放号的时间，提前做准备，也不是完全挂不上。如果挂不上普通的专家门诊，也可以选择挂特需号，因为比较贵，所以命中率高一点。同时，北京知名专家大都是团队出诊，所以实在挂不上知名专家本人的号，也可以挂其团队中其他成员的号，最终确诊后，治疗大多还是在一个团队中，知名专家也会主持治疗方案的制订。

5. 一般医院的大厅都有护士现场指引，看病流程并不难。挂上号，看病当天要早点到医院取号，因为医生是按照取号的顺序叫病人，越早医生的精力越充沛，也更仔细，更有耐心。

6. 治疗中，医生会交代很多事情，我们自己也会发现一些需要注意的事情，积累一些数据，但因为长时间处于疲倦和紧张状态，经常会忘记，所以要做必要的记录。我在手机里下载了一个记事本，医生交代什么时候吃什么药，做什么检查，注意什么事项，孩子打每个化疗的血液变化周期，什么时候白细胞开始掉，什么时候开始升，什么时候最危险，以及去门诊复查要带哪些材料，问哪些问题，我都提前记录，用的时候就很方便了。

7. 生病本身并不是应当羞愧的事情，但是看病确实可能是很难的事，所以必要时要主动张嘴，请求别人帮助。在我们看来难以逾越的困难，对于具有这方面资源的人而言，可能就是信手拈来的小事。

8. 在医院附近，有些专门做相关服务的行业，基本可以用比较便宜的价格满足病人和家属的大部分生活需要。比如医院附近大都有主要针对病人家属的出租屋，一间一天100多元钱，一般有两三个床位，干净卫生，可以提供做饭的场所。有的提供床位，还有的专门提供做饭场所。有人专门提供接送服务，在不同院区间接送病人检查、转院，比一般的出租车要便宜，也更知道病人的需求。病人需要用的特殊生活用品，比如尿壶、便盆，家属陪护用品比如防潮垫，在附近的便利店都能买到，便宜好用。这些请教老病友，他们一般都掌握相关信息。

9. 关于吃什么，病友中会有很多不同的声音。我想只要医生没有明确要求或者严格禁止，病人吃那些愿意吃又能吃得下的东西，大概都不会有问题，不用很纠结是不是健康或者营养全面，要知道能吃下饭就很不容易了，而吃饱饭又是特别重要的事。

10. 治疗中，我们一定要听医生的。可以在征求医生意见的基础上，选择中西医结合的方法治疗，但是不能不告诉医生，更不能听信偏方。如果用偏方代替治疗，后果显而易见。而即便是在治疗过程中擅自加入偏方治疗的方法，会产生什么样的毒副作用，谁都不知道。

11. 在治疗中，我们可能会遭遇治疗方案的选择问题，比如大牛，到底是截肢还是保肢的问题。在两难情况下，怎么抉择都是错，只能回归初心，去繁就简，当机立断，抓主要矛盾，往长远里看。家属之间以及家属和病人之间要在差别中寻求一致意见，一旦决定了，就要坚信这是最好的选择。绝不要做了决定后后悔，或者互相埋怨，因为家属们互相支持、同仇敌忾抗击疾病，是对病人最好的支持。

12. 不用太纠结医疗技术的问题，我们国家的医疗水平，在很多领域都可以与世界上最好的医疗资源相媲美。即便某些领域，我们的水平还不行，除非有强大的经济实力做支撑，否则出国看病是不现实的。

13. 不用太担心医药费的问题，对于真正需要花费大量医药费的病，我国有完善的医保体系，报销比例可以达到80%以上，而对于进入低保保障的家庭，报销政策更好，比例更高。另外，通过各种众筹平台筹集资金，也可以一定程度上解决病人的经济压力。

14. 进入医院，忧伤、恐惧、无助、焦虑是常有的情绪，无论是病人还是家属。知觉并接受自己的情绪，认真去面对，制订计划，有控制地让自己的情绪一点点释放，时刻保持警醒，不然很容易发生争吵，甚至压抑到生病。我学到一个方法，记心理日记。把今天发生了什么、触动了什么样的负面情绪、问题的根源、下一步怎样应对记录下来，通过这个方式，可以一定程度上将自己从负面情绪中解放出来，培养积极向上的情绪。

15. 病人接受治疗是很痛苦的事，可能比我们干苦力活还要痛苦百倍。因此，除了看病，其他需要花费心力的事情大可不必再要求他做，除非这件事情是他自己特别想做，于他又是件快乐而轻松的事。

16. 病人常常会有坏情绪，有时候表现出来，有时候压抑在内心。亲人的理解和包容，是病人最可依赖的力量。开诚布公地将彼此内心的真实感受讲出来，促进更深层次的交流，经常告诉病人诸如"你很重要""陪伴你我不觉得累""所有的付出都值得""我最大的愿望就是跟你在一起"的话，对于建立病人信念很重要。

17. 照顾病人是很辛苦的事，身体上的疲惫和精神上的负担可能压垮一个人。我想，为了保证治病的持续性，一来病人家属间要保持良好的沟通关系，互相支持，互相体谅，互相替换着照顾病人；二来病人家属要有意识地调整心态，空闲时候出去散散步，放松心情。身体不舒服了，及时就医，任何时候，不要负气逞能，不要挑战自己的极限。病人家属身体好了，才能照顾好病人。

18. 有些病病程很长，会遇到很多病友。治疗过程中，彼此会有很多互相影响、互相干扰、互相添麻烦、互相不方便的时候，很多事情又很需要病友间互相帮助着完成，建立起与病友间互相体谅、互相扶持、互相安慰、互相打气的良性互动关系，对于减少负面情绪、建立正向治疗环境很有帮助。

19. 关于死亡的话题，比如对死亡的理解、认识、应对等，如果有必要，病人和家属可以谈，让彼此对生死这件事情释然，开放谈话禁区，可以一定程度上减少彼此的心理负担。但是无论何时，坚定生的信念都非常重要。

20. 宗教的东西，在治疗过程中，确实可以起到安定心神、增强信心的作用。心理学上有个概念叫心理能量，大致是说，有坚定的决心和意念，我们完成一件事情的可能性更大。有那么一些时刻，因为求助于神佛菩萨那些神秘外物，我觉得自己变得更加勇敢，坚定，有信心。当然，病能不能看得好，主要还是取决于病人的病情和个人情况，但是这些正面情绪会传达给病人，增加病人的意念力量，也许可以对治疗起到一定的帮助。

跋
背对死亡　心向阳光

2020 年十一长假，我从抽屉中拿出了已经许久没有碰过的手机，还充得进电，可以开机。我打开了记录小程序，所有那些曾经一触碰便泪流满面的文字又出现在我的面前。3 年了，孩子大牛好好地陪伴在我身边，并且身体健康，心地善良，体贴周到，学习也不用人操心，而曾经的那段记忆，却已经变成了混沌一团的过往，形成我性子中的某些东西，变作我身体的一个部分，永远在这里。

这些浸润着我泪水的文字，让那些早已被忘记的场景又一一浮现。尽管看到某些文字还是会鼻子一酸，落下泪来，但是我并不忧伤，因为我们明明就是那些在生死囚笼中最幸运的一部分人，即便流泪，那也是饱含着庆幸和感恩的泪水。

李开复在《向死而生——我修的死亡学分》一书中记录了他看病的历程。他说，他的朋友郭台铭给他介绍了最有名的医生，他做了所有必要的各项检查和评估，比较了全球所有的医疗资源，找到了最好的医疗团队和营养师，还有中医师、风水师、灵修师。医院不仅安排了专门的时间接待他，解释回答关于病情的所有困惑和疑问，并且用极具同理心的眼神温暖地看着他，安抚他。

而小老百姓面对的完全不是这样的情形。在偌大的北京城，我们如蝼蚁般渺小，跌跌撞撞，颠沛流离，居无定所，囊中羞涩，用最卑微的心，面对陌生而可怕的一切。我们在各种机械化的指令下奔波，心里存在各种疑惑，没人能给我们一个完整的解释。我们有耐心，有决心，有韧性，默默地在心里对自己说，要坚强地面对生活的苦难，服从所有那些安排，完成每一个指令。但是，我们更多的是无奈，是恐惧，是落寞，面对无力控制的局面，狠狠地咽着泪水对自己说，无论如何，再坚持一下，再坚持一下，也许后面就好了。

在住院的那些日子里，我亲眼见到了病房里吃着煎饼卷榨菜的妈妈，夜半时分孩子睡去后才开始抽抽噎噎掉眼泪的妈妈，坐在床边，握着接受化疗孩子的手，整宿不敢睡去的妈妈；见到了因为谁来照顾孩子闹得不可开交、最后双双一走了之的父母；因为母亲去世，父亲缺位，尽管苍老却坚守病房的外婆，因为母亲离家出走，同样做过骨肉瘤治疗却只身一人照顾孩子的单腿父亲；还见到了保肢手术后，挂着拐来串门的孩子，截肢手术后，戴着假肢行动自如谈笑风生的孩子，得知病情后哭到昏天黑地的孩子，打了化疗吐得生不如死的孩子。在面对生死考验时，各种生命以各自不同的形式展现，秉持着对生命的执着，坚定地行走在求生之路上。

记得有次大牛说，妈妈，我真想把那个红色药水一口喝下去，毒死我自己。回头他又说，我也不想这么早就死，可是实在是太难受了。听了这些话，你要怎样安慰他才好？

我跟他说："我是不会同意的，因为妈妈爱你。我的孩子在不经意的每一天，已经变得越来越强大，越来越厉害！妈妈很佩服你，并且为你感到骄傲！你太优秀了，应该有更长远的人生，享受更多的美好，创造更多的价值，不应该去死！"孩子听了，轻轻地笑了。

孩子生病后，我们从最初的惶恐不安、痛苦万分，到后来慢慢接受，坦然平静地过日子，这似乎是千难万难的，却又是水到渠成的。人就是具有这么强大的自我修复能力，在外人看来实在是应该活不下去的情形，个中人遇到了也便经历着，实在也没什么了不得的。

老同学壮妈对我说，写点东西吧，也许对同样情况的人们会有帮助，也是功德一桩。对于功德这件事，孩子生病后，我真的很认真去做。我开始笃信因果报应，笃信多做些于他人有益的事情，该是可以获得有益的回报吧。即便冥冥中并没有主宰天平的人，公平地去分配那些付出和回报，只是想想曾经那么无助的自己，想想这个看起来喧嚣却又冰冷的世界，自己做一些于他人有益的事，哪怕只是让一个人，在孤单落寞中感受到温暖和安慰，也是多么欣慰的事情。

所以我想，也许我们曾经的这些经历，可以让更多的人看到。我和大牛是这样的坏运气，遭遇了十万里挑一的劫难，但是我们又如此阳光快乐，即便在最痛苦的时候，依然对生活充满热爱，对未来充满希望。我们曾经的崩溃、无助、痛苦、纠结，后来的坦然、淡定、坚持、坚守，一如既往的乐观、快乐、积极、向上。我希望，这种对生命最朴素的执着，可以让更多的人发现不一样的人世美好。也希望那些在小事中愁肠百结的人们知道，此世间有更加悲催凄苦的事情，些微小事并非不值一提，只是将精力纠缠在这些事情上，不免辜负了上天给予的好运气。

回家3年了！大牛已经完成了术后4年的复查，检查结果都很好！我们获得了真正的快乐！站在这个时间节点上，我感恩医院，很庆幸第一时间选择了积水潭医院，也感谢所有的医生护士，正是这些优秀的医护工作者，让我的孩子至今依然安好地陪伴在我身边。

我感恩身边的亲人朋友同学同事们。有一段时间，我很难过，法律硕士，工作十多年，一直兢兢业业，认认真真，对每一个人都好，对每一件事都用心，可是当孩子生病的时候，我既没有人脉，也没有钱来应付！但是，我的亲人、同学、同事、朋友们，孩子的母校，还有一些只见过一两面连名字都叫不出的人们，甚至还有一些从未谋面，只是知道了我们故事的人们，却出现在我们身边，出心，出钱，出力，让我感受到了前所未有的温暖和幸福。

我感恩病友们。大部分时间，都是我一个人在北京照顾孩子。我们吃了很多病友的食物，也接受了很多病友的礼物，还被很多病友安慰着，鼓励着，关怀着。我不在病房的时候，是病友们帮我照看孩子，他们像对待自己的孩子一样细致，有耐心。病友们给了我们真挚的友谊和温暖的爱，这些让我们在困境中觉得自己并不孤单。

我还要感恩我的祖国。在遇着事儿的时候，我才真正感受到，祖国强大真好！作为小小的小老百姓，我们无法去选择那些国外高级的医疗团队，但是我们依然可以看好病，因为我们的国家也有同样水平的医疗团队、技术和药物，他们一视同仁地对待每一个走进医院的人们，不管身份、地位，只要是同样的病症，都一样收治。我更要感谢祖国完善的医保报销制度，特殊病的报销比例很高，医保范围内的，达到一定额度，报销比例可以达到80％以上，术后复查的门诊检查费、医药费也能报销，这才是解决我们看病经济压力的根本路径。

我特别需要感谢的是孩子他爸。最初发现孩子生病的人是他，有那么一段时间，我很后怕，经常在夜半时分惊醒，一个观念就清晰出现在脑海中：若不是他爸发现了孩子的病，结果将是多么可怕！在一定意义上可以说，是他爸救了孩子的命。在后面看病的日子中，他爸做了很多研究，付出很多精力，跟我们一起努力，克服困难，让孩子获得新生。对此，我至今心怀感激！

　　而这本书能够出版，我要特别感谢几个人。第一个显然是壮妈，当初没有她的鼓励，我大概不会做这样的记录，也便不会有本书的基础素材。第二个需要感谢的是我的同学方方，当她看到我的公众号文章后，便发给了远在北京的编辑巩小图，我只有她的微信名字，却没有她的真实姓名。而巩小图看了我的公众号文章，鼓励我一定要把这些文字整理成书，她觉得一定会对很多人产生影响，于是这本书的初稿便形成了。再一个要感谢的是我的同学王建，对于书稿，我很没有信心，他是搞文艺学研究的，请他指导。读了初稿后，他哽咽着跟我说，这本书一定要出，因为它可以对很多人的人生产生引导作用，而本书的标题《把太阳抱在怀里》也是他取的。而最要感谢的是合肥工业大学出版社的疏利民先生，他拿到了我的书稿，跟我长谈了很多次，对本书提出了很多宝贵的意见，让我的书最终以这样的面目出现在读者面前。

　　人生并不都是按照同样的轨迹运行，这是世界的多样性，也是很多人觉得幸或不幸的根源。但是，我宁愿相信，所有的这些都是最好的安排。既然上帝让我们遭遇这些，我们便坦然接受，勇敢面对，毕竟存在于此世间本身，就是一件值得感恩的事。

2022 年 11 月 20 日

读后感

洒向人间都是光 | 潘荣妹

　　我和秋小豆是有缘人，没想到，认识她是从拜读她的这部传记作品开始的。我与她虽素昧平生，但通读此书后，一位闪着光的中年知识女性的形象便赫然在目，自此，我不但"认识"了她，对她还有了一定程度的了解。见字如见面，那些有温度的文字不知不觉间，就拉近了我和她的距离，她俨然成了我的老相识，此书也成了我了解她、认识她的一面镜子。

　　当爱子遭遇"万里挑一的劫难"时，她面临的是重大的生死课题。面对苦难和不幸，她没有退缩，没有逃避，而是含泪奔跑、逆风飞扬，历经磨难、穿越迷雾之后，爱子终于重获新生。在陪爱子抗癌的整个过程中，她不忘用笔记录下其间的点点滴滴，当那些点滴随笔结集出版时，她也是在用善温暖着每一位读者，用爱激励着同病相怜者，用光照亮了身处暗夜中的孤勇者。

一、一个涅槃重生的故事

书中讲述了一个非同寻常，亦震撼人心的故事。2018年暑假，灾难来得是如此突然！一向健康、活泼的大牛因腿痛就医时竟被诊断为骨肉瘤，秋小豆如遇晴天霹雳，这场噩梦彻底打破了他们生活的宁静。她万万不能接受这个残酷的现实，但命运偏偏挟持她带着大牛走进了人世间的生死场。第一次离死亡如此之近，极度恐惧的她经历了从不知所措到迷茫，到痛苦，再到痛定思痛后的清醒、振作、坚强，直至坦然面对一切。

她带大牛到全国最好的骨科医院——北京积水潭医院治疗，从此，这对母子成了北漂一族，两人在北京相依相守396天，其间发生的故事林林总总，不胜枚举，与其产生过交集或擦肩而过的人形形色色，难以计数。大故事里囊括了许多令人心酸、让人心痛或令人振奋、让人欣慰的小故事，无论是大故事还是小故事，都跟北漂重疾病人及其家属的日常琐碎和言行举止有关。他们的痛苦挣扎，他们在希望、失望甚至绝望中游走，他们的脆弱与坚韧，他们的友善与慈悲，他们在等待命运的清算或垂青，他们都背对死亡，但依然向阳而生……这些细枝末节都成了故事中不可或缺的元素，为故事注入了鲜活的血液。

跌跌撞撞、居无定所、颠沛流离、囊中羞涩，这些词是对绝大多数重症患者及其家属的生存境况的精准概括，秋小豆和大牛虽然没有沦到朝不保夕的地步，但昂贵的治疗费用对他们来说，也是个不小的挑战。秋小豆以一个知识女性的视角，以旁观者的冷眼，关注着病友们的生存困境，打量着发生在医院里的生离死别、悲欢离合和喜怒哀乐，她还以悲悯情怀，记录下病友间的同病相怜、兔死狐悲的共鸣共情。生与死，幸运与不幸，康复与转移，乐观与悲观，命运的捉弄以及与之抗争……都引发她的一波波感慨，一声声叹息。

大牛的治疗过程虽没有出现太大的波折，但也并非一帆风顺。骨肉瘤患者的存活率大约是 63%，但超 1/3 的致死率怎能不叫人揪心？积极配合医生治疗的同时，也有各种利弊的权衡。每到严重关头，诸如是截肢还是保肢，是继续打化疗还是就此打住，要不要喝中药巩固治疗效果等等，这些对秋小豆来说，都是严峻的考验、重大的抉择。心思细腻缜密的她总是经过深思熟虑后作出决断，事实证明，她的每一步选择都无比正确，英明。截肢后，大牛的病情逐渐好转，直至完全康复。活泼开朗、聪明健壮的大牛重又开启了他的学习生涯。而他经受过的那些刻骨铭心的痛苦，他流过的那些泪，他读过的那些书，他听过的那些歌，他看过的那些电影，他玩过的那些游戏，他尝过的那些美食，无不见证了他涅槃重生的全过程。重获新生后的大牛，更坚强，更阳光，更聪慧了！

二、一本温暖向善的纪实文学作品

这是一部浸润着泪水，但又被阳光沐浴过、被善渗透过的作品，虽然留下了泪痕，但它是有温度的，能给人带来温暖，散发出一种向善的魅力。作者陪爱子抗癌时，将自己的所见、所闻、所感、所想随心所欲地记录下来，它可以看作作者彼时彼地的心情记。之所以整理出来结集出版，动机不带任何功利色彩，作者只是听从老同学的建议，希望能帮助有同样情况的人，希望能给他们些许启发，希望能增加他们击败病魔的勇气，希望他们即便背对死亡，也能向阳而生，从而坦然面对现实。

事实上，此书不仅能帮助有同样情况的病患及其家属，即便是普通的读者，也能从中获益匪浅。它吸引读者的，不仅仅是它讲述了一个涅槃重生的故事，这个故事具有震撼人心的影响力，更重要的是，它传递给读者的是暖，是善，是爱。

那些有温度的文字，读着读着，就叫人泪目了。领导、同事、同学、朋友、亲人给予作者母子俩的关爱，以及病友与病友之间，家属与家属之间，体现的都是人间处处有温情啊！作者收到的每一笔爱心捐助，每一件爱心物品，每一句暖心的安慰，都像一缕缕阳光，直抵内心，既能温暖疲倦的心灵，又能照亮孤寂的心空。在医院里，有些家属虽然自己并不富裕，但是依然关爱、帮助比自己处境更艰难的病友，他们做了美食愿与他人一起分享，不亲不故的他们彼此之间患难与共。当一位病友出院返乡时，作者向其捐助 500 元钱，尽管那位妈妈临行前归还了那笔爱意浓浓的善款，还留下一张语言生动、感情深沉的小纸条。三言两语之间，流露的是感激，是理解，是通达。以作者为轴心，人与人之间，像无数个同心圆，大家同病相怜、互帮互助，联络人与人之间的是暖，是善，是爱啊！

作者聚焦于北京，尤其将摄像头对准医院乃至病房，将镜头锁定在一个被苦难和不幸裹挟着的群体上——病患及其家属，在她事无巨细的叙述中，读者能感知他们艰难的生存处境，他们承受的巨大压力，他们内心的极度痛苦，他们对命运的奋力抗争。尽管有人不得不放弃，有人被病魔击垮，永远离开了人世，但作品体现的更多的是关于求生的希望，以及不言放弃的耐力，它具有向阳、向善，有情、有爱，温暖而感人的穿透力。人生除了生死，其他的都不值一提，而这本书讲述的正是跟生死相关的重大话题，所以在我眼里，它就像一轮小太阳，拥有它，你就能看淡一切，且变得异常坚强，勇敢，通达，你就不再畏惧寒冷、黑暗，你就不怕孤单、寂寞，你就能看到希望，找回信心！

三、一个会发光的人

我虽与作者素昧平生，但通过这部作品，我不仅认识了她，了解了她，还和她成了老朋友。她的故事令我感动，她的为人叫我称赞，她的精神让我敬佩。她是一个三线城市的小公务员，一个单亲妈妈，一个患儿的母亲，但别忘了，出生农村的她，通过寒窗苦读改变了命运。她是南大高材生，是法律硕士，是一个拼命工作、努力赚钱的生活强者、人生赢家。可以想象，如果不是孩子患病，她被苦难和不幸缠身，她活得该多舒坦，多逍遥，多自在啊！虽被厄运光顾过，但背对死亡的她依然不屈不挠，向阳而生，与命运顽强抗争，并一举战胜了它，成了大赢家，这是她最值得称道的地方。她虽平凡，但最不平凡的是，她让自己活成了一束光，这束光能温暖他人，照亮孩子！不，不仅能照亮孩子，也照亮了她身边的每一个人，甚至是每一位读者。

我从作者身上看到了许多人性的闪光点。她有着熠熠生辉的人格魅力，她品性高洁，她热情、纯朴，她善良、真诚，她的善，善到了骨子里，她的真，真到了无邪的地步。她乐观开朗，她知性睿智，她坚定坚强，她爱读书，好运动，她身上有浓浓的人间烟火气，美食能帮她治愈一切！

她是性情中人，伤心时痛哭，开心时大笑，不满时抱怨，知恩时报恩。她通情达理，与人为善，能与亲友、同窗乃至所有身边人和睦相处，能设身处地为他人着想。即便是与离异的前夫之间，也没有恩怨纠葛，她还感激他为孩子的付出，祝福他过上幸福的生活。

有人说，苦难和不幸像张大网，总有人能脱网而出。

作者不仅带孩子脱网而出了，还以他们的故事影响和激励着他人也能逃脱命运的魔掌。她身上的那些闪光点，无不给人以正面积极的影响。何止是影响？她分明用自身的光亮，照亮了每一个与她有过交集、甚至是与她擦身而过的人，这些人将因此而活得更通透，更乐观，更阳光。我从她身上，看到的是满满的正能量，我深刻地认识到，作为一个能发光的人，她能给读者带来什么。别的读者的感受如何，我不敢妄自揣测，反正我是获益多多。

感谢合肥工业大学出版社出版了此书，感谢此书的责任编辑疏利民老师慧眼识珠，感谢有这么一本传递正能量的好书，感谢世上有这么一个能发光的人！最后，真诚地祝福作者，祝福大牛，也祝福每一位读者！

作者简介

潘荣妹，网名亲亲宝贝，原为枞阳县钱铺中学教师，现居合肥，仍从教。

编后记
爱是最美的四月天 | 那时青荷

　　当我读完这部纪实文集《把太阳抱在怀里》时，正是春日里一个晴好的周末。南窗外已经满目新绿，一片生机盎然，时间过得真快，又是美丽的人间四月天了。但见明媚的阳光普照大地，和煦的春风拂过草木，万物正在蓬勃生长，呈现出欣欣向荣的动人景象。

　　这是一个置之死地、涅槃重生的真实故事，一本五味杂陈、温暖向上的生活记录，一首逆风而行、成长蝶变的生命史诗。感谢资深图书策划人疏利民老师诚挚地向我推荐此书，让我在编校过程中，深切感知到母爱的伟大、亲情的温度和友谊的美好，以及无所不在的人性光芒。

　　此时我不想重述其中让人失语的心痛，不想说起曾经几度泪湿的时刻，也不想提及那令人震撼、心绪难平的般般境况，纵有千言万语的感触，一时间竟是难以落笔。在这个娑婆世界，众生皆苦，但凡生老病死，都是生命所不能承受之重，面对命运一双翻云覆雨的手，我们有太多的无助和无奈，有时候语言实在过于苍白无力，而生活的跌宕起伏，人生的顺逆否泰，往往也没有太多道理可言。

我只是深刻认识到，在这个春天通过阅读的途径，遇见牛妈和大牛，让我清晰地看到世间更多的真相，获得了莫大的生命感悟与心灵净化。如果可以，我只想用一次深情无言的拥抱，来表达心中的百般敬意和万千祝愿。这对饱经患难、历劫重生的母子，以背对死亡、心向阳光的坚韧和毅力，一起趟过命运的深渊，走过艰难的 396 天，终于战胜病魔，赢得新生。同时可亲可敬的牛妈，以一种直击灵魂的叙述方式，将这些不同寻常的经历全都记录在册，从而照亮自己勇敢前行，也照亮因种种因缘际遇而有所交集和共情的人们。

正如牛妈的朋友，南京师范大学王建教授在序言中所写："一个 9 岁的孩子突遭大病侵袭，一位单亲妈妈要面对莫测的未来，生活一下子从艳阳高照变成乌云密布，从美好前景切换为生死抉择。不幸总是这么冷酷，没有任何征兆地降临在普通人头上，耗尽人的精神和气力。好在人作为万物之灵，从来都不会轻易认输，而母爱，这人世间最温柔最强大的情感，能够拨开云雾，摆脱命运的纠缠，走出一条生生不息的光明之路，也让人倍感温暖。"

幸福的家庭都是相似的，不幸的家庭却各有各的不幸。抑或说，世界上无所谓幸福和不幸，因为世事无常，谁也无法预料明天和意外哪个会先来。只有一种境况与另一种境况的比较，只有亲历过生活变故和面对过生死课题的人，才能体会到幸福的珍贵，珍惜人生的所有。人人都活在现实与梦想的夹缝中，都会遭遇命运的捶打挫折，相信生活能治愈的，都是那些愿意自愈的人。

诚如牛妈这段肺腑之言，让我们总是心生感慨："生在此世间，所有那些遇见的欢喜或不幸，都编织进了过往的生命中，成就了此刻的我们。人生而受苦，却并非为苦而生。因着爱与被爱，恩义情长，我们在这条坎坷不平、荆棘丛生的人生路上，一路跋涉，不惧旅途辛苦，不畏艰险无常，在失望中守候希望，在苦难中寻求欢愉。因为，活着是一种人世宿命，好好活着则是一种人生选择。"在牛妈理性的认知里，人生并不都是按照同样的轨迹运行，这是世界的多样性，也是很多人觉得幸或不幸的根源。既然一切已经发生，她便坦然接受，勇敢面对，毕竟存在于此世间本身，就是一件值得感恩的事。

何以"女子本弱，为母则刚"，想必很多人会就此陷入思考，别有一番滋味在心头。就女性视角来讲，我感觉这看似对女子的歌颂赞美，实则是粉饰了太多的苦楚与辛酸。相信世间女子最初的梦想，无非就是主宰自身的命运，做一回真正的自己，能够找到那个驾着五彩祥云的英雄，从此携手同游人间，永远有人心疼，有人怜爱，一辈子岁月静好，现世安稳。可生活总是不遂人意，甚至恰恰相反，你越是在意和追求什么，命运偏偏就与你作对，让你的梦想彻底破灭。从一个天真浪漫的女孩，转换到为人母亲的过程中，女子有太多的东西需要背负，有太多的经历无以言喻。人生有太多的不容易，如果不是生活苦苦相逼，谁会把自己折腾到一身铠甲，谁不是一边流泪，一边坚强，直把自己活成了一支队伍，一种真正的英雄主义。

命运就这样充满了偶然性和不确定性，当你经历过暴风雨，你就不再是原来的那个人。从确诊病情到北上求医，从放下痴念到进行化疗，从决定开始动手术到站起来重获新生，孩子所有经历过的不幸，于母亲而言总是要加倍地承受。所幸在此艰辛漫长的过程中，经过一番与厄运的较量，牛妈没有被痛苦绊倒，而是开始日臻成熟，步步生莲，实现了从小我到大我的思想超越，这是让人特别钦佩的地方。她不再只关注自己的个体存在，而是和命运握手言和，以悲天悯人之心去体察现实世界，感受百态人生。可以说，这是一位年轻母亲的破茧成蝶之旅，也是一名知识女性的精神涅槃之美。

卡耐基说："人在身处逆境时，适应环境的能力实在惊人。人可以忍受不幸，也可以战胜不幸，因为人有着惊人的潜力，只要立志发挥它，就一定能渡过难关。"是的，世间事除了生死，哪一件事不是闲事，相信经过苦难的风霜、绝望的境地和挣扎着走出命运死角的人们，会更认识到生之可贵、情之温暖，更懂得只争朝夕、不负时光，他们都是一个个把太阳抱在怀里的人。

　　记得读到第四章"碎碎念"时，我的心情终于获得一种前所未有的轻松。那时大牛已经康复出院，重返校园开启全新的生活，相信大家和我一样，在长舒一口气的同时，又被牛妈那认真努力的心态和豁达乐观的性情所深深感染。且看这一封封娓娓道来的书信：《致手术室里的大牛》《致 10 周岁的大牛》《致 11 周岁的大牛》《致 12 周岁的大牛》……于温情脉脉的字里行间，我们看见了一颗装满真善美的高贵灵魂，那种细腻柔韧的深爱，那份通透智慧的品质，是一个人生命里永恒的财富，足以滋养和润泽今生所有的日子。

　　因为懂得，所以慈悲，只要心里充满爱、温暖与希望，就能找到幸福的方向。想来经过五六个春天的成长蜕变，牛妈的生活早就回归正轨，事业也已更上一层楼，大牛更是长成了一位可爱帅气的少年——就像此刻窗外的人间四月天，阳光明亮，绿意可人，万物向阳而生，一切都是崭新的美好。让我们把所有的敬佩和感动，全部妥善地放在心底，且将万语千言，化作一句真诚的祝愿：祝福牛妈，祝福大牛，祝福天下所有的家庭都幸福平安。

　　林徽因有首诗《你是人间的四月天》，一直以来广为流传。那是她初为人母时所写，表达了儿子出生带来的喜悦和内心对儿子的希望。是的，这是一句爱的赞颂："你是一树一树的花开，是燕在梁间呢喃。你是爱，是暖，是希望，你是人间的四月天。"

相信人间值得，因为有爱。爱是恒久忍耐，又有恩慈……爱是永不止息的河流，爱是抱在怀里的太阳，爱是人间的四月天，最美的四月天。

作者简介

那时青荷，原名黄琼会。安徽省作家协会会员，第八届安徽青年作家研修班结业。曾获伯鸿书香奖、铜陵文学奖、方苞文学奖等奖项。著有畅销书《世界予我寂静欢喜》《我见宋词多妩媚》《我看唐诗多繁华》《不肯忘却古人诗》《不屑一顾是相思》等多部作品。